LUCID WATERS
AND
LUSH MOUNTAINS ARE SO CHARMING
Wang Xiujie

绿水青山多妩媚

▲ 王秀杰——著

北方联合出版传媒（集团）股份有限公司
春风文艺出版社
·沈阳·

图书在版编目（CIP）数据

绿水青山多妩媚 / 王秀杰著. — 沈阳：春风文艺出版社, 2019.6（2021.1重印）

ISBN 978-7-5313-5615-8

Ⅰ.①绿… Ⅱ.①王… Ⅲ.①散文集—中国—当代 Ⅳ.①I267

中国版本图书馆CIP数据核字(2019)第122019号

北方联合出版传媒（集团）股份有限公司
春风文艺出版社出版发行
http://www.chunfengwenyi.com
沈阳市和平区十一纬路25号　邮编：110003
永清县晔盛亚胶印有限公司印刷

责任编辑：姚宏越　刘　维	责任校对：曾　璐
装帧设计：鼎籍文化创意　李英辉	幅面尺寸：170mm×240mm
字　　数：258千字	印　　张：14
版　　次：2019年6月第1版	印　　次：2021年1月第2次
定　　价：48.00元	书　　号：ISBN 978-7-5313-5615-8

版权专有　侵权必究　举报电话：024-23284393
如有质量问题，请拨打电话：024-23284384

序

　　这些年秀杰每出一本书，都要先把打印稿传给我，并嘱托我为之写点什么，我也总不负所托地写上点读后感，这几乎成为惯例了。记得在她一本写鹤的散文中，我预感到，在这个题材上她的见识与感受至少是暂时再无新路，我劝她不妨开放眼界，到更广阔的大自然中放眼寻求，在山川皋壤中敞开文章的奥府，拓展生态文学的题材视野，再寻突破之路。果然不负所望，她用几年时间遍行辽宁的水系，记录风土人情，写出了一本工程系列性的散文作品《辽水行记》，其文学审美性可供人愉悦欣赏，其功用价值可谓辽宁的一部水经新录。

　　秀杰的这本新作《绿水青山多妩媚》，乃是她多年内心积存的生态情结在更为广阔的天地中，登山历水，因寄所托之作，比之于当年的《辽水行记》，有更为广阔的天地，意境也更为广远，因此写起来也得以放开驰骋之笔，自然也令读者拓展胸襟，获得更多审美信息。本书以"水之篇""林之篇"和"山之篇"的分辑构成，我们在书中看到了黑龙江的漠河、兴凯湖、镜泊湖，青海的青海湖，四川的九寨沟，新疆的赛里木湖和天山天池，浙江的西溪，海南的海和万泉河，等等。她写这些水，如《文心雕龙·神思》所云："登山则情满于山，观海则意溢于海；我才之多少，将与风云而并驱矣。"试看她写的漠河九曲十八湾："那是祖国最北的一片保存完好的生态湿地，在这海拔 1400 多米的地方，天空分外蔚蓝，云朵分外洁白。低垂的云朵仿佛从地面升起，拽住树枝比高低；轻盈的云影定在水面上，拉着水流比沉稳。登上观景台，举目远眺，

2000 余公顷的湿地已被一块硕大无朋的绿毯所覆盖；天边叠嶂之山峦氤氲黛绿似泼墨，画着多重'之'字状的额木尔河，由天边蜿蜒而来；无边无际的连绵森林郁郁葱葱。"这是融进主体情思的文学散文，她喜爱这片山水，她也希望别人与她同样喜爱。

　　自然界里的山山水水，实际上是人的山山水水，因此山水总是与人的历史相连，并成为人的实践活动的载体，以至是人化的对象体。中国传统文学中的山水诗文，在这方面有极大的成就与丰厚的经验。从曹操的《观沧海》到张若虚的《春江花月夜》，从欧阳修的《秋声赋》到苏轼的《赤壁赋》，许许多多文人墨客的诗文之作，都是以自然景物紧系社会人生，状写内心感慨，成为即景会心的千古名篇。《绿水青山多妩媚》篇篇不离山水自然，但是每篇中能动的主体却是社会历史的存在，或是人化的自然界。因此读这本写山水的散文，实际看到的是山水林泉中的人，特别是中国现代的人在自然界留下的足迹，这就与单纯地模山范水的文章划开了界限。书中的《辽东之巅》是写辽宁省桓仁与新宾两县交界的老秃顶子山的散文。此山高 1367 米，为辽宁界内的最高山，远望似一尊巨佛，所以又称"佛顶山"。这个山高林密的地区，是当年杨靖宇将军领导抗联与日本关东军浴血抗争的根据地。作者写此文之前曾两次探访这座为民族解放立有特殊功勋的高山，获得了历史材料，在山顶的阳坡找到了刻有"抗联哨所"字样的石碑，那是当年抗联哨兵值守的地方。在主峰的半山腰至今还保存有当年抗联的军部遗址和屯粮遗址；而西湖瀑布峡谷里至今还有抗联军工厂、弹药库和被服厂的遗址存在。这些胜迹一样的存在，虽然比不了井冈山和宝塔山那样光辉远耀，但它们却是中华民族抗争不屈、艰苦救亡的伟大意义的物态证明，其意象象征性远比实物存在更显风华。这样登山写山乃是真正的心灵净化之旅，所以作者不禁发出这样的慨叹："在山顶上，我久久伫立，心潮随漫山林海的波涛起伏。壮丽的山河需要英雄来保卫，伟大的民族英雄与巍峨的大山同在。"

　　《绿水青山多妩媚》是作者在最近几年游历山水林泉之后写成的作品，可以说是对近几年的生态观照，因此从这些全国东西南北许多地域的生态情景中，基本上可见时运交移中的自然态势的走向与各地生态治理的成效。绿水青山的养成是大自然钟灵毓秀的长久之功，而毁坏它只需一朝一夕之为。本书中写了河北与内蒙古接壤处的塞罕坝，这里的生态建设极下功夫，也十分见效，使沙漠瀚海成为名声大振的旅游区。但这种情景却是新中国成立后在人民政府领导下才实现的。清末，由于国库空虚，民生凋敝，开围放垦，辽、金、元几代与清朝前期所培育的"千里松林"被砍伐得荡然无存，是新中国成立后多年来政府和人民经过努力，才建造成这样的绿色天地。与塞罕坝相似的是辽宁彰武的沙地绿洲章古台。60多年前这里是一片黄沙，飞沙不断南移，民众的生产生活皆苦不堪言。1952年国家以此地为固沙造林的试验基地，苍天不负苦心人，年轻的科研人员在这里建成了1万多公顷的沙地森林公园，并以合宜的树种与经验支援了后来在沙漠植树造林的地区。生态建设与生态文明是现代提升国家发展水平的标志，也是人民幸福指数的必求境界。《绿水青山多妩媚》里写的这些按照美的规律建造自然生态的典型事例，作为纪实文学的散文，不仅是应有的一种题材内容，也是读者公众所愿知晓的内容。

　　读《绿水青山多妩媚》，令我想起了北魏郦道元的《水经注》。这部本为地理学的著作，因其在写法上多以美文的笔致行文，不仅成为古典地理学的经典之作，有无与伦比的科学价值，也是一部文学散文名著。究其原因，全在于文学的文字功夫，即不仅是说事，更讲究言之有文，把水流之事，与其流经之地的历史、文化、宗教、艺术、民俗一类的人文文化紧密融汇在一起。人所共知的那篇被选进中学语文课本的《三峡》，其临历其地的观察体验，精当文字的形容描述，历史与渔歌的引进，与前人的地理著作《尚书·禹贡》和《汉书·地理志》以及《水经注》所遵的《水经》都不同，重要的区别点在于他写的是人文地理，作者有深微的情思体验。所以郦道元的《水经注》是山水文学作者应学的文体经典。在秀杰的《绿水青山多妩媚》中，我看到她写天山瑶池的《我找到了瑶池》这一篇，这好像是我最期待的山水散文的写法，其中不仅有天山瑶池的地域所在和山光水色，还有关于周穆王与西王母的传说，汉武故事里的西王母赠桃给汉武帝的传奇故事，读起来颇感生趣。如果其他篇章里这样的添彩之笔再多一些，全书的文学审美意义无疑会大为增强。

　　人生活在从自然界开辟出来的社会中，但这个文化空间也离不开自然界的山水林泉的生态存在。人们不仅需要其物质性的供养，也需要其审美价值的滋养。"天地有大美而不言"，是美中的大美，而刘勰"若乃山林皋壤，实文思之奥府"的发现，也正是为文学创作者打开了一条文学艺术的取源取法之路。我们今天从《绿水青山多妩媚》一书中，也得到了一次成功的实践证明。

  在读《绿水青山多妩媚》的过程中，我通盘思考古人与今人的山水林泉的诗文之作，我觉得作者以身心全面融入具体的自然形态之中，以情思体悟自然，实现"人化的自然界"，也就是"外师造化，中得心源"，绝对是不可脱离的。为此，我特用一首小诗概纳我的这一认识：山林皋壤文思库，却似精灵奥府藏。非是情思呼唤起，难能审美为华章。

王向峰
2019年3月4日

（王向峰，辽宁大学教授、博士生导师。）

目　录

水之篇

这里的黎明静悄悄…………………………………………………002

冰湖天鹅……………………………………………………………006

站在西辽河岸边……………………………………………………011

排溪观海……………………………………………………………017

雪水润绿洲…………………………………………………………020

寻找潢源……………………………………………………………026

兴凯湖水鸟…………………………………………………………032

浑河清源……………………………………………………………038

大美青海湖…………………………………………………………044

南海翡翠博鳌………………………………………………………048

镜泊湖之山水城……………………………………………………052

蒲河绿龙……………………………………………………………057

心痛九寨……………………………………………………………062

林之篇

从红军走过的草地走过……………………………………………068

漠河再绿…………………………………………………073

烟雨西溪…………………………………………………077

草原之夜…………………………………………………083

停车坐爱枫林晚…………………………………………088

塔城鹤舞…………………………………………………093

致敬珍宝岛………………………………………………097

那片芦荡，那些鸟………………………………………100

城中密林…………………………………………………108

邂逅塞罕坝………………………………………………113

藏南绿飘带………………………………………………119

初访鹤乡…………………………………………………126

江岸桃花…………………………………………………130

向海浴鹤…………………………………………………135

沙地绿洲章古台…………………………………………139

天涯育种地………………………………………………143

山之篇

三清云中路………………………………………………150

水润井冈…………………………………………………156

华山风骨…………………………………………………162

锦河峡谷…………………………………………………169

大山河源…………………………………………………174

正当梨花开遍··181

高山长水美林芝··185

白瀑映丹霞··189

我找到了瑶池···194

野性大山···200

辽东之巅···204

白狼山，英雄山··210

浩瀚青海湖

水之篇

这里的黎明静悄悄

为追寻西辽河源头，我们驱车从赤峰向东过巴林右旗旗府大板镇，转直角向北行驶100多公里到达索博日嘎镇游览辽庆州城遗迹，再向北不远便进入赛罕乌拉国家级自然保护区地界。路两侧可见远山，却不见人烟，偶尔有骑着摩托车的年轻牧人赶着如片片云朵的羊群，不禁感觉天高地远，荒僻寂寥。但从资料上得知，保护区境内的赛罕乌拉地区历史十分古老，在南麓猴头山西侧岩壁上有一处群猴岩画，显示了赛罕乌拉古人极其抽象的概括力和想象力。这里还是契丹的故土和发祥地：在北部的辽代圣山——罕山，每年都有人来此登山祭祀；在西北部和南部，至今尚留有辽释迦佛舍利塔、辽庆陵及庆州城、辽怀陵及怀州城遗址等国家级文物保护单位，以及世界文化遗产金代长城遗迹。

因贪看沿途自然与人文景观，我们一路走走停停，最后启车前行时已近黄昏，这倒让我们遇到了绚烂的草原日落：没有一丁点障目之物，平远旷朗的地平线近在眼前，硕大的如血残阳正急匆匆地回归大地；快到达住宿地时，红日已全身投进茫茫草原的怀抱里，只留下漫天遍野的红霞金光给夜行者照路。

翌日凌晨4点钟刚过，我就赶紧爬起来，到楼外去拍日出。昨晚到达时天已大黑，看不清楼外的真面目。原来这里是赛罕乌拉国家级自然保护区管理站暨旅游服务中心。大楼建在一处高坡上，是这片天地中目之所及唯一有山环绕的建筑物。此刻，整座大楼的窗口都黑着，自然万物也在沉睡中。我壮了壮胆子下坡，沿着唯一的道路向前走，没走多远便听到了水声。原来是一座三孔小石桥，下面流水潺潺。

再走几十步，右侧竟然出现了一个椭圆形湖泊。我拽着一株小树干，艰难地下到湖边，站到一块稍大的扁平石头上，举起相机想拍照。天空灰蒙蒙，混沌一色，没有一丝风，不见一朵云，没什么好拍的。我小心翼翼地蹲下来，眼前草叶葳蕤，野花芬芳，湖水清幽。突然，几米外的水面上出现了一个小小的涟漪，定是一只水蜻蜓之类的昆虫的杰作。虽未闻其声，未见其形，但已令我兴奋。相信还会有别的动物相继醒来弄出些动静，譬如鱼跃蛙鸣。

我站起身抬头东眺，天已透亮，两条白色的云彩如同绸带般飘浮在黛色的山梁上，湖岸树木与湖中水草已能看清，湖中小岛上还矗立着一块石碑。镜头拉近，看到石碑上刻着"鸳鸯湖"三字。这令我惊诧！此保护区为山林生态型，所保护鸟类多为大鸨、乌雕、金雕等森林草原鸟类，这么一个草原小湖泊，怎么会有水禽鸳鸯呢？

赛罕乌拉鸳鸯湖

赛罕乌拉之清晨

　　静谧中，不知不觉过去了一个多小时。东边的天空已呈橘黄色，那两条白云彩也被晕染了；对面岸边的小树林将其橘黄影像投到湖水中，湖水也被晕染了。我正忙着拍照，突然发现镜头里的云湖顷刻间都变成了鲜艳的红色，原来太阳露出了红红的笑脸。红日欢快地跳出山峦，挥洒出耀眼的光芒。再看天地间万物，一瞬间又都褪去了红色，露出了大自然的本来面目：云白了，山青了，水蓝了，树绿了。我也能从逆光中望见对岸的景象，稀疏的树林中有多条蜿蜒而晶亮的小溪，最后汇成一个"之"字，流进了鸳鸯湖。

　　我猜想，这水应该源自远处的山峦。作为大兴安岭南部典型山地的赛罕乌拉群山，涵养出乌兰坝河、海表河、灰通河等十几条河流，是西辽河上游一大支流查干木伦河的重要发源地。鸳鸯湖虽小，却与源头之水相联系。它的水满了，便溢出，从小石桥下流过，南经庆州故地，入查干木伦河，入西拉木伦河，入西辽河东流，最后汇入辽河南流，由盘锦辽河口入渤海辽东湾，小小溪流终成大海之波涛。有趣的是，在盘锦双台河口国家级自然保护区内，沼泽湿地里也有一条名为"鸳鸯沟"的天然海沟。鸳鸯湖与鸳鸯沟这两条同名的水流，一个在辽河之首，一个在辽河之尾，相距1300多公里的两水会在沧海中相遇，大自然是何等的神奇呀！倒应了那句话：山和山永远不可能走到一起，但水哪怕相隔得再远，却可能走到一起。

索博日嘎镇是巴林右旗最北的镇级建制。我在地图里看到，该镇以北有5条小河流相聚一股。可见，涓涓细流汇成的鸳鸯湖所处的是一处大水系，此处水源植物丰富，是足以滋养鸳鸯、黑鹳、鸿雁等湿地水鸟的。而对于逐水草而居的游牧民族来说，水源地也是他们生居死葬的首选。我由此明白了为什么1000多年前的辽代第二大城市庆州城会崛起于此地，辽王朝移动办公的秋季捺钵之地会设于此地，辽圣宗等5位皇帝的陵寝会坐落于此地。看来，查干木伦河滋润的这方水土具有这个能力。

令人欣慰的是，如今，赛罕乌拉这颗璀璨的明珠被草原人民呵护得如此完好。据保护区小册子介绍，为使这里保持宁静而美丽的原始自然本色，草原人民给予了一种刻意保护。在此区域内，散乱的村屯被迁出，不允许搞临时建筑，牧场划定界限定期轮牧。

此时，太阳收敛起光芒，升入了天空。一场色彩的喧嚣过后，鸳鸯湖恢复了常态，显得清清亮亮的。不过远处水面掀起了一个小小波澜，也不知是鱼跃还是蛙跳。大自然真正醒来啦！这时，听到坡上有人喊我吃饭。原来我在这里原地未动已两个多小时，但我还是舍不得走。在万籁俱寂中与大自然亲密接触，成为其中的一员，这清晨独特的感觉，真好！

回走，再看自然保护区管理站楼，感到莫名的亲切。我不仅拍下大楼，而且把楼周围的宣教设施也拍了下来。吃过早饭，我们一行在楼前的赛罕乌拉石碑前合影，算是告别，也留作纪念。

冰湖天鹅

4月上旬去新疆赛里木湖，看到的是残冬景致。赛里木湖是知名湖泊，古称"西方净海"。东西30公里、南北25公里的湖面处在群山环抱中，坡斜岸低的湖周是水草丰美的优良牧场。"赛里木"蒙古语意为"山脊上的湖"，突厥语意为"平安"，哈萨克语意为"祝愿"。传说，湖水是由一对殉情的年轻恋人的泪水汇集而成的，而在湖心东侧形影不离的两座小岛则是一对反抗施暴魔王含恨而死的情侣化成的。

临行前看资料，赛里木湖5月之后的春、夏、秋三季风光最美。其时，湖水清碧如镜，湖滨芳草如茵，湖光山色令人神往。而我们所见的冰湖残冬的景致同样别具神韵。放眼而望，湖面和湖周的草原、山野，连缀出一片晶莹雪色。呼吸一口澄净的空气，凉爽爽的，直入肺腑。

这个时候游湖的好处还在于，可以深入到湖心为所欲为，夏季就不能如此随意了，乘船的自由度毕竟有限。车一停，同伴们欢呼着奔向湖面，我则忙不迭地变换着镜头，抓紧时间拍摄。

我发现，南岸有些冰沿与岸土相交处已有些融化。一轮苍茫的白日，忙着从高远的天空将它的光影映射到这一点点融化的湖水里，但与雄旷的冰湖相比，它就像一个碗盘般大小，光辉也收敛着。此刻，几只看不清楚面目的小鸟唧啾着从湖面飞掠而过，我想该是山雀之类的留鸟吧。

风嗖嗖地吹起来，凉意渐浓，同伴们纷纷跑回车里。我也不好意思拖后腿，最后一个上了车。

突然，有人发现前方冰湖上有几只大鸟落下来，眼尖的说是天鹅。

赛里木湖畔果子沟大桥

我抬眼望去，远处湖心冰面上，确有鸟在，但看不清是什么鸟，便请求司机停车，好去拍几张照片。

70至200毫米的长焦镜头在平时是挺管用的，此时在广阔无垠的赛里木湖面前却显得无能为力。拉近镜头，我隐约看到共有6只鸟，每两只一组，3组间相隔数米。鸟的图像很小，就是几个白点，而且是白色的鸟在白色的冰面上，画面混沌不清。

到家在电脑里放大来看，照片效果还可以。卧在冰湖上的真的就是天鹅，最后那张照片中的两只天鹅还站立起来走动呢！我知道，天鹅平时是雌雄相伴形影不离的，而每两只在一起也正符合它们的习性。

我对天鹅有所了解，因为我的家乡盘锦的沼泽芦荡是天鹅等候鸟的迁徙驿站。天鹅，也叫"白天鹅"，学名"大天鹅"，主要生活在湖泊、沼泽、水库和池塘中，夏季多在我国东三省、内蒙古、新疆等同一纬度的区域繁殖，冬季迁徙至江淮一带越冬。我不禁好奇起来，这个季节在赛里木湖的天鹅，是从南方迁飞回来的，还是留在湖区过冬的呢？

我查到有关天鹅在赛里木湖的一些情况。原先到这个湖里来栖息的天鹅并不多，近几年才逐渐增多。有人6月上旬在赛里木湖拍摄时，曾在一天看到4个天鹅种群，最多的一群有12只。赛里木湖风景区迅速行动，特意开辟了天鹅观景点。那里很快成了游人喜欢光顾的地方，我能想象出游客的惊喜与满足。在盘锦，春秋候鸟迁徙的时候，我用望远镜看到过大天鹅。羽毛洁白纯粹，形体高贵典雅，尤以在水中随意游荡时的姿态最为优美：一会儿把长长的脖颈弯成S形，婀娜多姿，极尽妖娆；一会儿将脖颈伸得笔直如桅杆，身躯似船体，款款而行，极为沉稳。但天鹅是有灵性的动物，不好接近，一旦听到响动，便会迅速飞起。

我又看到一条令人高兴的消息：赛里木湖的天鹅已经不怕人。去年5月，一位游人说他在距离天鹅15米的地方拍照，天鹅并没有惊飞。这显然是风景区采取了保护措施，并得到游人共同维护的结果：人们的保护意识增强，没有发生过惊吓、伤害天鹅的事情；在与人的频繁接触中，天鹅没有发现危险。

但这些都未能解答我的疑问：在这人烟罕见的冷僻之地，天鹅会成为留鸟吗？经过不断查找，我终于发现了一段白天鹅在赛里木湖越冬的文字。2008年1月，有人去赛里木湖拍摄冬景，发现有些天鹅没有飞回南方，而选择留在赛里木湖泉水边越冬。这种情况实属少见。

是的，1月是赛里木湖最冷的时节，此时还在湖区的天鹅肯定是留在这里越冬的了。一般情况下，它们不是老弱的个体，便是失掉爱侣的单只，无力或无心南迁。当然，能够找到维持生命的食物和水也是主要原因。鸟类的迁徙并不完全是因为寒冷，更主要的是因为食物缺乏。鸟类的羽毛羽绒是很保暖的，在东北的扎龙、向海和盘锦那些鹤类自然保护区里，人工饲养的丹顶鹤都是在野外的鹤舍里度过一个又一个严冬的。而且，赛里木湖的冬季气温与东北中南部相仿，相对温暖些。显然，寒冷不足以对天鹅构成威胁。另外，饮水也没有问题，湖的四周是连绵不断的雪峰，还有上文提到的小片区域冬季有泉水涌出。但食物到哪里去找呢？天鹅的食物以水生植物的种子、茎叶为主，也吃一些软体动物、水生昆虫等。是从邻近果子沟里的松树、杉树等常青树林中寻找吃的呢，还是从岸边少许裸露的枯草中寻找吃的呢？其实，在冬季，赛里木湖周围山峦中的

忠贞的天鹅

树木多被冰雪覆盖，水生植物生活的区域也多冻得结结实实。

我拍到的天鹅，估计是早归迁回的。因为此时赛里木湖的冰面边缘已开始融化，岸土也开始松动坍塌，那里是可以觅到食物的。我想起在盘锦，惊蛰后便可看到迁飞回来的天鹅、凫、雁、鹳、鹤等候鸟。而去新疆时惊蛰已过去一个多月了。在与盘锦纬度相近的赛里木湖里发现的天鹅，应该是首批迁飞回来的，这样说来，那些掠湖而飞的小鸟也应该是鸥、莺之类的候鸟，说明赛里木湖的环境令天鹅等候鸟喜欢，所以才急不可待地从南方往回飞呢！前一天我们行车至乌鲁木齐郊外时曾见到排成"人"字形的三十几只大鸟从高空飞过，想必也是回迁的天鹅等候鸟吧！

这样的想法让我心安了许多，如果是在此越冬，寻找食物的确是个难题。但对天鹅在赛里木湖越冬的问题，我会继续关注，因为那是一个关涉天鹅等珍稀鸟类生存与保护的大问题。如果野生食物无法找到，那么，1月份在赛里木湖出现的天鹅，就应是有人在为它们定点投放食物。

想到赛里木湖的那些传说都与爱情有关，我觉得这里有夫妻鸟天鹅光顾的时间应该很早，只不过在这样一个400多平方公里的庞大湖区水域，世人能看到天鹅的概率很小罢了。近年游人能够看到天鹅是注意保护的结果，但观看到的季节多在5月湖水彻底融化、大批天鹅回迁之后。而我们这群人，能在冰雪覆盖的赛里木湖看到天鹅，实属幸运。

我期待，天鹅的所有问题都能早日得到解决。到那时，我一定再去赛里木湖看夏景，近距离接触天鹅。那定是另一番人与天鹅和睦共处的景象：雪峰青松把黝黑的倒影投向靛蓝色绸缎般的湖面，一只只白色天鹅悠游其上，如同片片白云浮动水中；湖滨大片的绿茵上游人如织却悄无声息，没人去惊动那些美丽高雅的天使，一任从浩渺湖面吹来的和煦微风轻拂脸庞。

站在西辽河岸边

辽河干流是由西辽河与东辽河汇流而成,西辽河则是由西拉木伦河、老哈河汇流而成。那年7月,我们一行人从巴林右旗南下,一路东行,兴致勃勃地奔向通辽市开鲁县城,目的是去西辽河两大支流汇合处麦新镇,以观西辽河干流起点之壮观景象。

时近中午,进入开鲁县城,但见高楼林立,街路整洁,一派兴旺景象。元朝的统治虽然不到百年,但在镇子中心地段却留下一座著名的遗物佛塔。塔身下大上小,浑然一体,其色洁白,其势巍峨,与北京北海公园里的白塔相似。

地图上标示,西拉木伦河与老哈河汇流处在苏家堡枢纽上游20公里左右的地方,以此为起点,直至东西辽河汇流处辽宁省昌图县福德店。西辽河全长近450公里。我想象不出,各自流淌了400公里的西辽河两大支流交汇时该是怎样的汹涌澎湃。看过元塔,我们便急着要去麦新镇。陪同我们的开鲁县文联陈主席却说,西辽河已断流多年,他事先特意询问了县水利局,回答是,即使雨水较大的今年,河里依然没有水。这消息令我们愕然!

但专程来看西辽河起点,总得接近一下河道哇!于是我们提议去离开鲁镇最近的西辽河岸边看看。从镇子出来,径直南行,过明仁村,再过明胜村,陈主席的头车从玉米地里冲出,驶入一片白沙地带,然后骤然停下。他说,这里就是西辽河。眼前这段四五百米宽的河床竟然没有一滴水。应是一场小雨过后,干涸的河泥如鱼鳞般片片卷起;炫目的白沙，晃得我心痛。我再问："这是正宗的西辽河河道吗？"陈主席点头。西辽河水系为通辽市境内第一大水系，容纳西拉木伦河、老哈河、新开河、教来河4条主要支流。河对岸为奈曼旗清河镇。不时见两岸有人在河床上通行，人们使用各式交通工具，或赶着马车，或骑着摩托车，或驾着小轿车"过河"。这里已成了两岸的一条交通便道。两年前，我在只身走辽河的范震威先生的书中看到，2007年他在开鲁看到西拉木伦河断流，老哈河还有涓涓细流。本以为是个个例，陈主席却介绍说，西辽河在20世纪初期开始出现季节性断流，近来却连续全年断流。

西辽河汇流处历来为交通要道，辽代时还是一个人口聚集的大地方，萧太后决定在此修筑的永州城曾热闹非凡。我们原计划到两河交汇处看过后，再往前行一段，去处于交汇前两河夹持地带的永州城遗址。陈主席却说，那个在翁牛特旗巴彦诺尔村的城址，前些年还曾出土过古墓葬，但现在已被河道的沙土掩埋，只剩下一点土城墙基了。

开鲁县元代佛塔

让我想不通的是，西辽河怎么就变成了一条干河？那本《蒙古民歌精选 99 首》中所歌咏的"西辽河"在哪儿？"高高的兴安岭有源头，波涛汹涌有九条支流。西辽河啊西辽河，你的流水赛甘露。沙砾浅滩有渡口，河谷两岸长满柳树。西辽河啊西辽河，你为我们带来幸福。"这首科尔沁民歌所记录的胜景难道都成了过眼云烟吗？面前那一道道横在河道里、横在岸边的沙梁，此刻都陈列到了我的心头。西辽河，你的碧波哪里去了？我听不到你的回答。难道你的涛声与你的泪水已一起流尽，而欲哭无泪了吗？

这份沉重让我无法释怀。回家后查看资料，证实了陈主席所言，老哈河也在几年前于距离两河汇流处约 20 公里的奈曼旗苇莲苏乡断流。至此，西辽河两大支流在交汇前便已全部连年断流，而且成了一种常态。断流后的两河，如同伤了元气的耄耋老者，始终未得喘息恢复。面对满眼黄沙，谁还能指望西辽河的河道里会存有点滴流水呢？那条"波涛汹涌""流水赛甘露"的西辽河，我们只能在"梦里寻他千百度"啦！

河道纵向无水流来，两岸横向也无水渗入，断流便在所难免。为什么无水？天气干旱是原因，流域降水减少，支流先断流；毁草垦荒、放牧，流域植被遭破坏是原因；人口增加，生产生活用水增加也是原因。但水库拦蓄却是主要原因。在全长 870 多公里的西辽河 4 条主要支流沿线竟建有 90 多座大中小型水库。西辽河流域的旗县多属于赤峰市与通辽市管辖。赤峰在西辽河上游共建有大中小型水库 82 个，通辽在西辽河中游建有 5 座大型水库，其中 4 座已干枯。

修建水库蓄水，调节旱涝，无可非议。但这里有一个在水资源数量恒定条件下，如何解决局部利益合理分配利用的问题。西拉木伦河在交汇前 55 公里处的翁牛特旗海拉苏镇断流，那里建有一个将河横断截流的河闸。两个放水孔道，一个给西拉木伦河，流往下游；另一个给人工开掘的幸福河灌渠，去灌溉该旗的 10 万亩水稻田。显而易见，如果上游水量小，河闸的管理者会打开哪个闸门呢？显然要牺牲流域下游的利益啦。但是，听说近年过了雨季，即使打开灌渠的闸门也已无水可以流进。

科尔沁草原从来与西辽河如影相随。现在，河水减少了，河床干涸了，河沙裸露堆积，河床直接成为沙源地；周边的生态环境也随之恶化，林木矮化，草场退化。断流使地表水资源不足，导致地下水下降。河流的生态平衡被打破，流域内的风沙自然日益加大，生态危机便接连袭来。

这情形，宛若西辽河母亲的外衣被剥夺了：她无奈地裸露着肌肤，任凭趁机而来的大兴安岭南端风暴的抽打；肆虐的风沙在她的躯体上累积起一道道沙丘，压得她喘不过气来。

人类对待水，远古时代无能为力，人怕水，面对大水洪波，只能顺其自然。随着工业化时代的到来，人类已有很大能力来"改造自然"，进入到人管水的阶段。贪婪的人类，诸种水利都要，却忽略了河流的生态属性和自然环境的保护。顾此失彼，弄没了河水，造成了诸多不可挽回的损失。

西辽河真的变成了一条干河。那日我们继续往东走，直至通辽市区，一路未见一道水流。通辽因坐落在河水丰沛之处而得名。而如今的通辽人来得干脆，在通往市区的西辽河科尔沁大桥下修起一道滚水坝，以堵截河流，积存河水。但下望那城中之河也只汪起一层浅浅的淤水，连沙渚上的茅草都未淹没。犹如困龙的西辽河，在这里被束缚在钢筋水泥的河槽里。它一定挣扎过，号叫过，最终却无可奈何。

接下来我们北上，去位于科尔沁左翼中旗的舍伯吐镇孝庄故里访问。从地图上看，那是一片被西辽河及其支流新开河拥簇的土地。河北遵化清东陵大墙外的孝庄陵墓虽然破败不堪，但这位西辽河孕育的女杰在家乡却得到了充分的尊重。偌大的达尔罕亲王府被翻建一新，专门辟有孝庄文皇后博物馆。出人意料的是，其中还建有嘎达梅林纪念馆。原来，那个为保护家乡草原环境而率众起义的蒙古族英雄即达尔罕亲王所辖旗的总兵。他们反对的是民国政府将草原开垦为农耕地，但放垦并未因嘎达梅林的奋起抗争而停止，西辽河流域的科尔沁草原一步步沙化，成为科尔沁沙地的一部分。嘎达梅林为之牺牲的乌力吉木仁河早已断流，河床变沙沟，河岸上的一片片沙化农田里耸起了一座座沙包。

再北行一点，我们到达了以河流命名的珠日河草原。但遗憾的是，在偌大的草野上，我们不仅没看到河流，也未看到花朵。而两天前，在比其纬度还高的赛罕乌拉国家级自然保护区荣升湿地，在一平方米范围内，便可看到紫花苜蓿、野豌豆、扁蓿豆等十数种野花。眼前，几个年轻人骑马跑过，腾起的尘烟眯人眼目。

西辽河的下游是吉林省双辽市，原计划没安排，现在就更不想去了。"通辽"无水，"双辽"会有水吗？事后得知，直到东西辽河汇流处福德店，西辽河都是断流的，只有东辽河尚有水流。有人戏谑如今的"辽河只剩'半

西辽河河道纵横可行

条命'"，这比喻既形象又深刻，直刺人心。

　　文明是社会发展到较高阶段表现出来的状态，涵盖了人与自然、人与社会、人与人之间的关系。从这个意义上说，追求人心与水的相融，是自古以来的传统，更涉及文明的演进。对此，辽河先民是适者生存的典范。他们与自然契合，不违拗河流的习性，因势利导，合理利用，浇灌出一朵朵文明之花，推进了社会的进步。当时他们所面对的大自然不知要比现在凶险多少倍，但在各种自然灾害面前，他们始终是有所作为的。正是有了他们的创造与努力，才有了辽河文明的昨日和今天。不难想象，如果河道长久没有水流，岸上的家园缺青少绿，我们祖先所创造的灿烂文明势必在我们这个时段黯然失色，无以承继。

　　其实，横贯西辽河流域东西的科尔沁沙地，本身就是红山诸文化区域最大的沙漠化地区，也是一个生态脆弱区。其地貌地势特殊，气候环境复杂，地质、水文、植被的特点决定了它的不稳定性和多变性。这样一个客观存在，本该受到人类的百般呵护，但事实却不尽然。

从西辽河流域走过，所见城镇都建设得美轮美奂，河流却愈加干涸。这反差说明当下的人类在可持续发展上出了问题。从长远的角度看，纵使岸上的家园建造得再好，但人类生存的环境问题得不到很好的解决，那结果是极度危险的。站在西辽河之岸，我一次次想到那句十分流行的话："地球上最后一滴水，将是人类的眼泪。"心中不免阵阵战栗。

水是生命之源，如同肌体中的血液，没有水就没有生命；河流是我们生命的组成部分，河流自身也是生命。我们应该像对待生命体一样，维持河流生命的基本流量，保证河流的生命健康。

善待千万年来养育了一代代生灵的辽河吧！快加入生态文明建设的队伍中来，大家齐心协力，让辽河早日再现奔流不息的景象，让先民所创造的辽河文明接续绵延，把辽河之流引向一个光明的未来吧！

但愿如此。

排溪观海

其实，我是一个在濒海之地长大的人，靠渤海辽东湾的家乡是辽河入海口，有100多公里的海岸线，我却没有一次机会能与大海晨昏相伴，因为家乡的海岸是泥滩。辽河在入海时，将数千里流程裹挟而来的泥沙带给了河口两岸，淤积而成的沼泽湿地上，长满了芦苇与碱蓬草。地老天荒中，那滩涂越来越宽广，成为世界之最，却更阻碍了乡人近海的脚步。

这次，到海南岛山根镇排溪村看望老乡，我才得以站到了大海之岸，真正过了一把与大海零距离亲近的瘾。

这处海岸在亚洲博鳌论坛会址南约30公里处，同处海南岛东部海岸线，都面朝着烟波浩渺的南海。

傍晚时分，我们到达村里。一入二楼房间，便听到了一种类似大水拍岸的声响，一问，果然是来自海岸的大海轰鸣。原来，我们的住处离海岸竟然只有百余米。

放下行装，我们忙向海边奔去。穿过一条椰林路，双脚便站到了沙滩上。举目远眺，微云朵朵伴随着横流沧海；瞻顾左右，轻风阵阵拂动着高挑椰树。这海湾虽小，却独立自在，铺展出了一幅海天苍茫之气象。

碧绿的排浪，雪白的浪花，有节奏地向岸边拍来，退去。我不禁脱掉鞋子，面迎潮润的风，踩着湿凉的沙，迎向浪头跑去。老乡却喊，别太靠近海水，会被卷走的。试探着，我站到离潮水洇湿处五六米的地方，看那海浪的每一次进与退：浪来时，如翡似翠的浪花层层迭起，一排排绽放；浪退时，均匀地铺在沙滩上的潮水，如同拉扯开来的一床硕大的

排溪日出

雪白丝絮。海浪与沙滩亲密接触，以永恒的姿态，和着千年不变的节律，一回回不知疲倦地舒卷；但每一次都是新的样式，绝不重复。趁潮水退去时刻，我赶紧踩出一行脚印，却顷刻间被下一排拍岸的浪头冲刷得平平整整，了无痕迹，仿佛一切都未曾发生。我想到形容人渺小的那个词"沧海一粟"，却不足以描述我当时的感受。我还发现，大海的品质是洁净无染的。潮水退去的当儿，平坦的沙滩经常一尘不染洁净如洗。当然，对于那些污水等液体的污染，大海也是无可奈何的。从这一点上说，海洋保护的责任主要还在我们人类自身。

望着海平线之上横陈的铅灰色厚云，我问老乡："今天能看到日落吗？"他十分肯定地说："不能。""那明早能看到日出吗？"他迟疑着说："应该也不能。因为这个季节早晨多是阴天，已有10多天未见到日出了。"

海边的夜晚真舒服。海风送来丝丝凉意，海涛奏起了催眠乐曲。当黝黑的夜色下潮水与沙滩一次次默契相亲时，我的胸膛也随着大海的呼吸而起伏，迷蒙中飘到它那蔚蓝色的梦境里。枕椰风浪语而眠，自是难得的体验，也是无比的享受。

手机闹钟把我从沉睡中唤醒，因为我拍日出之心未死。出得楼来，仰望天空，一片灰蓝色，月亮还在黢黑的椰林上窥望。来到岸边，见东方海面上的那道云彩仍未散去，反而色调更深重了。倒是高空那颗独自闪亮的启明星，让人觉得是个好兆头而心生期待。

潮情似乎没有什么变化，浪头依然很高，潮水与沙滩相交的水陆之际与昨晚也相差不远。我正心生无奈时，天边景象却发生了突变。从厚厚的堆云之上，太阳突然俏皮地露出了半边脸，如同一枚红色的下弦月，然后便蹦跳着升腾起来。滚圆日轮中是纯色的红，似一团燃烧的火，冲破周边黑灰的云层，将海天映照；其下的大海仿佛也在欢呼红日的升起，白色的浪一排紧接着一排，向岸边簇拥而来，拍岸涛声如乐曲一遍遍奏鸣。突然，红日魔幻般褪去了红装，换上了金色的霞帔，随即抛下来一条宽宽的光带，纵向覆盖在天空、云层、大海、沙滩之上，如铺设起一条金光大道连天接地，又如一条金黄绶带颁发给助力日出的大海。潮水洇过的沙滩上现出一大片光点，那一刻，我正站在光点的边缘，金光在脚下熠熠闪耀，我忙退后几步，抓拍下了那美妙的瞬间。

立足海岸，面迎大海，真真切切地看到日出东方的磅礴气势、壮丽景象，我心震撼，深感庆幸。这时，不知从哪里传来了嗒嗒嗒的马达声。同伴说："快看，那边有船。"我向海天交际处望去，仿佛从天而降的两艘机动船正驶近光带，几只海鸥划过云层随之上下飞舞。在湛蓝大海的底色上，黑色的桅杆，黑色的船体，黑色的翔鸟，都如慢镜头般缓缓移动，起伏的线条构成了逆光中的系列剪影。这真是为海上日出送来的锦上添花之笔呀！

这时，金色的太阳已不见踪影，一定是遨游到上空去了，但仍以它的万道余光将海天照亮。我也拍得数百帧上乘照片，心满意足地往回返了。

第二天，竟然又有红日喷薄而出，我极为尽兴，拍照也很有收获。

感谢排溪，把气象的不可能变成了可能，连续两天给我观赏海上日出的恩赐。吃过早饭，老乡带我们去游博鳌。在那里，乘船观海，见海中巨礁状似大鳌，迎涛矗立，也见到惊涛拍沙岸，浪卷如雪，但诸多胜景，都比不过排溪海天的浪涌日出。在我的心里，排溪的海，才是真正的大海；排溪日出，才是至美的大海晨景。

排溪之名，应是望海景而生义，我会把这富有诗意的海湾永留心底。

雪水润绿洲

去新疆之前，我满脑子都是大漠戈壁的荒蛮景象，到了新疆才发现，那里有很多风光优美的绿洲。听说，新疆166万平方公里的辖区内，建成的大大小小绿洲已有1000多个。

新疆地处亚欧大陆的中心，远离大洋，又有高山于周围阻隔，十分微弱的海洋暖湿气流只能沿着北疆西部的一些断谷进入准噶尔盆地，却很难进入本区内部。雨量本就稀少，沙砾土壤蒸发量又大，因此，新疆自古便因缺水而形成了大片不毛之地，绿洲在这个区域显得弥足珍贵。

现有绿洲，少数是依靠融雪河流而自然生成的天然绿洲，多数是开垦出来的农田、村镇等人工营造的绿洲。人工绿洲，古代多在交通要道和戍所驿路的屯垦点，现代则多在以生产建设兵团为主体的垦荒造田处。

秦为屯垦戍边创始者，将此举扩展到西域则由西汉始，之后历代纷纷效法，经东汉、魏晋南北朝、隋、唐、宋、元、明、清诸代，新疆的垦荒史延续了2000余年，犹如一首古韵悠扬的长歌，传唱至今。屯田，成了统一、经营西域的良策。

西汉之初，汉武帝即下令"置校尉，屯田渠犁"，开始了70年的屯垦。今以伊宁市为中心的伊犁河谷地带便是西汉在西域最早的"军垦"地。接着，屯垦地点又扩大到轮台、吐鲁番等地。士卒亦耕亦战，不仅为军队提供了给养，而且发展了生产，促进了城镇的兴起，成为西域开发和维护社会安定的一支重要力量。

屯垦造就了绿洲农业。这次新疆之行，我到过的几个地方，如伊宁、吐鲁番、鄯善、塔城、乌鲁木齐等地都是良田万顷、城市繁荣，基本都是最早被屯垦而后历代接续开垦的地方。伊犁是丝绸之路北线上的重要城市，如今已成为一个繁荣富庶的农业区。我游伊宁正值4月，正是万物复苏、姹紫嫣红的时节，村落兴旺，阡陌连绵，粉桃吐芳，绿麦返青，不愧为"瀚海湿岛""塞外江南"。

无疑，所屯之田都是依靠了水的支撑，但新疆夏季蒸发量大，水量大为减少，因此，新疆垦荒必先修水利。水的问题解决得好，屯垦的成果就大，绿洲就能巩固。所以，汉代以来历代中央政府在新疆屯垦都以兴修水利为重点，由此加快了新疆农业的开发。

新疆的地理特征是"三山夹两盆"。阿尔泰山、天山和昆仑山三条山脉夹拥着准噶尔和塔里木两大盆地。两大盆地，主要靠那纵横东西1700公里的天山山脉冰川所融之水滋养。因而，如何充分利用天山水资源灌溉农田成为至关重要的问题。

在古代，新疆的水利设施主要是地上明渠和地下坎儿井，至隋唐，灌渠建设进一步扩大。位于吐鲁番东南的高昌故城，灌溉渠道已达相当规模，朝廷还专门设有水官负责统筹该地的水利建设。参观高昌时，见到城南一条在10公里内建有16处支渠的堤堰，可以想见正是这些水利设施才支撑起这座西域大城郭的繁华。至清代，政府在天山南北组织修

天山雪峰下的良田

建的灌渠更多。为加强新疆的军事力量，1764年清政府从东北盛京调出一支由锡伯人组成的军队及家眷3000人迁徙到伊犁驻防屯垦。他们先修建了一条长约90公里的干渠，引伊犁河水灌溉农田，后又在锡伯营总管图伯特率领下，用8年的时间，在旧渠北面开凿了一条长100多公里宽3米多的新渠。两渠共可溉田10多万亩，至今仍在发挥作用。与此同时，新疆最高军政首领伊犁将军松筠，也在伊犁河北面进行规模更大的水利建设，既修理旧渠，又穿凿新渠，拓展出一条长80多公里可引接喀什河水的新支渠，皇帝命名"通惠渠"，百姓则称其为"皇渠"。

也许是历史的巧合，在伊犁河渠的建设上，林则徐也做出了重大贡献。他不仅是禁烟英雄，也是新疆开垦的有功之臣。1844年冬，经过4个多月的奔波劳顿，风尘仆仆的林则徐到达伊犁惠远城戍所。他看到，缺水的八旗垦地久被废弃，便慨然捐资修渠。富有治水经验的林则徐亲临工地指挥督导，历时4个月，用工10万，修出龙口六里渠首，引喀什河水直泻霍城东南的乌哈里克河，与皇渠连为一体，使10万多亩荒地得到复垦。林则徐虽在惠远城只居住了两年零一个月，却留下了一段被人们誉为"林公渠"的纪念物泽被后世。

不久，皇帝又授命林则徐对新疆其他荒地进行查勘筹划。一个年近花甲之人，一年时间里纵横3万余里，足迹遍及新疆的北部、南部和东部10多个重要城镇。每到一地，林则徐便与地方官员一起察水源、辟沟渠、兴办水利、教民耕作，共开辟出垦地近70万亩。

坎儿井则是天山南麓吐鲁番各族人民的伟大创造。这种以雪水为源的自流灌溉工程，与万里长城、京杭大运河并称为"中国古代三大工程"。吐鲁番自然生态环境恶劣，素有"火洲""风库"之称，是新疆最低、最热、最干的地方。境内既无泉水又无河流，常年无雪无雨，土壤渗水性很强，那么，靠什么来浇灌田地呢？

在五道林、五星乡坎儿井博物馆，我们看到了这种伟大发明的流程剖面。利用地形坡度特点，开凿竖井挖出地下暗渠，将几十米乃至百米以下的地下潜流接通，待接近田地时，再用明渠导入灌溉，有效地减少了雪水的沿途蒸发。

坎儿井由此成为历代屯垦的主要水利设施。曾两次到吐鲁番勘察的林则徐发现坎儿井后，便大力向新疆各地推广。在其推动下，吐鲁番坎儿井迅速推广到托克逊、伊拉里克等地，现喀什伊犁河谷一带，还可看

九寨沟冬天的五花海

赛罕乌拉之绚烂霞光

到 150 多处坎儿井遗址。为了纪念林则徐此番业绩，当地群众把坎儿井称为"林公井"。

　　回到内地的林则徐将在新疆亲自踏勘得到的第一手资料亲手送给了钦差大臣左宗棠。1883 年左宗棠进兵收复新疆失地之后，把恢复和发展南北疆的农田水利作为重要的善后工作，坎儿井建设再掀高潮。短短 3 年中，除修复吐鲁番 200 处坎儿井外，又在连木沁、鄯善、库车、哈密等地新建 180 多处，并进而扩展到天山北麓的奇台、阜康、巴里坤和昆仑山北麓皮山等地。百姓建坎儿井的积极性也被调动起来，连木沁以西的吐鲁番盆地上，建成的"坎儿井以千百计"，灌溉面积占当地耕地总面积的 70%。之后 10 年间，全新疆新垦荒地近千万亩，于西汉开垦的乌鲁木齐此时成为最大的绿洲，一跃成为全疆的经济政治中心。即使在机电井普及的 1998 年，吐鲁番、哈密两个地区在使用的坎儿井仍有 600 多处。春天到吐鲁番之东的鄯善县，虽见不到葡萄的晾晒，但通过沿路沙坡上密密麻麻的晾房便可想象出葡萄生产的盛况，坎儿井的作用可见一斑。在鄯善县，我们还看到了坎儿井所创造出的绿洲奇迹，库木塔格沙漠座座黄色沙山与树木鲜翠的绿洲城市鄯善县城紧紧相连，只隔一道砖墙。

　　当代，新疆的主要水利设施是水库。直到清末，全疆还没有一座正规水库。1941 年，修建了第一座水库；新中国成立初期，修建了当时西北五省区最大的红雁水库；而后，从 1950 年到 2000 年 50 年间修建了近 500 座水库。正是这些分布在南北疆的大小水库滋润起一片片新的绿洲。

　　王震将军创立并领导的新疆生产建设兵团是新疆当代水利工程建设的先行军。兵团的开发与历代的屯垦不同，不仅是解决部队自给，还从事社会化的生产与经营，成为新疆经济发展的重要组成部分。本着不与民争地的原则，拓垦地多选在人迹罕至的沙漠荒原。

　　兵团在开发伊始便修建水库，开辟新灌区。50 年来，仅兵团修建的大中小型水库就有 100 多座，引水枢纽工程 60 多座，开出各种支渠 8 万多公里，灌溉农田 1500 万亩，屯垦出的土地面积相当于过去 2000 多年的总和。

　　在兴修水利的同时，兵团还十分注重保护生态，优化环境。174 个农牧团场的渠修到哪儿，地种到哪儿，树就栽到哪儿。如今，一个农牧循环、林业养护的绿色生态农业体系已经建成，兵团所有的灌区都成了生机盎然的绿洲，灌区内的各族农牧民也都成了这些水利设施的受益者。

　　东距自治区首府乌鲁木齐150公里的石河子市是兵团大本营。1950年2月的石河子，还是一个荒僻的游牧点，部队开拔至此，拉动了"军垦第一犁"，在亘古戈壁上犁出了一个又一个人间奇迹。石河子的开垦也是以水利建设为先导。如今，几代军垦人艰苦创业所建成的10多座水库，以蓄水总量4亿多立方米而成为新疆第二大灌区玛纳斯河灌区的主体。他们还十分重视植树绿化防沙退沙，创造了"人进沙退"的奇迹，让绿洲在保护中延伸。昔日的荒原、苇湖、碱滩如今已成为农场林立、良田肥沃、林网密布、水草丰美的新绿洲，赢得了全国"园林绿化先进城市"称号，还被联合国授予"人居环境改善良好城市"荣誉称号。

　　参观了石河子军垦博物馆后，我来到对面的广场，在巍然矗立着王震将军铜像和军垦第一犁雕塑的广场上，石河子人正享受着美好的生活：一个妈妈带着小女儿在放风筝，一位爷爷为孙子遥控着小汽车，更多的

美丽的伊犁河谷

老人在悠扬的乐声中翩然起舞。举目四望，建筑间遍布花草树木，行道树并排数行呈带状。我从心里感叹，这真是一座"绿城"啊！车子驶出城时，我更加深了对"绿城"的印象。原来，城周围的护城林带竟宽达150米，真是大手笔！

在新疆，为绿洲建设出力的典型随处可见。为去看望我省援建新疆指挥部的同志们，我们专程去了塔城市。那座只有7万人口的小城，万树吐绿，桃李芬芳。她的那份整洁清静，令人印象深刻。听指挥部的同志介绍，塔城人为修水利设施极尽努力，地区所辖的裕民县人自力更生，不等不靠，抡起铁锹钢镐，开山炸石，打洞筑坝，终于开通了位于盘旋陡峭群峰山腰间8公里长的防渗大渠，修建成了"山中坎儿井"，创造了"中国西北的红旗渠"，使干渴的山间土地一片接一片变绿。

新疆屯垦史不断创新、日臻完善，以至兵团的组织和开垦方式，已达到了一个历史新高度。新疆人还在不断提高灌溉农业的科技含量，在坚持不懈地进行园林网化、渠道防渗漏建设的基础上，近些年又增建了喷灌、滴灌等节水措施。开源与节流并重，让生命之水源源不断，引领着新疆农业发展的新方向。

在4月的新疆，一路行走，一路欣喜。我由衷地信服，有能力将丰沛雪水利用起来滋润良田的新疆各族人民，一定会让这片土地更加充满生机、绿意盎然。

寻找潢源

辽河是辽宁第一大河,流经内蒙古、河北、吉林、辽宁四省区,最后从渤海辽东湾汇入大海。从古至今辽河一路润泽了两岸的土地和人民,孕育出了兴隆洼文化、红山文化等古老的辽河文明形态,腾飞起中华第一条巨龙,放射出中华文明的第一缕曙光。这些,都加重了辽河在我心中的分量,寻访辽河之源的念头在我心中酝酿已久。

辽河分为西辽河与东辽河,而西辽河有南北两个大的源头,南源老哈河地处河北省平泉市西北的七老图山脉光头山,北源西拉木伦河地处内蒙古克什克腾旗中西部的浑善达克沙地东缘。那年7月,寻源之旅终于成行。我们先去了路途近且好走的老哈河,然后动身去路途远且难行的西拉木伦河。

西拉木伦河古称"潢水""潢河",在与老哈河汇流之前自行流淌了375公里;其源远流长,历史悠久,在辽河水系中占有重要位置。那些镌刻在河岸山峰上的古老岩画证明,早在原始社会这里就有人类活动,沿河流域则是商先民及北方游牧民族的摇篮。

前一天,我们奔波数百公里后在克旗旗府经棚镇住下,翌日,换乘吉普车在当地朋友的陪同下去寻找潢源。向西行40多公里,在好来呼热乡附近驶下公路,余下的30公里路程都是荒径野路。开始,在开阔而起伏的沙丘和草野上,沿着时隐时现的便道行驶,偶尔可见骑着摩托车的牧民在被铁丝网围护起来的草野上放逐着牛羊。走着走着,就不见人迹了,开始了无路可寻、最为艰难的一段行驶。向导几度迷路,车子几度陷入沙窝。

几经周折，我们终于到达一处平坦的沙岗，然后从此下坡，再下坡，在长满杨树、榆树、桦树、红柳及灌木杂树的林间一味地倾斜而行，旁侧是深百米的沟壑，对面高耸的是一道被绿树青草覆盖的沙梁。最后，从陡峭的沙坡下到一处沙地平台。平台很小，呈簸箕状展开，东向开裂成谷，从台顶下望，深几米处三面环丘的坡底有些湿润晶莹。克旗的朋友说，这便是叫作"源水头"的潢源了。

我三步并作两步跌跌撞撞地向下冲到坡底，终于站到了坡下的沙地上。辽宁人民的母亲河，我终于来到了你的源头！趴跪在孕育河水的沙地上，我真真切切地看到，水从坡底及两侧坡脚的水草和沙土中一点一滴地渗出；一群蓝色的小蝴蝶飞来飞去，争相落在湿漉漉的沙土上吮吸着水珠。爬起身来，顺着斜面往下走了三十几步，可见两岸斑驳陆离的沙坡上如蚯蚓般蠕动的细流涓涓涌出，汇成了一道水深不过拳头，宽度一步可跨的清澈溪流。

潢水渗流发源的过程，就像大地母亲在用手一点一滴地挤出她的乳汁，溪水的熠熠闪光仿若新生命的搏动。这就是与黄河长江一道孕育了北方传统文化、聚历史遗存于一身的，并使中国古代文明史提前了近千年的辽河文明的源泉之地吗？简直令人难以置信！那一刻，我的心一下子收紧。辽河之源，你的形成是如此艰难，又是如此神圣啊！我虔诚地走近水岸，然后伫立在那里，默默地向源水头致敬。

河水是天生地造也是天地呼应的结果。天聚拢云层化为雨水降到大地上，雨水渗入到沙原地下；大地将雨水呵护涵养，一部分滋补地表绿色植物，一部分沉入沙地深层，积攒融汇，以微波细流为大河发源。天地联手酿造的琼浆——河水如同血液给万物的生命以滋养，使得岸边文明演绎的舞台摇曳多姿。那么，我们人类应该如何保护好河水这个生命之源呢？

我想到前一天，在潢河上游看到的辽代修建的普渡桥畔的小庙，就是专门用来祭祀潢水的。还有刚刚路过的沙岗上竖立的那座潢河敖包，也是专门用来祭祀潢源的。可见，生活在潢水两岸的人民自古就懂得珍爱这河水，并把那份爱升华为一种崇拜、一种信仰。

其实，这里蕴含的是一个人和水的关系问题。人与自然万物，包括人与水，应该是相互尊重、相互依靠、相互保全。人依靠水、养护水，水就会变得温顺，变成水利以益人；反过来，如果水的生成环境遭到破坏，水就会变得暴戾，变成水灾以害人。保护自然生态环境，应是人类的天职。

这样的一个道理，并不是每朝每代都能认识清楚的，潢源的自然生态就屡遭劫难。

潢源在辽代之前有一个非常好听的名字，叫"平地松林"。起先，我是从《契丹国志》里记载的一则青牛白马缔造契丹祖先的传说里知道的这个地名。用那个骑青牛从潢水源头奔西辽河而来的女子的话说，我家乡那儿，土地平坦，长满了高大的松树，叫"平地松林"。后来，从《中国历史地图集》上，我真查到了对平地松林的标注，包括七老图山与大兴安岭南端之间的一个三角地带，方圆有1000里，又称"千里松林"，而潢源一带则是那偌大松林的核心区域。

然而，今天寻源一路走过，于沙丘草野中看到的多为阔叶树种，偶尔可见云杉、沙地柏，松树却很少见，千年以上的松树更是一棵也不得见。

专家断言，广阔的平地松林是在辽末消失的。一说，骤增的人口的生产、生活消耗掉大量的森林资源。辽之前的潢河流域主要是牧区，待辽江山大定后，此域人口大量会聚定居，改牧场为农田，砍伐树木修城建都，草原生态环境遭到破坏。二说，皇家频繁的狩猎，"行帐办公"，食宿行消耗掉大量林木。到元明时，重建牧场，潢河植被一度有所恢复，但到清代，在西辽河流域大肆垦荒，日本侵占时垦荒加剧，生态环境逐步恶化。

砍伐树木，过度开垦是草原退化的过去时，而超载放牧和水库截流却是水源减少、草原沙化的进行时。掠夺式的超载放牧，破坏了植被，使水土流失，河道干涸，沙地干旱加剧；对河水拦蓄截流过度，造成下游流量减少乃至断流，使辽河的生态链条脱节。

潢源一带的原始林早已消失，现存的阔叶林或混交林都是次生林，且在日益减少。林地变成荒漠，荒漠流动为沙丘。拥有潢河源头流域的克旗亦逃不出这个宿命。由于干旱和过度放牧，原本植被相对较好的潢源一带，也出现植被退化、水源涵养能力锐减等问题。当克旗人认识到造成沙化的主要原因就是人类自己时，从2000年开始，借国家投资治理京津风沙源的契机，全民恢复生态环境的行动便开始了。旗里提出"生态好，百业兴"的口号，把生态建设放到了全旗经济、社会发展大局的战略地位，于每年春秋两季展开大规模的生态建设大会战。对潢河流域

潢水支流白岔河岩画

实施全封闭管理，开展休牧、禁牧、划区轮牧，使大面积退化、沙化的牧场得以休养生息、自我恢复，同时完成了退耕还林还草、万亩人工造林和封山育林任务。

经过十几年的治理，沙化基本得到遏制，潢河两岸植被逐步恢复，水土流失和沙化现象明显改善，水源涵养功能大大增强，沿河的生态系统也变得更加多样化了。如今的潢河，以其清丽的面目重现风姿，而源头的变化更为显著。

我们参观了离水源头最近的响水水电站。那是一幅人水和谐、山清水秀的清丽图画：水库中，一泓碧水如玻璃般透明，且波澜不惊；库边山包上，密密麻麻的白桦树以倾倒之靓影与水波亲密接触，大片绽开笑脸的波斯菊正竞相向蓝天白云打着招呼。潢河之源，是那样恬静而光鲜。

克旗政府注意合理利用横贯全旗的水能资源优势服务民生，修坝蓄水建水库，既能装机发电，又能为农牧田输水灌溉。水电站的湖光山色还赢得了络绎不绝的观光者，成为上好的旅游资源。

克旗人不失时机地将潢河优质资源延伸，又开展起漂流项目。从源头出发，沿潢河呈东西向延伸开的是一条长 340 公里、宽 50 公里的潢源峡谷，利用峡谷的百米水位落差和狭窄河道，从龙口水电站顺河开展漂流。一路上可领略到绿树掩沙丘、碧波任鱼跃的诸多美景。我们到达那闻名远近的潢水第一漂时，只见游人如织，一群一伙的年轻人欢笑打闹着从河面上漂游而过。

从陆路也可游览峡谷风光。从响水水电站至龙口水电站，已建成沿河 50 多公里的风光带。与他地那些石峰夹持幽深峭立的峡谷不同，这个峡谷峰不高、水不深。我们沿南岸的沙石路，顺流一路向东，在一幅潢源清流的画图中徐缓而行。南岸起伏的沙梁间绿杨白桦密林郁郁葱葱，北岸平缓的坡地上墩柳矮榆灌木交织错落。满眼的青山绿水！我几次想

龙口水电站漂流

叫停车拍照，但终究没好意思开口。大家对此赞不绝口，克旗朋友自豪地说，这滨河路一线已建成内蒙古自治区级的自然保护区了。在开展旅游的同时，他们格外注重以各种形式对游客进行生态环境保护方面的宣传和教育，让这里的景致越来越好。

河水一旦变为水利，给予人类的恩惠是多么丰盈啊！对潢源水资源在保护的基础上适当利用，已成为克旗经济发展的命脉；发电灌溉、供水防洪、生态旅游，在克旗已形成了一个综合体。克旗人在获得生态效益的同时，也收获着经济效益和社会效益，这正是生态文明阶段绿色经济发展的核心所在，是人与水关系和谐的高级形态。

但在潢河上游的克旗人如鱼得水、以水兴旗的欢笑中，我却为河之下游的状况而忧虑。西拉木伦河与老哈河汇流后的西辽河，从2000年始已连续多年断流。如何保护西辽河流域的植被，生发大水源，这应该是全流域共同的责任。

当然，拥有丰富源头活水的克旗人毫不大意，而是更加珍惜水资源。他们在节水灌溉、水源工程、牧草种植等方面，综合运用先进技术，提高水资源利用率，实现了水、草、林的一体化管理。看来，最重要的是找到问题并解决，即科学发展观的树立。相信已赶上生态文明建设这班快车的克旗人一定能把潢源的事情办好，在享用潢河诸多水利的同时，努力去避免水之危害；更重要的是让潢源有更多的水流出，去贯通那百转千回绵长辽河的始终。

在就要离开克旗的时候，一个工程项目又让我忧心忡忡。一个国有大型企业的煤制气项目落脚克旗，用的是邻近的锡林浩特的褐煤，依赖的却是西拉木伦河的水源。目前，已在潢河源头区修建了一座大型水库，将潢源及两个最大支流的源头之水全部截流。本来因气候恶化、水土流失等原因，源头之水就已在减少，再从源头段截流提取，克旗自身的水利设施能否保证正常运转，西辽河的水量能否受到影响？人和水总得要相互照应的呀！皮之不存，毛将焉附？水之断流，人何以堪？但愿我的担心是多余的。

返程是沿着内蒙古大通道从克旗直奔赤峰，其实一路都是沿着潢河在走。我仔细地看着，那河一会儿在路左，一会儿在路右，我的心情也随之百般缠绵。但愿这潢河之水朝着3000里外的大海，源源不断地流向前方，让汤汤流水生生不息的情景永久保持。

兴凯湖水鸟

知兴凯湖大名,因其是俄罗斯西伯利亚与我国东南沿海之间迁徙鸟类的必经之地和繁殖基地。我游兴凯湖时为初秋。导游带着遗憾说,每年早春,这里是世界上最著名的观鸟地之一。冰消雪化大地回春,来自我国台湾、东南沿海、长江中下游、渤海湾,以及日本群岛、朝鲜半岛等越冬地的 150 多种鸟类,翱翔数千公里来到兴凯湖,高峰期日过往量达 17 万只。它们在此停歇、觅食,其中丹顶鹤、白枕鹤、白鹤、大天鹅、白尾海雕、大白鹭、苍鹭、草鹭等众多珍稀鸟类还会留在此地繁殖。

但我不知道兴凯湖还分为大、小湖,而兴凯湖则是大兴凯湖和小兴凯湖二者之统称。在国家地质公园博物馆,我了解到,九水汇流、湖面浩渺的大湖原为我国内湖,1860 年中俄《北京条约》签订后,水域面积 4300 多平方公里的兴凯湖变成了中俄界湖,大湖南部三分之二为沙俄占有,北部 1220 平方公里面积属中国。小兴凯湖在大湖北部,全部在中国境内,水域面积 140 平方公里,狭长如带,护卫着大湖。两湖之间是一条 90 公里长、1 公里宽、数米高的天然湖岗。原始自然的湖泊、沼泽、草甸、湖岗和森林组成了兴凯湖一个完整复杂的湿地生态系统,具有丰富的生物多样性,是天然的物种基因库,为目前世界上为数不多的未受污染面积较大的湿地之一。1986 年 4 月,经黑龙江省人民政府批准建立省级兴凯湖自然保护区,主要保护湿地生态系统和珍禽。保护区地理位置独特,与俄罗斯一侧的湿地连为一片,因此得以开展国际合作与交流。1992 年 7 月,在国际鹤类基金会的帮助下,与俄罗斯一起建立了兴凯湖国际联合自然保护区，1994年4月经国务院批准晋升为国家级自然保护区。中俄两国政府还签署了《关于兴凯湖自然保护区协定》，以保护区管理处为主成立了联合保护委员会，从而使兴凯湖的保护更具国际意义。保护工作不断取得重大进步：1997年3月，首批加入东北亚鹤类保护网络，被列入国际重要湿地，为世界三块最大湿地之一；后又加入了中国人与生物圈组织，成为世界生物圈保护区新成员。

我们参观完保护区培训中心，第一站去游建在小兴凯湖北岸一线的兴凯湖湿地公园。游园的主要线路是一条3公里长的木板栈桥，栈桥修建在湿地湖水中，南北向5个亭子将游览区分为5段，每段各具特色。站在岸边瞭望，远山苍茫，湖波浩渺，小兴凯湖一点也不小。

从北面登上沼柳、芦苇掩映的栈桥，桥身曲折，与湖岸若即若离，但绝不靠近，你也无法登岸。走在栈桥上，湿地美景令人目不暇接：右面是湿地，长满睡莲、五花草、菱角等上百种水生植物；左面是湖面，湖水波光粼粼，大大小小的水鸟啁啾翻飞。

栈桥为路，人可在宁静祥和的湖光山色中行走，与自然融为一体，那种感觉真好。

导游说，在湿地落脚的水鸟有60多种，在本区繁殖的近50种。丹顶鹤等国家一级保护鸟类9种，丹顶鹤繁殖种群已达60余只，是中国第三大繁殖种群。即使在观鸟淡季，在此湿地栖息的鸟的数量也有2万多只。但你看不全，那些形体大些的鸟类，如丹顶鹤、白枕鹤、白额雁、大天鹅、小天鹅、东方白鹳等的繁殖生息区都选在僻静的芦荡深处，为保护区核心区，不许游人进入。在湖面上的水鸟多为鸭、鹭、鸥等科。这里可以说是野鸭的乐园，国内有30种鸭类，本区内就有18种，在此繁殖的有15种。顺着他的指引，我们向远处湖南岸水域望去，只见数百只野鸭等水鸟正在湖面飞荡觅食，逆光中，它们都成了黑色剪影，正像一群于湖波金丝银线上跳跃的舞者。

我们边走边聊。有人问："这些鸟吃什么？"导游说，兴凯湖有品种丰富的鱼类，其中最著名的是兴凯湖白鱼，它与乌苏里江的大麻哈鱼、绥芬河的滩头鱼被誉为"边塞三珍"呢！当然，大鱼多为人类享用，那些小鱼才是鸟类的食物。

走着走着，我发现不远处一小块苇洲中有动静。站定用镜头拉近一看，是两只野鸭卧于其中，好像正在午休。一只为另一只啄吮羽毛，另一只张开翅膀扇动凉风。好一对亲密伴侣！这不足1平方米的地方倒够它们搭建窝巢的，而且野鸭的繁殖力很强。今年肯定是孵化成功了的，但那一窝鸭雏都去哪儿啦？

有一段栈桥与湿地距离拉近，我还看到了一处苇丛前的一对白骨顶鸡。此鸟如家鸡般大小，全身乌黑，仅嘴巴和额甲为白色，甚是可爱。它们也是春天从南方返回这里来繁殖的，但与那对野鸭一样，其身边也看不到雏鸟了。它们在水中比肩而游，并不时晃动着身子不住地点头，尾羽拍打着水面，好像在欢迎游人的到来。但听到人语声时却快速躲避起来，一只潜入水中，一只游进水草里。不久又都出来相聚，然后仿佛一声令下，双鸟同时在水面上长距离助跑后一齐飞起，短短的双翅迅速扇动，鸣声嘎嘎，飞不多远又贴着水面飞落下来。

我很高兴，在这个鸟不多的时节，却依然看到了那些可爱的水鸟。至栈桥的尽头，我们进入第二站乘船游。左侧是绵长的湖岗古树林带；

兴凯湖游船

右侧是小兴凯湖狭长的湖面波光。游船劈波斩浪，原本因湖底多淤泥和腐殖质而浑浊的湖水，却泛起了雪白的浪花。素喜追波逐浪的鸥鸟前赴后继，一次次俯冲入水，乘水浪翻动鱼虾跃起之机而得利。湖中有一个游人禁入的鸟岛，两个造型别致的亭子如同两朵倒扣之白莲花，不大的岛上落满了各种水鸟。

水秀林翠，鱼跃鸟翔，荡漾在湖上真是惬意极了。半个小时后，我们在新开流码头上岸，开始第三站登台游。观景平台建在岸边湖岗头，在船上已看到它的全貌——一座似白鸟展翅的三层楼台。登上台顶俯瞰，两湖一岗一览无余：一侧是小兴凯湖及湿地，另一侧是大兴凯湖及湖畔沙滩，中间是绿林覆盖的湖岗。湖面浩瀚，长天寂寥，几只大鸟从台顶掠过，无数小鸟在湖面游弋，此刻的兴凯湖秋景气魄，正是"落霞与孤鹜齐飞，秋水共长天一色"的至美景色，丝毫不逊于王勃所描绘之鄱阳湖。但举目遥望南边苍茫无际的湖面，那就是我们失去的现属俄罗斯的大好河山，我心不免戚然。

从观景台下来，走进狭长得遥无边际的湖岸沙滩，一长串草伞如一朵朵蘑菇随着岸线伸向远方。脱了鞋，光着脚，踩沙踏浪，去品味沙之细软、水之清凉、风之潮润、浪之轻卷。抬头平视大兴凯湖，进而你可感受到一个大湖的海样气魄：如海之波澜壮阔，似海之浩渺无边。给我深刻印象的不是那几位不怕水凉、敢于下水游泳的人，而是离岸数十米、挺立在水中的一棵大树。它不怕水涝，不怕冰冻吗？这沧海一"树"，俨然是一位顶天立地的英雄！

游完沙滩便拐上湖岗，去游览新开流文化遗址，是为游程的第四站。1972年在湖岗核心区新开流发现了距今6100多年的新石器时代古遗址，一个长300米、宽80米的群落，已发掘古墓32座、鱼窖10座，出土了大量以鱼鳞纹、网纹、波纹为特征的陶器和渔猎工具等文物。这富有渔猎文明特征的遗址被认定为满族先祖肃慎人的繁衍生息之所，命名为"新开流文化"。

茂密的森林遮天蔽日，走在林间小路上，上望不见天空，下看不到两边的湖岸湖水。导游介绍，兴凯湖植物资源丰富，国家二级保护植物就有9种，最著名的是生长在湖岗上的兴凯湖松。这种在兴凯湖地区长期演化的自然杂交树种，迎风斗雪，能耐零下40摄氏度的严寒。抬头仰望林立的兴凯湖松，棵棵笔直向上，挺拔伟岸，令人油然而生敬佩之情。

我想到刚刚看到的那棵水中大树，它也应该是一棵兴凯湖松吧。这岗上松林还是国家一级保护动物白尾海雕、金雕的主要繁殖栖息地。金雕特别喜欢栖息在针叶林中，筑巢常距地面数十米，还狡兔三窟般筑多个巢作为迷惑加以隐蔽。我们当然无从看到那狡黠而神秘的大雕。

来到林子深处，见到一块省政府设立的"新开流遗址"石碑。旁边还有近年鸡西市政府竖立的一尊肃慎人的高大塑像，他身披鹿皮，腰缠猪首，背箭矢持鱼标，头顶鹰肩立雕，器宇轩昂，无比威武雄壮。

到此，兴凯湖的观光项目就进行完了，但我的观鸟活动却没有结束。回到宾馆，吃过晚饭，我独自一人去往湖边。正是红霞满天、湖光灿烂、渔舟唱晚之时。兴凯湖的黄昏太壮丽啦，只是少见飞鸟。再往前走，向湖岸里边望去，是一大片开阔滩地，中间有一道浅浅的水沟，我蓦然发现了那上面的一大群小鸟。它们沿着水沟一字排开，走动觅食，各不相扰。原来小鸟们都早早飞离湖面，来了个众鸟归滩。喜出望外的我，趴在土岗上连忙拍摄起来。

鸟的个头不大，细喙长腿，鸣声嘈杂。天空一色火红，而滩地上那些水沟都变成了一条条银色的光带。这些鸟为抓紧捕食，低颈伸喙，叼来啄去，偶尔有一只平直低飞，飞不多远便又落下。逆光中，一只只墨黑小鸟如同五线谱上的一个个音符，正在弹奏动听的天地交响。小鸟单个入镜没有什么特别之处，但一群鸟之列阵，在开阔简洁的背景和纤纤苇草的前景烘托下，便别有一番风味。我一直拍到天色完全昏暗下来。

第二天吃过早餐就要返程。你想，我能不起早吗？不到5点，太阳刚刚露头我又来到湖边。昨日傍晚还风平浪静的大兴凯湖，此时却波涛汹涌起来。一位穿着防水衣裤的渔民站在水岸中解开了船缆，两位渔民一前一后驾驶着一艘小机动船准备起航。浪头一个接一个迎面袭来，我的镜头里，小船70度角斜立起来，一半船身宛如被波涛吞没，几欲倾覆，情境煞是吓人。但在一阵突突声中船便开远了。不愧为肃慎后裔，靠水吃水，彪悍而勇敢。这时，一群鸥鸟闻风而动，从天而降迅飞下来，追逐着渔船激起的波浪而去。

送走了渔船，我赶紧去找那些小鸟。后来得知，这是兴凯鹬，候鸟，常在水边或田野中捕吃小鱼、贝类等，而晨昏觅食也是它们的一种习性。泥色的滩地，白色的水流，翠绿的苇草间，身着褐色花羽的小鸟已开始有秩序地觅食。这是自然界一个普通的清晨，我却万分庆幸，竟然再次

兴凯湖之鹬

与这些辛勤小鸟相遇共处。因为就要与兴凯湖告别，与那些鸟告别，我一直拍摄到早饭时间才离开。

　　游览过兴凯湖景区，你会深刻体验到，保护好生态，人与自然万物和谐共生，是件多么美妙的事情。导游见我对鸟感兴趣，便对我说，在兴凯湖最东端松阿察河与兴凯湖交汇处、当地人叫作"龙口"的地方，有几平方公里的水面不封冻，一些鸟常年在那里栖息。你一年四季任何时候来兴凯湖，都有鸟可观。

　　兴凯松，兴凯鹬，兴凯湖白鱼……不知兴凯湖养育出了多少独特的物种。这里，既是人的乐土，也是鸟的乐园。兴凯湖，你是一片神奇的天地！

浑河清源

久居辽河与大辽河入海口,对辽河熟悉却对大辽河支流浑河有些陌生。调入沈阳工作后与浑河的接触才多起来,尤其近几年开展浑河治污后,到处可见浑河沿岸的变化。面对抚顺浑河滨河路、沈阳浑河带状公园一幅幅自然生态美景,不禁心生探源之想。

浑河是纵贯辽宁省东部和中部的著名河流,古称"沈水",又称"小辽水",全长415公里,是辽宁省第二大河流,同时也是全省水资源最丰富的内河。浑河自古为辽河最大支流,在盘山县六间房与辽河汇合后,以辽河干流向东南流,从现在大辽河河口入海。1958年,人们将辽河干流径直向南疏通,堵断浑河,使其单独南流,不再与辽河相通,而在大洼县与海城县交界的三岔河与太子河汇流成大辽河后,于营口西炮台注入渤海。浑河如同一根锦线,一路向西南依次把清原、新宾、抚顺、沈阳、辽中、灯塔、辽阳、台安、大洼、大石桥、海城、营口等县(区)市串联起来,形成一个庞大水系,以其广阔流域,滋润着一方乐土之上的人民,生发出灿烂的文化涟漪。

那年国庆节刚过,我从沈阳出发溯流而上,途经抚顺,到清原县去探访浑河源头。沈阳市至清原县城150多公里都是高速公路。头一天在清原镇住下,准备第二天去源头地。

清晨5点我便起床,去横穿镇子的浑河边拍日出。一出门,雾气便扑面而来,我仍执意从清原宾馆步行10分钟来到浑河大桥上。河面的雾气更加浓重,但岸边晨练的人不少。我问一位老先生:"这是雾气还是雾霾?"他笑着说:"我们这里哪有雾霾?我们县城是一块被群山环抱的河谷盆地,地势低洼,容易窝积雾气。况且,浑河承担了辽宁省中心城市群的工农业生产及生活用水,离这儿不远的大伙房水库是沈阳、抚顺两大城市的生活用水水源地,这里是严禁兴办对环境有污染的工业企业的。"

吃过早饭便出发。向西南行25公里左右到达湾甸子镇,南行再东拐行不到1公里,到达浑河源头第一座大型水库后楼水库,接着进入砍椽沟"浑河源森林公园"山门,再东行过石庙子、地车沟村后便不见村屯,真正进入了林海之中。

与镇子同名的林场为抚顺市面积最大的林场,浑河源头即在林场中的滚马岭下。相传,唐朝大将薛礼征东路过这里,因贪恋眼前的景致不慎滚落马下,"滚马岭"由此得名。这传说还真贴近史实。史载,隋、唐多次征讨高句丽未成,最后,唐高宗李治派遣薛礼率领大军在清原北面的四平一带彻底击败了高句丽与靺鞨联军。

滚马岭下浑河源头

浑河河谷一线，往东与英额河及吉林境内的白云河相接，自古就是一条西出东进的重要通道，可直达位于吉林的高句丽都城，河谷沿途历代曾建有多处山城。这里地理位置显要，得到清太祖努尔哈赤的青睐，曾亲笔为滚马岭题名。

　　据陪同者小祁介绍，滚马岭面积有351公顷，这里植被保持完好，森林覆盖率高达70%以上。特别是近几年，随着总面积8240公顷的浑河源森林公园的建立，这片宁静的山林尽展其完美容颜。古时这里称作"那仑窝集"，意即"树木茂密之地"。一路走来所见名不虚传。在密布着针阔混交林的连绵山峦中穿行，座座山谷呈现出十足的秋意，满眼是落叶树木的金黄与不落叶松枝的暗绿，唯不见红叶。小祁说，这里位于辽宁东北部，纬度高，天冷得早，红枫类树叶刚刚凋零飘落。

　　其实，这里的山势与我想象的不同，山峰不高，山岭连绵，却与"岭"之地名相符。道路在两侧山峦树木的夹拥中，一条涓细的河流在道路左右闪现，那应是浑河源头段的样子。看来，离泉流奔涌的源头不会太远了。我无数次从20世纪70年代修建的大辽河入海口第一桥田庄台大桥上走过，近日又参观了新建的更为接近大辽河入海口的营盘大桥，给我的印象，大辽河河面开阔，水量始终是充沛的，入海时的气势也从来都是波涛汹涌、势不可当的。

　　听说，前几年没修路时，汽车开不进源头，需要披荆斩棘步行数小时才能到达。现在好了，一条水泥路已修到了滚马岭下。从山门行驶近一个小时，有山峦横住了道路，呈现在面前的是一个两边高中间凹的山洼。只步行了数十米，便到达了源头景区。

　　一块刻着"浑河源"字样的巨石耸立于前，字为时任辽宁省省长所题。石碑后面是两个积水小湖，两湖后边的水岸中立有一个小亭子。从两侧的茅草小路可到达亭子后的山坡，那里便是源头泉眼所在。泉眼本在山坡草丛中，现在被几块石头砌围起来，中间稍大的石头上刻着"源头"二字。看来，这里的人们没少下功夫，却在无意间破坏了源头的原始风貌。

　　但这里毕竟是源头所在，我俯下身子仔细查看，在碎石的罅隙间，米粒般的水珠于泉眼中时隐时现，湿润着一小条手掌宽的山土，然后汇成一条小水沟，流向落满秋叶的第一道小湖，满溢后再流向第二道小湖，再满溢后才流出源头最初的水流。原来浑河源头竟是这样发源的！一条浩瀚大河的发源竟是这样的涓涓细流，竟会如此默默无闻。下到湖边，

浑河源头碑刻

我掬起一捧泉水一尝,在第一现场体味了浑河的清冽澄净。我珍视从泉眼到小水沟数米间的天然流动,截取下这几米的断面,拍摄下泉流形成的样子。画面里看不到任何人为痕迹,聊以满足我对自然原始源头的期望。

浑河一路都在石质的山岩河床中流淌,它的源流始终都是清澈的,但为何却以"浑"字命名?传说是由努尔哈赤以智用兵所成。当时努尔哈赤闻报明军20万向建州杀来，心生一计，命仅有的几万兵马全部下河，同时又发动沿河百姓把马粪全部倾倒在河里。一条清澈见底的大河顷刻间被搅浑。明大将李成梁到萨尔浒后见没有叛军抵抗，却见河水浑浊，好似千军万马蹚过，担心被包围便撤离了。努尔哈赤将此胜归功于河水浑浊，"浑河"之名乃得。

　　小祁说，为实现清原"四季可游"的目标，县里准备整合旅游资源，在滚马岭原始次生林内兴建一座占地6000多亩的滑雪场，以使源头景区规模化。午餐安排在不远处的林场场部。席间，有人询问林场领导下一步的发展规划，他回应说还没有大肆开发源头景区的想法。无论从防护森林安全角度，还是从保护水源地生态角度，我觉得采取如此较为慎重的态度都是好的，在保护的基础上进行旅游开发是正道。

　　有大山才有大水。清原县境北部的长白山余脉哈达岭山脉由东北向西南横陈，西南部的莫日红山海拔超过了千米；东南部的山脉属长白山龙岗支脉，连绵起伏的崇山峻岭平均海拔在800米左右。这些植被保护完好的山峰林海，具备了为大水发源成河的条件。就是这块土地所蕴含的无穷水体，发源了浑河、清河、柴河、柳河等多条大河，浑河源就是在东部数座千米高峰的怀抱中孕育的。河水流过那些起伏不平海拔在200米至400米之间的丘陵山地，形成了浑河谷地，即县人所说的"八山一水一分田"中的"一分田"，为清原县主要的农耕区所在。浑河因为有清原县的"八山"为之发源补流，水量始终充沛。虽然辽宁遭遇60年一遇的大旱，但一路上我们看到玉米都颗粒饱满。

　　大水之畔有文明。虽然田地少，但水量充沛，史上浑河流域就是一块宜居地。傍水而居，河畔的山坡台地成了历代浑河流域先民定居生产的首选。这种生存哲学促进了区域文明，全县3000多平方公里的土地上遍布古迹，多处在浑河流域。已发现的有古城9座、古文化遗址4处、石棺墓70余座，还有多处石棚遗址和柳条边遗址。古城年代久远，多为战国至汉代的山城。如一个英额门镇，就有长春屯村的双砬子山城和大林子村北的高力城等。从春秋战国至明清时期都有种类繁多的文物出土。较多的是剑斧钺矛等青铜器，石镞、镑、刀等石器和陶罐、壶、网坠、纺轮等陶器。而处于浑河源头的湾甸子镇，出土的文物尤其多，反映出浑河先民对大山屏障下水泉源头地的选择与依赖，如尖山子村西约500米的西山上建有战国至汉代的城址西大山山城，小错草沟的石墓中出土了两件珍贵的石剑；奇特的是在最为邻近源头的砍椽沟村于 1957 年先后出土古铜钱 4000 余斤，1974 年至 1981 年又 4 次出土了古铜钱 120 余斤。这里莫非曾是一个十分富有的大聚落？

　　源头泉流一经流出，立即得到群山万壑之水的补充，从未断流。从古到今，浑河顺流而下一泻千里，成了辽宁中部城市群的母亲河，滋养着流域一代代勤劳智慧的人民。在抚顺浑河两岸，不仅建有汉魏时期的高尔山山城，还建有后金的两座临时都城——界藩山城和萨尔浒山城。在沈阳浑河古道北岸，那座 7200 年前的沈阳新乐遗址，是浑河岸边最早的村落，填补了辽河流域下游早期人类活动的空白。新乐先民创作出的煤精雕刻与鸟形木雕等精湛艺术，体现出流域人民的智慧，反映出的是"辽河文明"的万年曙光。而 6000 多年后，在浑河流域发展壮大的努尔哈赤极有预见地把都城从太子河畔的东京迁到了浑河岸边的盛京，也是看好了那条奔流的大河吧！如今，沈阳已成为东北最大的都市。实际上，以沈阳为中心辐射而成的经济体——方兴未艾的辽宁中部城市群，基本是由浑河、太子河流域的城市组成。浑河，这条取之不尽用之不竭的大河就是辽宁经济发展繁荣的生命线。

　　我相信，为了浑河源流永远清澈奔涌，得享它恩惠的流域人民定会饮水思源，倍加努力地珍爱她，让她的明天更为亮丽多姿。

大美青海湖

7月的青海湖，天高水阔，鱼翔浅底，水鸟争鸣，蜂蝶飞舞，望不到边际的油菜花田像一条金色毡带蜿蜒于湖边。这天人合一的境界，让人恨不得步步驻留。说青海湖是"人间大美""美出天际"，真是恰如其分。这场景，彻底颠覆了古人诗句中对大湖流域的印象："汉下白登道，胡窥青海湾。由来征战地，不见有人还。"如今的青海湖，不再是人迹罕至令人凄楚之地，而早已成为游人如织的旅游胜地。

位于海晏县西南部的青海湖是我国最大的内陆咸水湖，水域面积4400多平方公里。其典型、独特的地貌，孕育出丰富而珍贵的动植物资源。每年春夏之季，青海湖冰雪消融，棕头鸥、鱼鸥、斑头雁、鸬鹚、黑颈鹤等10余种共10万余只候鸟从南方迁徙而来，齐聚鸟岛、沙岛、海心山等湖中岛屿，那时的青海湖便成了鸟的天下。

我带着7岁的孙女登上游船顶部的观礼台。青海湖浩渺无际，犹如一面巨大的镜子镶嵌在青藏高原的雪峰云岭间；直扑眼帘的它波澜不惊，闪烁着蓝宝石般迷人的光彩。船劈波斩浪，船舷两侧泛起雪白的浪花，几只海鸥追逐着游船上下飞舞，一面鲜红的五星红旗在船头哗哗响着迎风招展。

我不禁感叹青海人之幸运，拥有如此多的天然旅游资源，但随后听到解说员的介绍，我才发现自己是片面的。青海人早在20世纪90年代便开始注意青海湖的生态保护了。

青海湖所在区域，不仅是生物多样性与生物种质基因的重要库存，是维系青藏高原生态安全的重要水体,还是阻挡西部荒漠向东部蔓延的一道天然屏障。青海湖的生态环境一度退化,青海人从汇入青海湖的布哈河湟鱼洄游的状况,看出了问题所在。老一辈青海人用洗衣盆购买湟鱼,而他们的后代欲一品湖鲜而不能。20世纪50至70年代,过度捕捞导致青海湖湟鱼资源量急剧下降,对整个生态系统构成了重大威胁。一部《大湖断裂》的报告引起了人们的生态忧虑,更唤醒了环境保护意识。直面现实的青海人首先收起了一张张撒向湖面的渔网,吹响了保护与治理青海湖流域生态环境的集结号。

20多年来,从政府到民间,整合力量,用功弥补这门落下的生态保护功课:实施了青海湖流域生态环境治理、"三北"四期防护林建设、天然林保护和退耕还林等生态建设项目。易地扶贫搬迁,建设保障性住房等生态移民措施,也有序地引导了农牧民向城镇和乡镇转移。仅海晏一县,就先后搬迁6个村,迁移近3000名农牧民。难怪在湖边公路行驶数十公里,在偌大的青海湖周边,竟看不到一个村落。全流域仅林业工程即投资近两亿元,通过一系列大动作,一批生态林建设项目和沙漠化土地完成治理,青海湖生态环境保护工程取得重大实效:青海湖流域林

青海湖船坞

地面积增加，水域面积也连续 10 多年增大；整个流域生态功能得以恢复，自然生态系统实现了良性循环。从此，青海湖生态环境保护和治理走上了依法治湖的轨道。1992 年被列入《国际重要湿地公约》，1997 年建立青海湖国家级自然保护区，2003 年青海省人大常委会通过《青海湖流域生态环境保护条例》，2007 年国家发展和改革委员会正式批复了《青海湖流域生态环境保护与综合治理规划》。

时下，正值青海湖特有的湟鱼大规模洄游季节，一批批湟鱼汇聚于此；候鸟的集中繁殖也开始了，艰辛洄游产卵的湟鱼成了在青海湖繁衍的夏候鸟共同的"主食"。可见，如果洄游湟鱼减少，不仅人类品不到鲜，孵卵期鸟类也会缺少食物，复合生态共生体系中的食物链就会衰减断裂。保护湟鱼，就是保护了青海湖流域的一条生态纽带。从这个意义上说，青海人又何尝不是同样经历了一场生命的洄游。

我认真地听着讲解，突然听到一直在船舷边玩的孙女喊我。她说：

青海湖自在的水鸟

"奶奶，这风中有水珠，把我的衣服都溅湿弄脏了。"我把她揽入怀中，告诉她，这湖水很干净，溅到嘴里都没事。

眼下，青海省下一步的工作重点已明确，拟从森林资源管护、湿地资源保护、防沙治沙、生态文化旅游、生物多样性保护等多方面入手，以生态文明统领经济社会发展全局。真心希望也坚信，青海湖的生态治理，会永远葆有对生命的敬畏，承担起人类的责任。但青海湖地域广阔，自然条件严酷，土地沙化、湿地萎缩、草场退化等自然生态问题也会不时出现，加之生态建设投入不足、生物多样性遭破坏等人为因素影响，生态环境保护的任务仍然十分繁重。难怪从解说词中可以听出，守望这片家园的青海人对青海湖的环境保护直到今天依然持有一种谨慎的乐观。

船正在靠岸，孙女把桌子上的垃圾都收到塑料袋里，嘴里边说着"可不能把湖水弄脏了"，边把手中的塑料袋扔进船尾的果皮箱里。

一上岸，我们便看到一块宣传牌，上面写着："良好的生态环境是最公平的公共产品，是最普惠的民生福祉，更是青海最诱人的旅游福利。"有着如此清醒而深刻认识的青海人，你还用担心他们的下一步环境保护目标不能实现吗？到餐饮中心就餐，我故意提问，有湟鱼吗？服务员笑着说，那是二级保护动物，一直封湖禁捕的。虽然近些年青海湖的湟鱼比过去多了，但也是不允许捕的。也许，实现湟鱼资源蕴藏量逐步接近或达到原始量，使这一生态系统能够平衡尚需时日，但人们的认识已经到位，青海湖的明天无疑会更美好。

南海翡翠博鳌

2001年2月,博鳌亚洲论坛在海南成功召开并永久落户,从2002年始,论坛每年定期在中国海南博鳌召开年会,这是第一个总部设在中国的国际会议组织,受到亚洲各国普遍支持和世界各国广泛关注。博鳌,这个名不见经传的小渔村从此广为人知。

那次去海南,朋友驱车带我们一行三人专游博鳌。博鳌者,大鳌也。博鳌是海南岛东部面迎南海的一个形如巨鳌、名曰东屿的小岛。东屿岛是万泉河的入海口。发源于海南五指山的万泉河是海南岛第三大河,也是一条未受污染、生态环境优美的热带河流,整个流域拥有典型的热带雨林景观和巧夺天工的地貌,堪比南美洲的亚马孙河。处于河海交融处的博鳌,地理独特,风光旖旎,令人叹为观止,为论坛会址锦上添花。

陆地通往东屿岛只有一座全长351米的培兰大桥,万泉河水在桥下悠然流淌。上岛后,沿宽广的景区主干道前行,一侧便是占地面积1670亩的国际会议中心高尔夫球场。球场之规划独具匠心,巧妙融合了当地独特的自然地形,在绿色葱茏中,小溪、瀑布、民居及古朴的园林景观浑然一体。往里走不远,是三层高、总面积近4万平方米的博鳌亚洲论坛会议中心大楼,会场的黄色主色调给人以金碧辉煌、规模宏大、宽敞明亮之感。此即为博鳌亚洲论坛年会的永久性会址。

宏伟气派的现代建筑、智能化的会议设施、动静相宜的高尔夫球场、古老动人的美丽传说,景区里呈现出一派人与自然和谐相处、其乐融融的氛围。在岛上参观完毕,我们到码头乘船去对面海中的玉带滩。玉带滩在博鳌岛的东部，呈南北走向，其尾部与陆地相连，是一条地形狭长达2.5千米的沙滩半岛，犹如一条长长的玉带，飘荡在万泉河口与南海之间，将二者隔开。

玉带滩内侧是万泉河、沙美内海，湖光山色一览无余；外侧是烟波浩渺的南海，一望无际。内外相应的独特地理形态构成了一幅奇异的景观，且仅此独有。1999年6月，上海大世界基尼斯总部认定玉带滩是"分隔海、河最狭窄的沙滩半岛"，列为"基尼斯之最"。

站在沙滩向南海望去，一块巨石横卧在波涛中。同伴笑道："这不也是一只大鳌吗？"我有同感，这就是一个缩小了的博鳌，它们都卧于海中，劈波斩浪，无所畏惧，象征着鳌头独立的意义。

博鳌人对自然原始生态的保护也是够国际水准的。在狭长的玉带滩，除了几个供游客纳凉的蘑菇状草亭，没有任何永久性建筑。来到沙滩上，你看到最多的是插着旅行社旗帜的一堆堆各式鞋子。是呀，面对脚下细

澄净的博鳌

博鳌海滩

腻洁净的沙滩，面对排排涌来的雪白浪花，谁还会不脱掉鞋子，赤着脚去接大海之气呢？我更是忙得不亦乐乎，两三下拽掉鞋子，挎上大小相机，奔向波翻浪涌处。脚面是轻吻的浪花，脚底是温柔的细沙。向前看，浪头撞击在巨石上，溅起冲天浪花；向远望，海天一色，浩瀚无边。一种天之涯海之角的感触油然而生。是呀，在博鳌西侧不远的地方就是著名的"天涯海角"景区。虽然观沧海的角度不同，但心情却是相同的。如此奇美风光，真令人陶醉！这景区的确够得上"海南省十佳旅游区""海南省优秀涉外旅游参观点""海南文明风景旅游示范点"之美誉。如今的博鳌不仅是亚洲的，也是世界的，联合国教科文组织专家一致盛赞博鳌是世界上河流入海口自然环境保存得最完好的地方之一。

在玉带滩上目不暇接地赏景，又忙着拍摄各种景致，我落在了两位同伴的后面，已登上返程游船的她们大声呼唤着我。我连忙换上鞋子，紧跑几步登上了船舷。突然，我发现船侧沙滩水边有一簇绿色植物，连忙跳下船，蹲下来用微距拍照。整个海岸，只有这一株植物，开着两朵靛蓝色的花，在黄白色的沙滩上分外显眼。我认出是一株野生植物水葫芦，边拍照边纳闷，这种淡水植物，怎么能在海边生长呢？而它又是怎样立足到这里的呢？也许是从河口处被雨水冲到了这里，也许因入海口的水体中河水多海水少、盐度较低的缘故。待我挺身抬头准备再登船时，平静的海面已不见了船的踪影，那艘游船已悄无声息地开走了。

等待下一艘船时，环视博鳌岛周边，美丽景象一一映入眼帘：金牛岭、田涌岭、龙潭岭三岭环抱着洁净的沙美内海，万泉河、龙滚河、九曲江三条内陆河流于此交汇入海，东屿岛、沙坡岛、鸳鸯岛在烟波浩渺的海水中遥相呼应。我不禁感叹，"博鳌亚洲论坛"这个国际会议组织，选择这样一个至美的海陆边缘作为会址真是有眼光！

两个同伴在对岸码头等我。原来，当那艘船开动时，她们正在热聊着，待下船时，才发现我没登船。她们开我的玩笑，以为你留在玉带滩不走啦！

岭湾相连，椰林葱郁；海河相汇，潮起潮落；山岛相望，云白风清。这就是博鳌，一块镶嵌在南海的巨大翡翠，集万千光彩于一身，美丽而奇特。她是如此令人流连忘返。

镜泊湖之山水城

去牡丹江，必游镜泊湖风景区。这个由百里长湖、火山口地下森林、渤海国上京龙泉府遗址巧妙融合组成的景区，已获得国家 AAAAA 级旅游景区、世界地质公园、国家级风景名胜区等诸多名誉。游览过后，无论自然景观，还是人文景观，都给我留下了自然质朴而又绮丽多变的印象。

从住宿地牡丹江市区出来，我们去游镜泊湖景区的第一大景区火山口地下森林公园。一片长在海拔 1000 米处的火山口里的森林，是镜泊湖景区的一大奇观。距今 1 万年前，火山喷发形成了 7 个直径大小不等的火山口及岩浆流淌所形成的地下熔岩洞群。其中最大的一个深 100 余米，口径约 500 米；火山长期没再喷发，逐渐风化的火山岩同火山灰尘沉积混合，形成了肥沃土壤；火山口的东南方向有缺口，阳光可以射入，气候温暖湿润。如此环境，特别适宜植物生长，所以繁衍出茂盛的地下森林。

我们从一个斜坡道往下走，进入那个最大的一号熔岩洞，沿台阶下谷底。深秋的地下洞府风和日丽，温暖如春，古树参天，森林蔽日，没有一点凋败的迹象。在树林中不知走下多深，筋疲力尽的我们便转为沿着环绕岩壁上下起伏的木板栈道而行，因而没有到达谷底看到保持着原始状态的清泉流淌。在真正的原始森林中行走，与草木共呼吸，真是舒服至极。坡下一棵大红松树笔直入云。听导游说它有数百年的树龄，我们纷纷从堆满朽枝枯叶的山坡滑行下去，仰望它撑起的那一大片蔚蓝天空，与它拥抱留影。

更为神奇壮观的是洞的出口。远望那个下弦月牙形洞口的炫目光亮，才发觉自己所处的洞穴有多么幽深暗淡。若行出洞口，需手扶铁栏自下而上攀爬数百级陡立石阶。终于爬到洞口，一看，一棵大树将它的整个身姿从洞口的一侧横向倾倒，树梢直抵洞口另一侧的岩壁，如同一人以倒卧之躯护卫着岩洞，却不知为何叫狮子洞。

下午，我们去镜泊湖景区的第二大景区镜泊湖。先到湖北岸名为镜泊山庄的住宿地，半岛地形让这里背倚葱郁的山林，三面朝向浩渺的长湖，只有很少的建筑和旅游设施点缀其中，与世隔绝的环境静谧清幽。

镜泊湖是中国第一、世界第二大的火山熔岩堰塞湖。全长46公里，最宽处6公里。它也是因火山爆发、玄武岩流堵塞了牡丹江上游古河道而形成的，山顶部自然下陷，形成内壁陡峭、大小不等的十几个火山口。

乘船游线路在湖之最北部。游船沿着峰峦叠嶂中的湖道走，绵长的风光线扑入眼帘：湛蓝的天空，绿色的山林，峭拔的石砬，清澈的湖水，还有山林中掩映着的一两处红瓦白墙尖顶的建筑，湖面上停泊着一两艘渔人撒网捕鱼的扁舟。往往在山重水复之际，转瞬峰回路转，又豁然开朗。给你惊喜，令你惬意，这正是清雅秀丽的镜泊湖的迷人之处。

傍晚时分，我拿着相机再次来到湖边码头。湖对岸，金黄色的天空中一个白晃晃的太阳，正在接近黛色的山峦，山峦下的湖面风息浪止。此时的镜泊湖，正如其名，水光如镜。一会儿，当白日与山峦浮荡袅绕时，我的镜头里惊现了一个里黄外红的巨大光环。那光环把天空山峦湖水一揽入怀：其上部，金色天空为底色，白色的云条飘浮在前面；其中部，黝黑山峦上，闪耀着红色的光斑；其下部，深蓝的湖水上，铺洒着一条金色的丝带。一个丰富而立体的圆满世界生成啦！那一刻，我被那光怪陆离的景象所震撼，自然界万物间是如此融洽亲密，所营造的情境是如此瑰丽壮观。只两分钟，太阳便敛起光环，隐身到山峦里，仅用余晖照耀着天地。金色的天空，黑色的山峦，蓝色的湖水，仍在相互缠绵。过了许久，天空才拉上黑色的帷幕。我决定明天早起。

5点，我走出楼门，雾气扑面而来。云雾氤氲，清澈的湖水与青翠的山林都不见了踪影，一切都笼罩在灰白色的云里雾里。近处湖面，丝丝缕缕的水雾袅袅蒸腾，越过了山峦，直上天空；远处湖面，雾气更为浓重，牛马不辨；山岬角小亭子的檐角被云雾缭绕，若隐若现；两只早起的鸟，

镜泊湖日落

可能翅膀被雾水淋湿,穿云破雾却飞得不高。好像湖水在给昨日黄昏绚丽日光以回报,趁晨起赐一场天地间的大沐浴。被洇在水雾中的我尽管使出浑身解数,也拍不出如意照片,只好伫立湖岸静待天光晴明。当太阳从我身后一跃而起时,顷刻间云消雾散,天空、山峦、湖水、林木都澄明如洗,焕然一新。

  吃过早餐,我们便动身去游镜泊湖胜景吊水楼瀑布。刚刚走到江边,就听到了瀑水下落的隆隆声响。这条瀑布落差 25 米,宽 43 米,丰水期可达百米。瀑布的顶端是如扇形平展的熔岩湖床面,底部岩石由于上万年激流的冲击,被蚀成了几十米深的黑色石潭。本来,浅浅的湖水平静地从三面汇流过来,忽遇断层直壁上的陡窄崖口,便拥挤不堪地呼啸而下;瀑流如飞龙舞动,其势恣肆而狂放;深潭张开双臂拥抱弥漫四溅的瀑水,满怀的浮云堆雪。我沿着左侧汪水的石板路,与瀑布零距离来看它的侧面,瀑布的宽度变成了深度,厚厚的瀑流层层叠叠白里泛绿,晶莹剔透如流动的硕大翡翠,汹涌澎湃似排山倒海。平缓的长流变为狂野的直泻,湖水将原始能量发挥到了极致,如火山喷发般惊人魂魄。

  镜泊湖别具一格的湖光山色和朴素无华的自然之美实在令人流连,而导游说,镜泊湖第三大景区渤海国上京龙泉府遗址,虽为人文景观却

潢水之源头

吊水楼瀑布下的镜泊湖

同样精彩。

距渤海镇不足20公里的路程说笑间便到达，遗址区一大片盛开着的金盏菊夹路相迎。龙泉府是中世纪赫赫有名的大都市，建筑尽仿长安，但风格粗犷，其遗址是唐代古城址保存较好的一处，1982年即被列为全国重点文物保护单位。渤海国是唐代以粟末部为主体建立的地方政权，设五京、十五府、六十二州、一百三十余县，存世传位十五代王，雄踞北方229年，盛极一时，被尊为"海东盛国"。渤海人发展和创造了繁荣的经济与灿烂的文化，对古代东北地区的开拓和发展贡献杰出。唐王朝灭亡后，失去依傍的渤海国也随即被契丹所灭。但渤海遗民反抗不断，为了斩断渤海人的文化根脉，刚刚建立的辽国便南迁民众，并将都城付之一炬。

上京龙泉府地面建筑，只有一座佛教石雕艺术品石灯幢完整保存下来，现存放在渤海上京遗址博物馆的大厅里。石灯幢由12块灰褐色火山岩雕件叠筑而成，原高6.4米，后在原刹损坏，现高6米；塔室镂空，八面各刻长方形窗孔，其上又有小窗孔，造型古朴，浑厚敦实；中柱石与莲花座有仰莲、覆莲相呼应，雕刻精细，刀法纯熟。这件代表渤海时期

唐代渤海国上京城宫殿遗址

独特艺术风格的石雕珍品，虽经千年时光剥蚀，仍未减当年丰姿。

20世纪60年代开始考古发掘龙泉府遗址，总面积约16平方公里，城市建有外郭城、皇城和宫城，城垣外有城壕；外郭城墙为边长4公里的正方形，分为东、西区各41坊；城有10道门，10余条纵横干道。经过一片树林，来到博物馆后面的遗址处，看到了地面上存留下来的古井址、街坛址，却不见那座庞大城郭的踪影，但在宫城东南角却有一个4米多的高台可以登临，原来是现今仅存的城内皇城部分宫殿遗迹。皇城周长2680米，原有五重宫殿，现残垣断壁无存，只剩基址。在40米长、26米宽的台基上，与地面平齐，芜草间纵横排列着十几个70厘米直径的火山岩柱础石。

沐浴着渤海故国的瑟瑟秋风，站在高台上举目四望，平旷原野上的市井中昔日似曾人声鼎沸车马喧嚣过，台基下无边花海填充的可是皇家的御花园？几只黑色燕子从我的头顶追逐而过，却找不到可以落脚的堂榭。我想象不出，1000多年前，这些大型石柱齐刷刷支撑起的该是一座座何等辉煌气派的殿堂？听说，古城遗址附近还有渤海国的墓葬、窑址、桥址等，镜泊湖畔的城墙砬子上有座山城遗址，古城周长2公里，是渤海国的屯兵重地。

当初靺鞨族选此地建都，定是看中了地理上的优越。处于牡丹江中上游的大盆地，气候宜人，土地肥沃，河流湖泊星罗棋布；盆地边缘有地势险要的山口，还有牡丹江镜泊湖的天然屏障。这样的地势，进退攻守皆宜，可确保国之无虞。

这一山，这一水，这一瀑，这一城，镜泊湖风景区的风光，处处让人感佩赞奇；地下森林的原始神奇，镜泊山庄的幽静清秀，百里长湖的清澈旖旎，吊水楼瀑布的壮观雄浑，渤海古国遗址的静谧空旷，所闻所见都是一幅幅清新自然的图画。

景区的流畅融合是怎么做到的？导游告诉我们，镜泊湖风景区与自然保护区携手同行，始终秉持崇尚自然本色，尽量减少人为干扰的理念，全力保护地质遗迹的原生态和人文遗址的原风貌；重视保护江湖水质，全面落实湖长制；不间断地进行环境综合整治，制止一切破坏和污染行为。

给游客留下美好印象，便是对他们工作成果的最好验证。镜泊湖的守护者，你们的目的达到了，景区的明天定会更好。

蒲河绿龙

对于蒲河，我以前没有听说过，以至于近几年听到有关蒲河改造的消息也不以为意。

这次临去蒲河采风之前，我查看了地图。从 1∶360000 的地图上看蒲河，它只是一条细细的线，在流经沈阳的众多水系里，显得有些微不

蒲草丰茂之蒲河

足道。蒲河之西北，有流经四省区久远绵长的辽河；其东南，有孕育沈阳城古称"小辽水"的浑河。的确，两条大河夹持的一条城市内河，无论从长度宽度，还是从知名度，都无法相比。我一下子明白了它不为人所知、一直默默无闻的缘由。然而，沿着蒲河不足一天的行走，却颠覆了我关于河流的看法，让我重新认识了蒲河，也见识了让它发生天翻地覆变化的沈阳人。

蒲河从铁岭县想儿山发源，在棋盘山形成湖泊，途经沈北新区、于洪区、新民市，到辽中区黑鱼沟汇入浑河。全程180公里、从沈阳市的县区中东部斜贯到西南部的蒲河沿线现已建成了一条景观路。沿河道路平坦开阔，河岸500米范围内遍布翠绿的树林和草地，清澈的河水中，蒲草、芦苇、野荷、浮萍生长茂盛，尤以蒲草居多。还有那些湖泊，宛若一路腾跃的长龙吐出的颗颗明珠。可不是吗？辽中段那个蒲河最大的湖就叫作"珍珠湖"。蒲河铺就了一条如巨龙般绵长的绿带。

由此，我们也要改变对河流的评价标准，不应仅从数量上看它的长短和流量，只盯着肉眼可见的具象指标，还应从质量上，譬如其性质、效率、和谐度、持续性等抽象指标来考量，就是那些顺应时代要求的新标准，即它的生态化程度。从这样的视角来看沈阳人的蒲河改造，无疑是对生态文明的一种自觉追求。

人类文明已经历了原始文明、农业文明、工业文明三个阶段，而300年的工业化发展往往以牺牲生态环境为代价，对自然的所谓"征服"造成了全球性的生态危机。在地球再没有能力支撑工业文明的继续发展后，为延续人类的生存，一个新的文明形态出现了，这就是生态文明。生态文明是人类文明形态的重大进步，本质上与绿色发展、循环发展、低碳发展要求相关联。

历史上的蒲河曾水量充沛，水草丰茂，因河畔生有大量蒲草而得名。今位于沈阳市于洪区马三家街道办事处永安村的清代蒲河古桥永安桥曾是清朝皇帝往来盛京祭祖必经的御道，那时它还是沈阳几个著名景点中的"永安秋水"景观，康熙皇帝曾赋诗赞颂过。但后来蒲河长期被忽视以致被淡忘，疏于保护，更没有适时治理，反倒成了沿途县区城镇随意排放垃圾污水的地方，致使河道淤积、堵塞、断流、臭气熏天，蒲河成了一条藏污纳垢之河。

如果说农业文明是"黄色文明"，工业文明是"黑色文明"，那么

清代蒲河永安石桥

生态文明就是"绿色文明"。其更为注重从数量到质量上的"绿色"营造。

从黄色蒲河到黑色蒲河,再到绿色蒲河的变迁,恰恰反映了沈阳城乡从农业文明到工业文明,再到生态文明的变化。而最后的这个变化最值得称道。蒲河改造把沈阳人的生态文明理念体现为一种绿色发展,以新的绿色经济结构替代了传统的黄色农业、黑色工业为主体的旧经济结构,以新的高效、和谐、持续的增长方式替代了低效、冲突、不可持续的旧的增长方式,并将崭新的理念及时化为行动。

听介绍,蒲河的局部治理和改造早已着手,而整体改造的决策是沈阳市委、市政府于2009年10月做出的,部署3年完成。从提高沈阳生态质量、改善民生的战略高度，对流经沈阳境内的蒲河进行全线改造建设，以打造出一条蒲河生态廊道。这是一个与时俱进、秉持科学发展观的领导班子做出的正确抉择，是对时代潮流的顺应，对人民群众回归自然心声的回应。

否则，三年后的今天，蒲河可能还是老样子，污秽、断流、干涸愈甚。

沈阳人先让蒲河之水清澈起来。水是一切生命的源泉。对于河流治理来说，水质的改善达标是根本。污染源综合整治的重点，是解决沿途的工农业生产废水和城市生活污水排放问题。沈阳市重拳出击：难以治理的重度污染企业，关闭；可治理的轻度污染企业，迁走；近岸村落的居民，搬离。取而代之的是一座座污水处理厂和一片片人工湿地。三年后，蒲河流域水污染状况得到初步遏制，"蒲河全段水质标准达到四类，珍珠湖达到三类"的工作目标一举实现，蒲河水系长期承受的城区"排污沟"历史彻底结束，一条生态景观河横空出世！

沈阳人再让河岸绿起来。绿色是生命的底色，从一定意义上说，大地的绿色植被是生态化水平的标志性色彩。大搞绿化，植树造林栽花种草，一时间，杨、梓、松、柳等可以观叶、观花、观果、观枝的各种适合北方寒带的树木花草，齐聚蒲河两岸，人工造林数万亩、植树数百万株的目标悉数达到。蒲河的绿化搞得丰富多彩，不是单一植树，还要根据蒲河两岸城区段与乡村段的不同地貌进行生态景观设计，所植生态绿化树木种类繁多，18处生态景点造型各有千秋。

我们登上揽月亭，这是于洪区蒲河文化广场的制高点。俯瞰蒲河一线，水碧波清，草青树翠，鸟语花香。于亭中临风品茗，谈古论今，好不惬意！真正享受到了此景点的"蒲风水韵"。

对于湿地与湖中的绿化，以自然式群植为主，加入水生植物。在辽中蒲河湿地公园的水生花卉园，在新民仙子湖荷花园，处处可见清丽别致的大景观。水鸟在铺满绿色水生植物的湖面比翼飞掠，孩童们划着橡皮船嬉戏于荷花丛中。

那一刻，我的脑海里响起了汉乐府《江南》的旋律来："江南可采莲，莲叶何田田，鱼戏莲叶间。鱼戏莲叶东，鱼戏莲叶西。鱼戏莲叶南，鱼戏莲叶北。"沈阳人硬是在塞外苦寒之地铺陈出一幅幅胜过江南水乡的景象来。

人类喜欢水，愿意接近水，但得是安全水。过去的蒲河，就无人愿意接近。如今，蒲河的水是能够滋润万物的水了，所有生物都愿意亲近它，欢欣地回归，来呼吸它的清新与芬芳。我们乘游船在占地数万亩的蒲河珍珠湖上游览，水面宽阔，熏风湿润。近处的湖面上，几只野鸭旁若无人地扎入水中捕食；远处翠绿的湖心岛上，成群的苍鹭在树梢上列立。一路走来，切身感受到了人与鸟相安共处、人心与水波相融的熨帖，始终愉悦于心的是一种久违了的亲近水岸乡野、回归大自然的美妙。

  生态蒲河，令人闻风而动，蒲河环境的改善对沿岸经济发展的拉动作用明显。参观的游客多了，来沿岸城镇居住的人多了，进驻投资的企业也多了。发展的最终目的是惠及民生，蒲河的生态文明建设在带给人们舒适的同时，也带来了经济收益。蒲河生态廊道所经之地，无论县镇乡村，还是城市街区，都吸引了大批的项目和投资。我们参观新民市前当堡镇蒲河之畔一个水产养殖和设施农业蔬菜种植大镇，看到了那里的万亩水面、千亩荷花和全国最大的淡水产品批发市场。与一个农民唠，他说，水质好了，环境美了，我们就能以较小的投入换来较大的收入。

  无疑，生态问题的确是关系城市未来发展与国计民生的大事情。蒲河生态廊道的建成，初步实现了生态文明建设的基本目标：人在自然之中获得了自身发展需要的一些条件，又通过人的自身发展来促进自然环境更加美好。值得期待的是，蒲河流域必将有一个全面发展、良性循环、持续繁荣的可观前景。

  文章结尾，我想到了《周易》里的一句卦辞："见龙在田，天下文明。"对此句，有一种解释说，龙星经过一年的回天运行，位于龙角的角宿又于黄昏之后重新从东方的地平线升起，这个天象，古人名之为"见龙在田"，民俗则谓之曰"龙抬头"。我想用来形容生态化的蒲河，它不就是一条从辽沈地平线上摇首摆尾已然腾起的绿色巨龙吗？

心痛九寨

有一年深冬游九寨沟，我被九寨之美震撼，心中高度认可"九寨归来不看水"的赞誉。于是第二年暑期，借全家自驾游甘南川北之机，我便鼓动去九寨沟一游。家人也都被九寨的"人间仙境"所陶醉，直呼来对了！没想到我们从九寨沟归来一周后，那里却突发大地震。

一连数日，我的心都在为九寨沟那些绝世美景的伤情而痛，脑中不断闪现一再游览九寨所见之美艳画面。

九寨的精灵是多彩的水。九寨的湖底保存着大量的碳酸钙质，来自雪山、森林的活水泉又异常洁净，加之阶梯状的湖泊层层过滤，水色愈加透明。湖海、泉眼、溪水、瀑布、河流、石滩连缀一体，在雪峰、彩林、蓝天的映衬下，水乳交融，美不胜收。

瀑布，是九寨之水所幻化的飞动精灵。高低错落的群瀑，在峭壁丛林间高歌低吟，激情唱响。在九寨沟的四个大瀑布中，诺日朗瀑布最为壮观，320米的跨度，为我国瀑布宽度之最，被誉为中国最美六大瀑布之一。"诺日朗"在藏语里是"伟岸帅气"之意。也许是夏季水量充沛，这次所见瀑布比冬季的水量更大，水花更白。长长的瀑布中间没有一点间断，流水如雪白纱帘一字排开均匀卷起，然后齐刷刷从30多米高的悬崖跌落，云飞浪卷，神采飞扬，雷霆万钧，势不可当。面对如此壮观景象谁人不震撼？强悍与刚烈，奔放与豪壮，狂野与雄奇，样样都配得上诺日朗帅帅的模样，与其美名相称。大瀑布根底又有若干个小叠瀑，一朵朵白白的水花，像极了精心修饰的蕾丝花边，又呈现出大瀑布柔美的一面。小孙女不顾天气炎热，执意要着藏族服装拍照。她长袖善舞，与飞瀑媲美。

如今，强震后的诺日朗瀑布被震塌，退缩了两米，左侧三分之一处震开一个裂缝，大部分水都归到那里汇为一股水柱涌流而下，水帘塌断，中部及右侧坚硬的褐黄色山岩全部裸露出来，以往如丝如帛之状、似云似雾之感全无。

海子则是九寨静谧的精灵。九寨湖泊众多，个个澄澈如镜、恬静清秀。冬季的海子湖水稍少却更为澄透，水色浓郁；夏季的海子湖水丰盈，水色净白。初游九寨，冬日里湖水本就清澈见底，又赶上一场瑞雪过后，岸边被白雪覆盖的七彩林木枝叶的倒影，与湖底的黄岩绿藻晕染出一幅五颜六色的图画来。再游九寨，我看到夏日九寨海子之美。在远处晶莹雪峰和近处青翠层峦的映衬下，每一个海子都晶莹闪光、异彩纷呈。

随形赋名。九寨最大的海子是位于山顶之长海，一座远古时代形成

九寨沟夏季之诺日朗瀑布

九寨沟冬季之长海

　　的海拔 3000 米的堰塞湖，水冷色重静若处子，高峻而幽深。最美的海子是位于山腰水色丰富的五花海，在墨蓝、宝蓝、湖蓝与碧绿、翠绿、草绿的交相辉映中，鹅黄与金红杂糅其间，绚丽的色彩令人眼迷心醉，竟找不出一件物体来与之媲美。在有五花海刻石的湖边板台上，儿子儿媳小夫妻拉手拍照，我们老两口也搭肩留影，最后请人为我们一家五口拍下了一张全家福。

　　地震对几个大的海子都有不同程度的破坏，震后的五花海，一些树木倾倒，碎石山土流入湖中，湖水一度变得浑黄不堪。

　　九寨遭难，如伤我友。在心痛的同时，我更期盼九寨早日疗好创伤，完美归来，再现英姿。但专家说，九寨之景观要靠大自然自行调理康复，不应做过多的人工干预。果然，诺日朗瀑布先是慢慢恢复到以前宽度的二分之一，到震后 100 天时恢复到三分之二，但水量已大不及前，其在九寨沟瀑布的排位也由原先的第一位退到第四位，而原先排在第四位的双龙海瀑布倒因火花海的溃坝，水量瞬间增大而形成新的景观，一跃而为九寨瀑布之首。

如今，九寨沟所有景观已基本自然恢复，受损的海子在沙土沉积后，得到了水源的补充，与从前几无二致；但那些瀑布，却要顺应水流新的走向去自然弥合，不可能完全恢复到从前的样貌。这等于是我们一家所见诺日朗瀑布的夏日景观已成绝景。

我为自己及家人见过九寨至美景观而庆幸，更为九寨一些美景遭受重创难以彻底复原而遗憾。两次游九寨，领略到她淡妆浓抹总相宜的美，更深切地感叹大自然的鬼斧神工。如果不是上天的眷顾恩赐，人间怎会有如此景致？当然，九寨人对海子的悉心呵护也是功不可没的。但这次地震却在提醒人类，大自然也有变幻莫测的一面，对那些自然遗产，我们一定要倍加珍惜和保护。

孙女对九寨沟的关心丝毫不亚于大人，不止一次与我相约，等九寨沟重新开放时，我们再去看她。

阜新章古台樟子松林

林之篇

从红军走过的草地走过

那年盛夏，我们一家自驾从兰州出发一路向南行，来了一次甘南、川北游。过夏河桑科草原、碌曲尕海，边游边走，用一天时间便驶入地处一镇两省的郎木寺。由此经甘肃南部进入四川北部，不想也就一脚迈进了红军长征所走过的若尔盖大草地的北部边缘。现若尔盖草原已成为我国三大湿地之一，其区域广大，跨越三省多县，北至甘肃省碌曲，西至四川省红原、阿坝和青海省久治，东至四川省松潘、九寨沟，南至四川省黑水，中处若尔盖，总面积达 5 万余平方公里。

若尔盖草原位于黄河上游，海拔 3500 米以上，区间河道迂回，曲流横生，水行缓滞，淤积出无边的沼泽；覆于其上的，是盘根错节的水草和绕结而成的片片草甸。新中国成立后，政府对此区域开沟挖渠，排水疏干，使沼泽草地多变为草原、牧场和农田。这同时也造就了如今若尔盖草原的独特景致：天地间莽莽苍苍，草原丘陵起伏，河流湖泊融汇，沼泽草地交织。驱车其上，纵横数百里的一望无际和丰富多彩，令人目不暇接，心旷神怡。

寺庙群立的郎木寺镇真是个神奇之地，周围美景环绕。白龙江在镇外的峡谷发源，其北 38 公里有尕海，其南 45 公里有花湖，后两处是近年保护性开发的两大草原天然湖泊景区。我站在花湖栈道上，面对一群群自在的野鸭，一簇簇蓊郁的水草，一拨拨嬉笑的游人，怎么也想象不出，如今这景色壮美的若尔盖草原，竟是 80 多年前红军长征所陷万般凶险之地。

红军长征纪念碑碑园

　　从花湖继续南行 40 多公里，便到达若尔盖县城。吃过午饭，我们急着赶赴县城西 65 公里外的唐克镇，去看黄河九曲第一湾的日落。出县城不远，只见无垠原野上一座十分凸显的高坡上矗立着一座纪念碑。我们忙叫停车，爬上高坡观看，见巨石碑刻有"九大元帅走过的草原"字样。新中国成立后所授"十大元帅"竟然有 9 位从此草原走过，他们是朱德、彭德怀、林彪、刘伯承、贺龙、罗荣桓、徐向前、聂荣臻、叶剑英。唯独少了因伤未参加长征的陈毅元帅，他带领留守部队在南方八省坚持了 3 年的游击战争。这里是红军所过草地的北段出口，曾遭遇到国民党军队的堵截，发生过激烈的战斗。这让我有意外收获的地方，看地图才得知名曰"岭嘎村"。问经营骑马生意的藏族牧民，原来纪念碑是由他们乡里自发筹建的。

　　之后，从唐克向西南行 200 公里，我们到达川主寺镇，这里是入川东西两条大路的交会点，松潘县城在其南 17 公里处。这一片位于若尔盖县北、松潘县西、红原县南，面积 1.5 万平方公里的草地，正是若尔盖草原的中心区域松潘草地所在。

　　1935 年 6 月下旬，红军第一、四方面军在夹金山北麓达维小镇会

"九大元帅走过的草原"纪念碑

师后,于两河口会议确定了共同北上的战略方针,并制订了《松潘战役计划》,拟快速攻克松潘,打开北上通道。后由于第四方面军领导人张国焘的拖延,致使战机丧失。为阻止红军北进,国民党军胡宗南部主力于8月初完成集结,占领了松潘城主干道,并组建了飞行队,要将红军围堵消灭在岷江以西、懋功以北的雪山草地间。如今车过川主寺,仍可见当年胡宗南在镇边修建的机场遗址。

那时,毛泽东、周恩来所在的右路军已冲破重重艰险,到达了松潘草地的南缘,即距松潘县城西50多公里的毛儿盖。中央政治局召开会议,重申北上方针,却不得不放弃攻打松潘的作战计划,而向北已无路可寻,只能走从未有人走过的松潘草地。这是红军长征中所经艰难险阻的代表路段,衣薄粮缺、饥寒交迫的红军踏上了地理气候极其恶劣的危险境地:雨雪风暴来去无常,令人猝不及防;稍有不慎,踩穿草甸身陷淤泥,搭救不及即遭灭顶。

在这生死攸关的时刻，以毛泽东为首的党中央，排除张国焘南下东进的干扰，坚决北上，带领右路军毅然走进了人迹罕至的草地。英勇无畏的红军将士，从毛儿盖的上八寨出发，艰难跋涉七个昼夜，终于到达松潘草地北部边缘现若尔盖县班佑乡。疲惫不堪的红军一走出草地，又以无比之勇猛击溃了包座一带国民党守军的拦截，成功打开了北通陕甘的大门。9月初，中央在若尔盖附近的巴西召开了政治局会议，谴责张国焘的逃跑行为，要求左路军迅速北上向中央靠拢，并由右路军组成临时先遣队先行北上。9月23日，从报纸上偶然得悉陕北红军消息的毛泽东，决计带领队伍从哈达铺直奔陕北。历时近一个月，中央红军终于到达吴起镇，与陕北红军胜利会师，由此奠定了中国革命胜利的基础。

车子从松潘草地核心区域横穿而过，正可领略大草原的夏季风景。草地片片，牧场点点，白色的是绵羊，黑色的是牦牛，牧区的富足与祥和处处显现。且草地东边数十公里外，就是名闻天下的黄龙、九寨沟景区，这更为若尔盖松潘一带的地域之美锦上添花。一路随处可见络绎不绝的自驾游者，随时随地停车，随心随意游览。

过草地时，红军的牺牲是最大的，1万多名将士长眠于若尔盖县的镰刀坝、包座牧场、班佑草地及红原县的色既坝、龙日坝一带。敢从草地跋涉而过，红军将士英勇坚忍、不怕牺牲的形象尽显无遗。正如多年后聂荣臻将军所言："中国工农红军伟大的牺牲精神，是任何敌人不能比的。"

为纪念红军爬雪山过草地的壮举，在红军长征胜利50周年之际，党中央、中央军委决定建立一座纪念中国工农红军长征的总纪念碑园。反复勘址，最后选定在阿坝州松潘县川主寺镇元宝山。

为何选择此地？若尔盖松潘草地在长征中具有无可替代的历史意义，而川主寺又是红军几个方面军都曾走过的地方。1935年5月至1936年8月，红一、二、四方面军都曾在翻越多座大雪山后从这里跨越草地，而红四方面军，因张国焘的错误竟然三次穿走这片草地。这附近留有许多革命遗迹：决定党前途命运的重要会议会址，决定红军生死的激烈战斗遗迹，以及新中国成立后修建的一座座烈士纪念碑。此区域还是红军长征路上三大主力重整旗鼓、相继北上的唯一起点，为党和红军战胜政治、军事和经济三大危机提供了重要依托。

此外，川主寺地理位置突出，背靠岷山主峰雪宝顶，面对坦荡无垠的大草原；山水秀丽，在此发源的岷江从碑园脚下南流而去，东北有九寨沟，东南有黄龙；交通便利，"四路交会"，八方通达，西北至若尔盖、红原，西南至成都，过往人流众多，影响广大。

碑园于 1988 年 4 月动工，1990 年 8 月落成，由纪念碑、大型群雕和纪念馆组成。走进大门，迎面是硕大的红旗，旗上题有金黄色的"长征"二字。游人争相到那红旗下拍照。上一年级的孙女，刚刚在暑假前加入了少先队。当她在红旗下举起手臂敬队礼时，我的心里不禁涌起一份感动，这不正是中华民族的伟大精神在传承吗？

进入地势开阔的园区，往标高 3000 多米的山顶望去，山势突兀，后缘为脊状山梁的元宝山形似金字塔。纪念碑总高 40 多米，由红军战士铜像、碑体、基座组成。汉白玉碑座形似雪山，高 20 多米的碑身为三角立柱体，象征红军三大主力坚不可摧。碑顶站立着 15 米高的红军战士雕像，他双手高举，一手握枪，一手持花，象征红军长征经过无数殊死战斗取得了最后的胜利。高大的碑座托起高大的碑身，高大的碑身托起高大的英雄雕像，高高的纪念碑耸立在蓝天白云里，令人不由得频频举首仰望。

纪念碑下的山脚依次矗立的是面积近 20 万平方米的立体雕塑。一组组雕像，表现了长征路上红军战士前赴后继、历尽艰险、英勇向前、付出极大牺牲的主题。偌大的广场尽头是红军长征纪念馆。大厅里的巨大群雕气势磅礴，展厅里的每一幅图片每一个实物都真切动人，极富感染力。

参观完碑园已近黄昏，我们便在洁净的川主寺住下。翌日我们去游览了岷江源头、松潘古城和黄龙景区。傍晚，当我们的车子回经川主寺，盘旋到去往九寨沟的高山道路时，如火的夕照中，仍可清晰地望到数里之外纪念碑上战士雕像的雄姿。我再次赞叹，在此建碑的确是个理想选择。开阔的空间，通畅的路径，能让红军长征精神得以最大限度地显现和传扬。

从红军走过的草地走过，在自然景观的游历中，参观到诸多红军长征遗迹，感佩红军长征的伟大精神，是我这次旅行的一份意外收获。想想，正是党带领红军一路不惧艰险，奋力前行，付出巨大牺牲，才有了我们如今天南地北四海观光的幸福生活。对我们的党和军队，我心中的感恩之情愈加浓烈起来。

漠河再绿

从沈阳去漠河，乘坐的是每天只有一班的绿皮火车。夜以继日地，共用去了38个小时。那逢站必停的火车，座无虚席地行驶着，一路上我便有大块时间浏览随身所带相关资料。

漠河处于我国黑龙江省西北部，在中国最大原始林区大兴安岭的北部。大兴安岭林地面积730万公顷，被誉为祖国的"绿色宝库"。然而，1987年那场整整燃烧了28天的"5·6"特大森林火灾后，呈现出来的是一串触目惊心的数字：火场总面积1.7万平方公里，3个县城和多个林场被烧毁，森林受害面积101万公顷，其中林地受害面积70%，森林覆盖率由76%降至61%，荒山秃岭随处可见。经历浩劫30多年后的今天，当年的重灾区漠河怎么样了？带着强烈的疑问，我走进了大兴安岭的核心区域。

从漠河火车站下车时天已黑，我们乘坐旅行车直接去了此行的目的地——处于中俄界河黑龙江之畔的北极村。

北极村这里森林密布、河流众多，是黑龙江的发源地。翌日，天刚蒙蒙亮，我便起身去黑龙江边拍照。掩映在树木中的小村静悄悄的，对岸的俄罗斯界内只见树木不见人烟，更是静悄悄的，我独自享受了好一阵静谧的江岸风光：红日破晓，晨光初现；云雾遁影，江水澄明；游船列阵，国旗招展。沿着岸边向右行至北极广场，其上矗立着一块几人高的巨大石碑，上刻"神州北极"四个红色大字，让国威顿增。往回走，北极村也苏醒了：绿树婆娑，炊烟袅袅，鸡鸣犬吠，雀起蝶落。一座座木板栅栏拥围的红砖青瓦院落古朴自然，可以想见生活其间人们的舒适安康。

吃过早饭，我们步行去"找北公园"即北极沙洲公园。沿着通往丛林深处的一条木板路，向村北行进约20分钟，到达黑龙江岸边的最北点。平坦开阔的绿野中，可见从古至今著名书法家所书无数个"北"字，有的写在板子上，有的刻在石头上，有的以铁艺雕塑而成。此处虽为极北之地，却见不到荒僻景象，处处充盈着绿意与文化气息。接着，我们还去了清金矿遗址、观音山等景区。所经所到之处，满眼都是绿色，绿色的草地，绿色的流水，绿色的森林，已看不到一点火灾的痕迹。

最让我震惊的是九曲十八湾自然风景区。那是祖国最北的一片保存完好的生态湿地。在这海拔1400多米的地方，天空分外蔚蓝，云朵分外洁白。低垂的云朵仿佛从地面升起，拽住树枝比高低；轻盈的云影定在水面上，拉着水流比沉稳。登上观景台，举目远眺，2000余公顷的湿地

漠河九曲十八湾自然风景区

已被一块硕大无朋的绿毯所覆盖;天边叠嶂之山峦氤氲黛绿似泼墨,画着多重"之"字状的额木尔河,由天边蜿蜒而来;无边无际的连绵森林郁郁葱葱。俯视近处,棵棵苍松枝叶可见,青翠欲滴;河水潺潺而流,清澈见底;水边大小鹅卵石疏密有致,如同人工摆设。我不禁为这样一个遗世独立的极致之地叫好,同时也心生疑问,在遭到毁灭性的大劫后,这片原始森林是怎样浴火重生,再现这样一个绿色美景的?

为飞往下一站黑河,我与同伴重回漠河市西林吉镇。边陲小镇的建筑充满了北国情调,美丽而宁静。天和日朗,密集的云朵如同礼花,被人从地面均匀地抛向了高空;云朵下,高挺的行道树撑起一柄柄巨伞,掩映着条条洁净的街路。

还有一个小时可利用,我们去参观了大兴安岭五·六火灾纪念馆,了解到从起火、成灾、扑火、救灾到重建家园以及生态建设的全过程。整个展览,既是对火灾灾难的记录,更是对世人"森林防火人人有责"的提醒。

火灾过后,大兴安岭林区全面立体地进行更新与生态系统恢复工作,对火烧地采取封山育林、人工造林、人工促进更新、天然更新等多种方式。30年后的今天,大兴安岭北部以漠河为中心的4个林业局的灾后土地上都重新长起了更新林,平均树高已达6米,火烧区恢复面积已达96万公顷,森林覆盖率提高到87%以上。森林资源总量增加后,森林各方面的功能都得到了恢复,水源得到涵养,气候随之改善,林下野生动植物种群也增多了。

之后,我们去参观了奇迹般逃过火劫的松苑公园。那场大火从三个方向同时扑来,顷刻间吞没了西林吉全镇,学校操场上的旗杆都被烧成了麻花状。但令人称奇的是,位于镇中心的松苑公园却没有被烧到。1971年该镇初建时,特意保留下镇中心的一片面积为5公顷的原始森林,以净化城区空气,又可供人休闲。1983年被命名为"松苑公园"。老百姓说,松苑不烧,因其为吉祥之地,火魔不忍也。

这是全国极少的城内原始森林公园,树龄均在数百年以上。沿着小径走进林子,顿感清凉而幽静。丝丝缕缕的阳光,从密集松林的间隙挤射进来;棵棵樟子松干直枝挺,仰面伸臂迎接阳光的沐浴。来到林子深处,树干更为粗大,其上都挂有说明牌。在石桌旁的木椅上坐下,环顾四周,皆为一眼望不尽的老干虬枝;仰首上望,花团锦簇的枝叶在天空织就了一幅天然图画。那一刻，你会以为自己已身处一个与世隔绝的福地洞天。

也许正值中午，林子里几无游人。正当我们起身准备离开时，一位年轻母亲推着孩子进来。妈妈把小孩从车中抱出，放到一条宽大的长凳上，孩子挥动着小手，咯咯地笑了。我忙拍下了这个画面。这里真是一片荫庇子孙的吉祥林，定是苍天酬人，在回报当初的不伐之恩。

漠河再绿啦！不屈的人们让不屈的土地繁衍出不屈的生命。从飞机上俯瞰，绿色无边无涯，到处是繁茂葱郁的森林和绵延不绝的溪流。灾后重生的大兴安岭林海格外撼人心魄，又岂止一个九曲十八湾。在这片浩瀚的绿色土地上，不仅生活着勤奋建设家乡、保护森林的13万漠河人民，还繁衍生息着梅花鹿、棕熊等珍禽异兽400余种，野生植物1000余种。

绿色的漠河，一座生命的乐园！

漠河市西林吉镇松苑公园一隅

烟雨西溪

游杭州，除却妩媚秀丽的西湖，如今又多了一个好去处，那便是风光胜境西溪。详细看了宾馆的宣传册，对西溪有了初步的了解。西溪是个千年古镇，早有声名，郁达夫曾写过《西溪的晴雨》，微雨朦胧的古荡、芦花浅水和摇橹美女，经他的描画令人向往。至20世纪末，西溪镇10个村达到5万多人，人口迅速增多，水质污染严重。21世纪初，杭州市投入100多亿元，实施湿地综合保护工程。他们合理利用湿地生态和人文历史资源，坚持"保护优先、科学修复、合理利用、持续发展"的原则，重视生态维护与优化，努力寻找保护与利用相结合的平衡点。为减轻西溪湿地的生态压力，采取了一系列保护与修复措施，动员区内2000余农户及企事业单位150余家外迁。目前，西溪湿地水质明显好转，陆地绿化率也在85%以上。

先进的理念，严格的遵循，使西溪后来居上。2005年，一个集城市湿地、农耕湿地、文化湿地于一体的西溪湿地公园正式开园，很快获批为首个国家湿地公园，2009年又被列入国际重要湿地名录。如今的西溪，不仅保留了自然生态原貌，维持了城市绿肺的湿地功能，也建成了著名的旅游胜地，实现了城市发展和生态保护的双赢，成功开启了我国城市湿地保护与利用的"西溪模式"。

水是西溪的灵魂。西溪的成功在于对湿地水域的保护。公园内总长100多公里的6条河流纵横交错，河港、池塘、湖漾、沼泽鳞次栉比，在总面积约11.5平方公里的水域中占了70%。按保护区功能，划分为东部湿地生态保护培育区、中部湿地生态旅游休闲区和西部湿地生态景观封育区。其中，湿地生态养育区为湿地主体，占总面积的80%，实施全封闭措施以保育现有植被，为鸟类和其他湿地生物提供安全的栖息繁殖地。还利用曲折的自然溪流，穿针引线地将各种大型水域相互贯通，使所有水体都具有自净能力和健康循环的"活水"环境，努力保持湿地沼泽的原始形态。

西溪之胜在于水。西溪的成功在于对湿地可开发水域的合理利用。已保护开发的西溪十景中，秋芦飞雪、火柿映波、龙舟盛会、莲滩鹭影、洪园余韵、蒹葭泛月、渔村烟雨、曲水寻梅、高庄宸迹、河渚听曲，几乎每一处都因水成景。

我们进入的是对游人开放的湿地生态旅游休闲区一线。西溪湿地公园坐落于杭州市区西部6公里处，横跨西湖与余杭两区，是典型的城中公园，但一进入园区大门，城市的喧嚣顿时消弭，扑面而来的是一种自然而然的清静清新之感，仿佛进入世外桃源。游览分水路、陆路，每类又分多条线路。陆路所走环园步道长约8公里，步行一圈需三个半小时以上。水路有三条路线，其中电瓶船游两条，摇橹船游一条。我们选择乘电瓶船游览水路生态大环线。

不巧，天下起了雨。3月里的江南牛毛小雨，悄悄地淋湿了你的头发，却不影响你行走的脚步。正如梁朝萧绎的诗句："风轻不动叶，雨细未沾衣。"走在林荫小径上，透过密集的垂条柳枝，只见烟雨朦胧的小湖中，一个头戴斗笠、身披蓑衣的老者正在小船上独钓。正是宣传册上烟柳扁舟的画面，那一刻，我却觉得此渔翁独钓之景不是人设，就是浑然天成的。

水道如巷，河汊如网，岸柳依依，芳草如茵。仿古代画舫而制的电瓶游船满载游人，从潺潺的河水中平稳驶进，激起层层细浪。手腕粗细的圆木桩排立在岸边，虽只露出水面一截，却把水土成功隔离；水不能裂岸，土不能浊水，还为水中觅食的鸟提供了落脚停歇处。你看，不远处水岸木桩上，正站着一只似鹭白鸟，任凭水波一次次波及脚爪，却悠然不动。

这静谧清丽的自然山水和水乡风光，郁达夫在80多年前曾予以描绘："见一派空明，遥盖在淡绿成荫的斜平海上；这中间不见水，不见山，当然也不见人，只是渺渺茫茫，青青绿绿，远无岸，近亦无田园村落的一个大斜坡……尤其是当微雨朦胧，江南草长的春或秋的半中间……"的确，现在映入眼帘的，仍旧是往昔水乡的那种野逸与古拙风貌。

一曲溪流一曲烟，几层翠绿几层湾。水曲环湾之西溪，历来为文人雅士所偏爱，纷纷在此开创别业，尤以明清时在此修筑屋舍的文人逸士居多。为使建筑物外观与"水乡水巷"格局相协调，体现水乡人居环境风韵，建筑的修复多本着修旧如旧、注重文化内涵的原则，一般不用钢筋水泥等现代材料，多用土石、青砖、竹木，建筑色调力求简约淡雅，以保持明末清初、民国、新中国成立以后至20世纪80年代的原有风貌。

因正值赏梅时节，西溪主要赏梅区域的码头可以停靠。我们舍船登岸，去西溪梅墅景区。建筑群由西溪梅墅、香雪屋、探春亭、共山小筑组成，均以木板为面，土坯为墙，悬山为顶，湖石为景，一派乡村农舍格调。梅树随意生长其间，尽显朴素自然。往里走，是另一个赏梅之地梅竹山庄。山庄为清钱塘文人章黼所建，主要有"梅竹吾庐""萱晖堂""虚阁"三个主体建筑。主人在庄外种植了大量梅花与翠竹，常邀朋唤友至此吟诗作画。这真是一个居乡隐逸的好去处。

斜风细雨中，行野径跨小桥，我们来到庄外的梅园。那梅林傍着一条小河蜿蜒伸展，水岸边去年没有割掉的枯黄苇草与翠绿柳条上下相映，野趣盎然。在这旷达开远之野梅花开放稍晚，但刚刚绽放便遭遇风雨，已零落满地，一条被雨打湿的木制长凳上落满了白色的花瓣。我怔怔地站着，想起宋代陆游《卜算子·咏梅》中"已是黄昏独自愁，更着风和雨"的诗句，见风雨送春早归之景，不免心生恻隐之情。

上船继续前行，水面愈加开阔，岸线愈加曲折。茂盛草木间，白墙灰瓦的古建筑时隐时现，黄色的酒旗伸过斜檐迎风招摇，一条青色石板路从水边向上延伸而去。原来经过的是泊庵，为明末清初钱塘人邹孝直的庄园。远远望去，整片庄园似一座仙岛泊浮于水上，可谓名副其实。

当船由北向东直转时，处在弯角处的是烟水渔庄。其三面环水，矗立在浩渺烟波中。其名得自清人陈文述的诗意，取柳烟、炊烟、水烟三烟之妙。岸上那一排古香古色的建筑是展现水乡民居地方特色和农耕渔事文化的展览馆。

向东至深潭口，其因古籍所载"深潭口，非舟不渡"而得名，此为必游景点。这里建有民俗文化展示中心，沿袭千年的西溪龙舟盛会每年在此举行。烟轻雨细，水深潭幽，一只空无一人的摇橹船泊于其上。船

西溪春水游凫

头所插旗帜上写有"《非诚勿扰》拍摄地"字样,这应是一只广告船。摇橹船可在内航道区域自由穿行,这里是一个下船点。恰巧,一只摇橹船从潭里侧的水道上咿呀有声地摆来,只见竹篾篷盖下几个年轻人迎着起落的水花欢笑嬉闹。那一刻,他们与船一起都被摇成了风景。

甚为壮观的是潭口那株虬枝纵横的百年老树,形如其名佛手樟。它的巨大枝丫如同在空中张开的硕大手掌,日日夜夜为深潭遮风挡雨。老樟树庇护下的那个古戏台,据说还是越剧北派艺人的首演地呢!

从此步行向里走,来到一个热闹地——河渚街。以古地名恢复的街市是一条集休闲、商贸、观光为一体的民俗商业街,向游人展示西溪民俗文化和物产。在寻找餐馆途中,我们顺路走进龙舟展示馆参观,又驻足街边古戏台观看了一段越剧表演,还在商铺购买了一块土法染制的蓝印花布。吃过午饭,便去登那座在船上便已望到的五层塔楼。

不登则罢,一登震撼不已。此处是西溪的制高点,可谓最有风景处。

四周俯瞰，西溪景色尽入眼底，巷道、溪流、林木、建筑等布局，无一处不相宜，天云缭绕，烟水微茫，摇翠之数峰环拱着一块偌大湿地；如同漂浮在水上的一处处芦汀沙渚，拥簇着一座座城郭村庄。正是辛弃疾《鹧鸪天·送人》"浮天水送无穷树，带雨云埋一半山"诗句之意境：绿树粉梅，左右斗艳；名园古刹，前后踵接；酒肆饭庄，上下幡扬。眼下，一对青年男女在一株有鸟巢的大树下冒雨仰望，是想看巢中的小鸟孵化出来没有吗？接着两人共撑开一柄伞，走上拱形桥顶后停在上面观看河道里的风景，原来不远处的河面上并肩浮游着一对野鸭。那鸟并不惊飞，显然没有人打扰过。然后他们走下桥，消隐在对面青瓦檐角挑出的"西溪手工面馆"幌子下的粉红梅林中。

　　烟雨朦胧中，水水相连、桥桥相望的水乡，就是一幅令人赏心悦目的泼墨大写意图卷哪！

　　西溪历史悠久，人文积淀深厚。相传战国时荀子曾耕读于此，苏轼、米芾、秦观、唐寅、张岱、黄宾虹、徐志摩、于右任等文人墨客，也都

西溪河渚街

到过西溪，或赏景，或雅集，或隐居，并为西溪留下了大批脍炙人口的诗文书画。杭州人施耐庵还以西溪为背景地，写下了传世名著《水浒传》。西溪还有一个两浙词人祠堂，奉祀着唐以降张志和等1044位历代著名文人。鼎盛时的西溪曾有108座庙宇，60多处寺院，50多处名人别墅，各为18处的桥、坞，以及诸多名人墓。这让我想起了唐杜牧的《江南春》一诗："千里莺啼绿映红，水村山郭酒旗风。南朝四百八十寺，多少楼台烟雨中。"说不准，他也曾到过西溪。

以前读赞美江南的诗句，感受到词句华美却对意境领会不深，如今亲临其境却不能述其详。这就是烟雨西溪，至美风景惹得人如醉如痴。我也赞同郁先生在上文结尾的感叹："今天的西溪，却比昨日的西湖，要好三倍。"

从塔上下来，沿着福堤南行右拐，通过一条竹林夹簇的卵石路，我们走进公园东南角粉墙黛瓦的高庄。高庄是清代文人高士奇的山庄，前宅后园严整开阔，由竹窗、桐荫堂、蕉园诗社等6座亭台楼阁四围而成，各种花草树木经春雨洗礼格外浓艳。墙外小桥流水，过波浪状青砖白墙下与庄内之湖连通，而河对岸的洲渚就是座植物园，松竹梅柳映在天色河水中的参差倒影，似浓汁淡墨之渲染。高庄的修复，把建筑与水系相融合，村落绕水、跨水而筑的风格得到极好体现。这一处恬静舒适、古朴自然境地，又是怎一个好字了得！

西溪国家湿地公园在重视生态保护的基础上，兼顾人文景观的开发，使得它既不同于单一的自然保护区，也不同于寻常布局的公园，而是一座将生态保护、科研科普和生态旅游三大功能融为一体，展示湿地、城市、农耕诸种文化的综合体。

行文至此，我要对定都杭州的宋高宗赵构致以一份敬意。当时，在选择皇城址时涉及西溪，有大臣上奏，西溪如何定夺？赵构思忖良久，决定"西溪且留下"。因而杭州市西湖区至今仍有一个街道沿用"留下"之名。正是这一个"留下"，让一个完整的西溪在原生态上繁衍生息；正因有了"留下"，杭州人如今才能大手笔地挥洒出西溪之华丽篇章，并描绘出其可持续保护发展的美好未来。

直到返程，雨还在下着。烟云汲水，乱流兼天，西溪的天地间更加空蒙而迷离。看来，温柔水乡西溪留给我的，注定就是这样一个梦幻般的存在！

草原之夜

对于草原的印象，最初来自边塞诗。岑参《白雪歌送武判官归京》中的"北风卷地白草折，胡天八月即飞雪"，李白的《北风行》中的"燕山雪花大如席，片片吹落轩辕台"，所得印象是处于边塞的北方草原奇寒无比。但禁不住北朝民歌"天苍苍，野茫茫，风吹草低见牛羊"所描绘美景之诱惑，那年8月末，我去内蒙古中部一游。沿呼和浩特至赤峰一线，车辆不多，车速较快，一路在接天连地的大草原上畅行，蓝天、白云、绿草、野花、畜群、牧人交相辉映，令你的心情也随之奔放起来。导游介绍，内蒙古草原十分辽阔，沿内蒙古高原地貌的脊梁而铺展延伸，东西长约2400多公里，总面积约占全国国土的十分之一。

出了呼和浩特市东行100多公里，先进入乌兰察布市灰腾锡勒草原，其蒙古语意为"寒冷的山梁"。这里冬季寒冷，夏季凉爽，平均最高温度为18℃，是个避暑的好地方。时间关系，我们没在此停留，而摇开车窗掠览到的景色已令人大饱眼福。接着进入锡林郭勒盟的锡林郭勒草原，蒙古语意为"丘陵地带的母亲河"。此地名副其实，历史悠久，文化深厚，是蒙古族发祥地之一，元朝忽必烈在此即汗位并建都，之后的8位皇帝也都在元上都即位。

这相连的两大草原，为世界上稀有的高山草甸型草原。在一代代牧民的精心保护下，始终拥有丰厚的草原植被，草野覆盖率达到80%至95%，是内蒙古保护得最好的草原，如今也成了品相上乘的旅游资源。我们连声叫好，导游却说，并不是所有的草原都被保护得如此完好。草原的沙化，与自然条件有关，但人类对草原资源的不合理利用则是主要原因。一些草原正面临着严重的生态危机，如阿拉善、达拉特等草原几被荒漠吞噬，原为高品质草原的科尔沁也所剩无几。内蒙古草原是华北最大的生态屏障，它的作用是无可替代的，所以现在自治区上上下下都加大了草原生态建设的力度。原来草原的整体生存现状并不乐观，听到这里，我心一沉，大家也都默不作声了。

　　柏油路宛如一条黑色的缎带蜿蜒着飘进天际，把我们送到了坦荡无垠的草原腹地。风吹草低见牛羊的美景一再显现，且愈加形象生动起来：一会儿是绿草如茵、繁花似锦、苍茫雄浑、平旷幽远的静态美，一会儿是白云飘飘、河水流淌、牧人扬鞭、牛羊追逐的动态美。导游说，每逢夏季，牧民们都要在这水草丰美的地方放牧，因而形成了以游牧部落为主体的特色风光。在草原中穿行，总会让你的心情豁然开朗起来，车中很快又充满了欢歌笑语，人们还频频要求停车。刚踏上草地，就像踩在草毯上，那种柔软而富于弹性的感觉非常舒坦。大家抓紧时间跑到草丛中去拍照，站着拍，坐着拍，有人甚至仰面朝天地躺着拍。对我们这群初见草原的人来说，与草原亲近的时间永远不够用！再起程时，车厢里充溢着草地的芬芳，原来有人采了几大束野花回来。

　　草原行，真过瘾。而在草原上过夜，更令人难忘。

　　第一夜住的是西乌旗蒙古汗城，是建在锡林郭勒西乌草原中心远离人烟的一个旅游度假区。在一大片木栅栏围起的宽广高坡上，一座穹庐状金顶大帐高高矗立，其为景区的综合性娱乐中心，另有100多顶小蒙古包散布其后。导游说，这是仿造蒙古族最原始的居住条件建的，小的包只能容下一人。我被分配到最外围的东北角，导游还特意补充道，这里离大帐最远、最安静。放下行李我便去栅栏外的跑马场观赏驯马、摔跤等民俗表演。骑马、骑骆驼、射箭、坐勒勒车等，你可任意选择，参与其中。我向来胆子小，不敢乘骑，但这次，在团友的鼓励和帮助下，却实现了两个突破：骑了一回马，还骑了一回骆驼。玩累了返程时，还坐了一回勒勒车。车在草野上缓缓而行，木质大车轮嘎嘎作响，却富有弹性，起伏自如。暮色中天苍苍野茫茫，天地愈加高远空旷起来。

　　天黑了，我们被强行召回吃饭。一边把持鲜嫩的手扒羊肉，一边接过主人献上的美酒，忙得不亦乐乎。草原酒醇肉美，奶茶飘着甜香，我们争着喝了一杯又一杯。

西乌旗蒙古汗城草原景区

  饭后举办篝火晚会。围着红彤彤的篝火，那些壮硕的蒙古族小伙吹奏起悠扬的蒙古长调，健美的蒙古族姑娘跳起了安代舞。草原的夜空飘荡起天籁之音，我们也兴致勃发，纷纷起身加入队列中去歌之舞之。直至夜深，篝火几乎烧成灰烬，人们才恋恋不舍地散去。

  这里的旅游活动项目丰富，又独具特色。通过这样一次草原风情游，在远离人烟的草原纵深处，在最原始的自然风光和最淳朴的风土人情中，你可以感受到蒙古族古朴的民俗文化和独特的生活方式，体验到牧民生活的幸福安康。回到如同窝棚状的小蒙古包，我才发现问题不少。除了一张简易的小床和一个水龙头，什么都没有。没有淋浴，可以不洗澡，但没有卫生间，那就意味着半夜三更起夜时，要打开房门到野外去。那个树枝绑扎的门关不严实，底下的缝隙会不会爬进老鼠？躺在那个半米高的地铺上，我越想越怕，半天睡不着。后来，终于鼓起勇气，重新穿戴起来，去向导游报告。导游笑着说，安全是绝对没有问题的，他调侃道，看来我们的天然牧场是过于僻静啦，直说得我不好意思起来。导游连忙把我调到大帐中三人间的客房里，我才盖上棉被踏实入睡。

翌日，天还没亮我就起了床。简单梳洗后，披上风衣提起相机出去拍照。大草原万籁俱寂，月亮还挂在天边，大帐前的草野中几盏地灯闪着幽暗的光。我朝着旌旗招展的地方走去，想以此做前景拍摄日出。露水很重，很快把我从头到脚打湿。只见旁边已有十几匹马在吃草，难道它们能自己起来觅食？蹑手蹑脚地行走中，见一牧人从马匹的后面朝我走来。他打招呼，说我起得早。我说，那也没您起得早哇！他说，太阳出来前，露水打湿的草柔软水嫩，马爱吃。知道我要拍日出，他为我指明了太阳初升的方向，便赶着马群走了。

我面朝着东方在勒勒车旁边坐下来，在天广地阔中感受草原夜色的静谧之美。突然，天际出现一片嫣红，片片红霞如衣袂飘动的仙子。在她们的簇拥里，红日缓缓地露出了头顶。天要亮了，这时的草原竟是日月同辉的。呈深蓝色的西边天空拥举着那一弯银色的月牙，呈深红色的东边天空烘托着一轮金色的太阳。那一刻，我忙不迭地拍几张地平线上的太阳，又掉过头来拍几张天空中的月亮。晨光下，勒勒车镶上了金边，露珠颗颗在草尖晶莹闪烁；远处的蒙古包炊烟袅袅，近处的马群嘶鸣欢叫。手忙脚乱的我，想把晨曦下美轮美奂的草原诸景全部拍摄下来，实际上这想法过于贪心。短暂的同场对话后，月亮与太阳告别，月亮退出，太阳升起。黎明中，草原的美丽夜色瞬间消失殆尽，明晃晃的太阳三下两下就腾跳到了半空中，并把天幕变幻为一色的湛蓝。在这个难忘的清晨，我看到了大草原最为壮观的自然景象。

半夜换包事件，给了团里人一个逗乐的话题。还说喜爱草原呢，都不敢独自在最接近草原的包里睡觉。大家一路谈笑风生，开心热闹。看着团友们争相浏览我摸黑所拍照片并啧啧称赞时，这回，轮到我骄傲地说，胆量与热爱本来就是两码事，但热爱确实可以壮大人的胆量。

第二夜住在白音敖包自然保护区管理站的河畔招待所，到达那里时已近黄昏。导游介绍，这里仍处锡林郭勒草原中，风光却是草原和森林的有机融合，南秀北雄兼而有之，既有江南秀丽典雅的阴柔美，又有北方雄浑粗犷的阳刚美。我们放下行装，赶忙去管理站后面的景点游览。南北向横卧于管理站之后的贡格尔河、敖包河潺湲而流，犹如两条银白

正午阳光下的珍宝岛湿地

众鸟回归盘锦芦苇荡

飘带，将保护区重点保护的云杉群落装点成了一幅森林、草原、河流的锦绣图画。沿着木板栈道走进河湾水中的高亭，夕阳在河水中只剩下最后一抹光亮，岸上云杉层林黝黑，水边野草倩影幽暗，天空倦鸟翩飞归巢。天地万物都在按照自己的作息运行，互不打扰，一切都自然而然。白音敖包保护区的工作成效可见一斑。听说，内蒙古自治区如此水准的国家级自然保护区已有30多个，看来，草原的生态环境保护大有希望！

　　吃过晚饭，与几个团友去看夜色下的草原。夜幕低垂，笼盖四野。天空与大地已浑然不分，头顶的星星仿佛伸手可摘，一道星光在前方画出明亮的弧线后倏忽而落。导游解释，整个蒙古高原平均海拔1000米左右，这里更高。你们从海拔很低的平原来，天幕低垂的感觉就会很明显。我这个来自海拔几近零米的滨海的游客，更为与夜空的近距离接触而兴奋不已，忙招呼他们几个席地而坐，双手向后撑着草地，仰望星空，感受一番苍茫旷野中天地融合深邃幽远的草原夜色之美。

　　虽然已进入草原旅游旺季之末，草野已绿中泛黄，但并不寒冷，即使早晚凉一些，披一件外套即可，根本不用穿棉衣。有人提到了那些形容塞外天气的诗句，导游却说，我们草原从来就没有在8月里下过雪，更别说飘过"大如席"的雪花啦！大家都后悔带了大的保暖行囊，有些拖累。其实，这个时节，草原游人渐少，正是避暑游览草原的好时机。

　　回来后，我逢人便说，一定要去内蒙古大草原。在那个天高地远没有污染的草原上走一回，你可看到至美的景色，还会受到心灵的洗礼。尤其草原的夜色，那是一种天造地设无法言说的大美！

停车坐爱枫林晚

自读了唐代诗人杜牧《山行》中"停车坐爱枫林晚,霜叶红于二月花"的名句后,我便向往着身临其境去观赏枫叶。近年,地处辽东山区的"枫叶之都"本溪声名鹊起,其中关门山景观被誉为最美。我一直未得成行,好不容易国庆假期有时间了,却赶上高速公路免费,怕人多拥挤便未敢轻举妄动。果然不出我之所料,新闻报道游客摩肩接踵,拥挤不堪,道路严重堵塞,车要停到景点几里地以外。

失望之际却有了转机,同样地处辽东山区的丹东市有个活动相邀,我便产生了顺便寻游枫林的想法。当活动开幕式上午 10 点钟一结束,我便决定立即出发。市里同志热心挽留,先说明天去时间充裕,可多看看;后又说吃过午饭去,免得饿肚子;最后,见拗不过我,只好选派一名摄影人小杨陪我前往。

车子一起动,小杨就征求我的意见,路远一点,有天桥沟,是正规的大景点;路近一点,有毛甸子,是蒲石河流域一处无名山野。我怀揣着一颗贪心说,先去近的这个简单看看,然后再去远的那个慢慢地游览。

车行不到一个小时,从高速公路下来,进入毛甸子镇。正赶上集市日,路两旁摆满了小摊。艰难驶出镇子,朝响水寺方向,走出镇子二三里,便没有了像样的路,车子七拐八拐,颠簸在乡野土道上。好在时间不长,便来到一座窄窄的小桥旁,车子开不进去,人得下车步行。看着桥畔一棵矮小枫树,小杨说,我们来得可能有点晚,你看它的叶子都落了。

开头一段景色寻常,可没走多远,眼前便豁然开朗起来。小路及两旁不高的山林全部被红色覆盖,深红、浅红、褐红、绯红、紫红,正如毛泽东诗词名句"看万山红遍,层林尽染"一般意境。一片片、一团团的枫叶炽烈如火,流丹溢彩,绚烂得透人心脾。路的右侧有一条小溪,潺潺而流,仿佛在提醒醉在枫叶中的人们溯流而上,去追寻它的源头。

我兴致勃勃地拍起照来,小杨说,更好的景致在前面。他接着介绍,这里原来是片默默无闻的山野,前两年我们几个摄友偶然发现了它,拍了照片发表后才引起人们的注意。你看,今天来的人还不少呢!果然,前方行人接连不断,后面游客络绎不绝。

傍水的石滩上,一个家庭几代人正在一株火红的大枫树下野餐。老奶奶的满头银发与头上的红叶对照鲜明,显得她格外精神矍铄;一个五六岁的小男孩不顾家人的召唤,全神贯注地站在岸边望溪水。我悄悄地走过去,问他:"宝贝,你在看什么?"他答:"我在找鱼。"是呀,如此澄澈见底的溪水里,是应该有鱼的。

宽甸县毛甸子镇绚丽山野

前行几步，一棵高大挺直的红树就在路边，我手摸树干抬头仰望，发现那互生的叶片整齐划一地排为两列，呈长长的鹅卵状，不禁惊讶地问，枫叶不都是手掌形状的吗？小杨解释，这叫枫杨，那种手掌形状的叫枫，又名"枫香树"。一般为三裂，幼树常为五裂。每到秋天时，叶子艳红的树这里还有好多种呢，不过还是以香枫树居多。孤陋寡闻的我蓦然醒悟，原来人们常说的枫树并非专指某一树种，而是秋季所有红叶树的代名词。

再往前走30多米，一道数米宽的溪流横卧道中，难怪有人掉头往回走了。小杨向我投来征询的目光，我问离最好的景致还有多远，他说："过了这里就到啦。"我毅然脱掉了鞋袜，涉入水中。此季白露已过，水很凉。跨过明显升高的一段路，来到一个溪水幽积的小潭，一帘两米见方的小瀑布，把她雪白的浪花洒落到碧绿的潭水中，宛若天女散花。潭外侧是长满了枫树的陡峭山坡，密密麻麻的红叶竞相把影子投向潭面，好似枫叶姑娘们在对镜梳妆，清澈潭水映照出她们娇美的面容，又恰似有人不小心将胭脂盒碰翻，满池潭水顷刻间被晕染得绯红一片。只见一块硕大的青石岩块，像一只老老实实的乌龟趴在潭边喝水。小杨说，咱们北方人过去都住火炕，当地人就把这个地方叫作"王八炕"。只见那大石之面平坦而宽敞，可容下十几个人坐卧。山里人的形容真是生动又形象。

我想去拍照，但拍摄婚纱照的一队人马走上了青石板。摄影师有条不紊地调度着，女孩穿着雪白的婚纱，是正宗的晚礼服式样，双肩完全暴露在外。山风习习，秋凉阵阵，我真担心她冻着。这时，小杨招手示意我上山。绕了一个大弯，我们才攀登到潭侧面的山岗上。这里视角果然好，从枫林的缝隙中，透过层层红叶，可见到潭水瀑布，婚纱照现场也一览无余，忙碌的他们又不能轻易发现我们在偷拍。小杨悄声说，这个机会真是难得，以往我拍的多是山野枫树等自然景观，今天这个婚纱照题材作为人文景观可以填补我拍摄的空白，我一定要拍几张好片出来。我也为自己第一次赏枫就巧遇婚纱照拍摄现场而庆幸，便寸步不离小杨，在他选好的几个角度，频举相机，拍了一张又一张。

在临近水潭的坡下，我被一棵旁逸斜出的枫树吸引过去。与潭水同一个水平面上，只见片片枫叶阵容均匀地摆放着。大大小小的叶片间没留缝隙，但绝不重叠，互相没有遮挡。同享阳光，共沐雨露，平分秋色，均等献彩。我被自然植物界对生存秩序的讲究、对个体生命的尊重所感动，怀着崇敬之情，拍下了这动人的场景。

一抬头，见小杨还在原地拍摄，他向我招手，我把持枫树枝丫攀爬过去。原来，那个婚纱摄影师又有了新的创意，让新郎新娘脱掉鞋子，挽上裤管拽起裙摆，拉着手，并肩坐到青石板上，将腿伸向潭面。刚才尚感觉凉飕飕的我，心中倏忽升腾起一股热浪，脑中闪过地老天荒、海誓山盟、风雨同舟等一幅幅意象，从心底由衷地祝福这对新人的爱情地久天长。

拍婚纱照的走了，那新娘足足被冻了两个小时，我们在潭畔的山坡上也拍摄了同样的时间。下得山来，赶紧补拍石潭全景。白的石，红的枫，绿的水，蓝的天，竞相挤进镜头，好像在求我为它们代言。这时，对面一群身着各色冲锋衣的姑娘沿着潭边鱼贯而行，潭水随着她们的行走波动起五颜六色的涟漪，宛若一群仙女下凡。我看呆了，小杨忙说："快把那一串人拍下来，色彩肯定好。"

待周围的游人散尽，我突然感觉饿了，才想起抬腕看表，没想到已

红枫伴白瀑

经下午3点多了。我招呼小杨，赶快往回走吧。

我满怀歉意登车返程，带有保证之意对小杨和司机说，快走，不停车了，径直找地方吃饭去。可没走出多远，又被路旁的景色所吸引：一片火红枫树覆盖着的连绵山峦，一条碧绿溪水微漾在山脚下，一列大块白色卵石遍布于溪岸。我不得不食言，下车便抓紧去拍远近景。这时，从广角镜头里，又看到野餐的那个家庭就在前方不远处，那个小男孩正在岸边的石头上爬上爬下向溪流逡巡，我知道他定是在继续寻找游鱼呢！我赞成他的想法，如此澄澈的溪水里无论如何都是应该有鱼生存的，但现已进入寒秋之季，鱼群会不会早已游走了呢？

上车继续走。行了不到半里路，只见那原本连绵不断的山峦突然出现一个大豁口，一条红色山谷向里面延伸而去，那也定是一个燃烧着红枫火焰的绝妙之地。我多想再次叫停车子呀，但终究不好意思，毕竟大家都饥肠辘辘着。小杨仿佛看出了我的心思，忙说："今天所拍枫叶很不错，肯定能出经典；另外，留一点念想，也好下次再来。"我表示赞同，这条山沟的确是一处观枫胜地，我定会再来。

待到达毛甸子镇里时，集市已散去，一直阴着的天，突然下起雨来。找到一个农家饭庄，要了几个农家饭菜。拿起筷子吃饭时，时间已近4点钟。小杨突然放下筷子，一本正经地问："我们今天去不成天桥沟了吧？"我大笑着说："看来明年若去那里，得住下来，用几天时间才能拍够哇！"司机忍不住开玩笑说："会有拍够的时候吗？"我知道，今天是把他饿着啦。

此行，让我加深了对杜牧爱枫情怀的理解。我猜想，在那样一个秋天的傍晚，杜牧驱车上山，透过一片片生机盎然的枫林，他看到了比春花更为烂漫的色彩，感受到了如同春天般生命力的勃发。他定是被似火红枫点燃了激情，于是频频停车，流连忘返，而后才一反文人悲秋尽写萧条、寂寥之常态，吟诵出讴歌大自然壮美秋色，激励人们豪迈向上的绝美诗句来。

我庆幸，今天在无名山沟里寻见到的美丽"枫"景，一定不比杜牧所见逊色。

塔城鹤舞

从地图上看，辽宁地处东北，塔城在新疆西北角，两者间的距离基本上是从祖国版图的最东到最西。为去看望辽宁援疆干部，那年4月初，我率团从祖国东北角的辽宁专程去了遥远而陌生的塔城。

我们住进的是地区宾馆。车门打开，竟然有3只蓑羽鹤在等候。待

塔城地区宾馆里的蓑羽鹤

我们下车，它们就迈开绅士步伐向宾馆大门走去，如同在引领客人。真是太奇特了！西北的这座小城，竟然有鹤来栖，令来自鹤乡盘锦的我陌生感顿消。

　　来塔城前，对援疆的同志们难免怀有几分惦记，觉得他们去遥远的新疆有一种人生地不熟的苍凉。可是，短暂的接触后我便发现，援疆干部与塔城干部的关系处得非常好。新疆维吾尔自治区对援疆干部特别重视和关心，不仅安排他们在各级党委政府部门担任要职，而且还把他们的生活安排得很好，修建了公寓，文体活动设施设备齐全。在塔城，援疆干部俨然成了主人，与塔城地区的主要领导一起接待我们。塔城地区近 90 万人口由 28 个民族组成，其中哈萨克族、维吾尔族、蒙古族等民族都是能歌善舞的。席间，几位少数民族兄弟姐妹为我们表演了精彩的节目，并向我们敬酒。指挥部的一位同志连忙起身为我们做礼仪指导，接过酒杯要先敬天、敬地、敬主人，然后再一饮而尽。看来，援疆干部已入乡随俗，与当地的干部群众融为一体。

　　临来，我查阅有关塔城的一些资料得知，2000 多年前，塔城地区就以牧业为主，辽宋时始有农业，到清代乾隆年间，在塔城置塔尔巴哈台参赞大臣，这里成了一个重点屯垦地。但至 1949 年，牧业仍未脱离原始状态，耕地也才有 6 万公顷。如今的塔城可成了一个好地方。宜农宜牧，农牧并重。全地区拥有可耕地 66 万公顷，牧草地 570 万公顷，林地 23 万公顷。当然，这一切并不是自然天成，而是一代代塔城原住民及援建者于新中国成立后 50 多年间不懈奋斗的成果。

　　到了塔城，听指挥部的同志介绍了一些情况，才对塔城人改天换地的业绩管窥一斑。开荒种田，养草放牧，植树造林，都是建设戈壁绿洲所要做的。这些都得有水的支撑。塔城的水资源总量不小，境域内有额敏河、白杨河等五大水系大小河流 107 条。但没有水利设施，春季周围高山融化的雪水只能从河道里白白地流走。

　　因此，塔城人格外重视水利工程建设。除积极投身各级政府组织修建的水库、灌区工程外，还自发地修建了一些高难度的引水设施。塔城市所辖裕民县干部群众在兴修水利上不等不靠，艰苦奋斗，一个又一个高难的水利工程在他们的手中完成：为提水上岭，打通隧道修建了"山中坎儿井"；为引水下山，修建了盘旋于险峻山腰间 8 公里长的防渗大渠，被誉为"中国西北的红旗渠"；还自愿集资，把停建 7 年的白布谢水库

塔城市额敏县草野牧场

修建完工。

　　有了水利设施，一片接一片的干渴土地得到了雪水的灌溉。因水而穷的一方人民牵动水龙，建设绿洲，获得了更大的生命源泉和致富动力。

　　新疆生产建设兵团农七、八、九、十师所属的36个农垦团场的官兵在这个边关地区的屯垦，也大大助推了塔城农牧业的发展。我们参观了离巴克图口岸两公里号称"屯垦戍边第一连"的一六三团一连，一个典型的屯垦戍边连队。几代兵团人亦兵亦农，在守卫5公里边境线的同时，还开荒种地。

　　与所做的牺牲和奉献相比，他们的生活条件却没有太大改观，住的仍是土坯房。辽宁省对口支援兵团的首个建设项目便选中了这个屯垦戍边型连队。援疆指挥部先期已筹资1000多万元，以"小镇模式，适度超前"的标准，为他们建设了职工住房及配套设施。我们高兴地看到，在簇新的连部后面，是异地规划新建起的成片的职工住房。一顺水红顶灰墙的房舍，一排排绽放新绿的杨柳，俨然一幅生机盎然的美丽画图。兵团的首长表态，要借助援疆的力量，打造出一个生活富裕环境良好的文明连队和一座小康样板新村，来带动农垦兵团棚户区住宅的改造和乡镇建设。

从中我看到了，塔城的巨大变化也有辽宁援疆干部挥洒的汗水，表达的是辽宁人民的友爱之情。在辽宁对口支援试点项目喀拉萨依村，我看到于2010年春灾后仅用108天建设起来的一座功能齐全的哈萨克族牧民新村。新建的村委会辟有办公室、文化室、卫生室、"双语"幼儿园等配套建筑，村中道路纵横交错，村民活动广场平坦宽敞，体育活动及户外健身器材一应俱全。用那位年轻村干部的话说，这都是"一步到位"的高标准建设。定居下来的牧民家中，电视机、电冰箱等家庭内部配置应有尽有，厨房、浴室、卫生间，实施统一集中供暖供水。我特意扭动水龙头，只见流水清清。村干部在一旁说，现在，我们塔城农村的生产、生活用水都没有任何问题。这是一座规划整齐设施先进的现代化村庄！

汽车驶离喀拉萨依，回望五星红旗迎风飘扬下的那座新村，宛若童话世界。

在塔城市郊的塑料大棚蔬菜种植区，我们还参观了辽宁省农业技术推广总站技术指导下建立的"秸秆生物反应堆技术"示范大棚。棚内春意盎然，已绽放黄色花朵的小番茄长势正旺。听说，为跟踪指导这种高科技的新特种植，那位援疆技术人员已很久没回家了。

天南地北到处都有为祖国默默奉献的人，而在塔城——祖国西北角这块土地上的垦殖者更为艰苦卓绝，劳作其上的那群人更加令人敬佩！有奋斗就会有回报。今天的美好生活，是塔城人民和参与塔城建设者通过艰苦努力创造出来的，我们应该好好地珍惜它。

在垦荒这一点上，进而消弭了我这个盘锦人对塔城的陌生感。如今富饶美丽的盘锦，也是在布满芦荡沼泽的"南大荒"上一块一块开垦出来的。相似的经历，共有的精神，无疑又拉近了辽宁与新疆两地人民情感的距离。对援疆的辽宁老乡，我也放下心来，他们在这里工作干得很好，生活也舒心如意。

短短两天的访问，塔城却已走进我的心里，如同故乡般亲切。当离别她的时候，我的心里充满了眷恋与敬意。

那天黎明，我早早起床去与鹤作别。3只蓑羽鹤徜徉在橘红色的朝晖里。见我过来，竟相舞蹈起来，那超凡脱俗的美丽姿态令人惊叹。像凤凰非梧桐不栖一样，鹤对落脚之地也是格外挑剔的。我不禁从心底里祝福被鹤青睐的塔城，你的明天一定会吉祥如意、更加美好！

致敬珍宝岛

珍宝岛，中俄界河乌苏里江主航道中心线中方一侧的一个籍籍无名的小岛，因1969年的珍宝岛自卫反击战而为世人所知。我一直向往那里，不仅因为那场冲突中我军英勇善战取得了胜利，还因我的叔伯三哥王世杰，一名22岁的中国人民解放军战士，在那场冲突中成为68位殉国的烈士之一。2013年秋，我去鸡西市开会，到该市所辖地界珍宝岛凭吊。珍宝岛仍是我边防军驻防地，并不是正式的旅游景点，市里特意为与会者做了参观安排，可登岛参观营地工事，瞻仰烈士遗迹。鸡西市距离珍宝岛有320多公里路程，好在我们前一晚住在兴凯湖，使路程减少了近100公里。清晨即出发，朝东北方向行驶，过虎林镇直奔珍宝岛，中午到达乌苏里江江边。没想到，近日大雨，不到1平方公里的小岛被江水倒灌，此岸彼岸舟船码头都被淹没，游人无法上岛。我挽起裤脚，脱了鞋子，涉水到江边镌刻着"中国虎林珍宝岛"的巨大石碑旁留影，转身面向汪洋中的珍宝岛久久凝望，心中默念："三哥，妹妹看你来了，妹妹向你和珍宝岛的烈士们致敬！"

回程，路过地处珍宝岛乡与虎头镇之间的珍宝岛湿地国家级自然保护区，因为水大漫溢陆路无法进入，我们被带去登塔观光。保护区负责人介绍，保护区总面积4万多公顷，地处乌苏里江中游西侧、三江平原东部，沿乌苏里江南高北低的流向，以小木河为界，保护区分为北平原、南丘陵两部分。此区生物多样丰富，蒙古栎岛状林与草丛广泛分布于河岸沼泽、古河道和牛轭湖中，特殊的地理环境繁衍生息着国家级保护动物 30 余种，其中国家一级保护动物有丹顶鹤、东方白鹳、金雕、白尾海雕和原麝等。2008 年 1 月经国务院批准晋升为国家级自然保护区，2011 年列入国际重要湿地名录。

这座高近 20 米的观光塔，具有旅游观光、湿地防火和环境保护等多种功能。为与周围的自然景色浑然一体，建筑全部采用木质材料。这座掩映在森林中造型别致的塔，本身也是一道亮丽的风景。

登上平台豁然开朗，一望无际的珍宝岛大湿地风光尽收眼底。远眺西北，汪洋恣肆的乌苏里江水淹没了平缓的岸滩，变水天一色为灰白，点缀其中的树木，或一行，或一簇，或几棵，迂回曲折地将水面分割，形成条条波光粼粼的水带，逆光中呈黑色剪影，宛若江滩水墨。举目东南，是苍茫广远的芦苇荡和林海，金黄、橘黄、深绿、浅绿、火红、赤红等秋天的色彩悉数铺陈，层林尽染，争奇斗艳，如同仙人泼彩。凉爽的秋风，送来几声鸟的啾鸣，也送来澄净的空气，沁人心脾。

这个珍宝岛湿地的风采独特而美丽，极具观赏性，一切呈现都是如此完整美好，原始自然，仿佛天造地设，看不出一点人为痕迹。但保护区负责人却告诉我们，原先，珍宝岛湿地曾遭到不同程度的毁坏，建立自然保护区后，建管并重两手抓，实施了湿地恢复工程，新建了动物救护站、湿地检测站等设施；同时严格控制土地使用，严打开采资源、放牧捕捞等非法毁林毁湿行为，才使保护区逐步恢复了自然常态。他自豪地表示，不能满足于保护区的全国最大，要努力实现湿地资源的可持续利用。我们的目标是把它建设成为一个集自然保护、科学研究、宣传教育、水源涵养、生态旅游和多种经营为一体的多功能自然保护区。

我最关心的是那些浸泡在水中的树，拉过那位负责人悄悄询问。他告诉我，无论丘陵岗地上密集的树林，还是漫滩水中的独树，都是蒙古栎树。蒙古栎也称"柞木""凿子树""红心刺"等，是天然林中的优势树种，在我国东北分布最多。此树种喜光抗旱，耐寒湿，耐火烧，孤植、丛植或与其他树木混交成林均适宜。

我的心中满怀敬意，忙下到一层底楼，想近距离地欣赏那些水中之树。天空如洗，水面如镜，一棵棵蒙古栎树静若处子，它们就是这样默默无闻地坚挺着，日复一日，年复一年，栉风沐雨，经历酷暑严寒，为大自然、为人类抵御洪水，调节径流，涵养旱涝，改善气候，维护区域生态平衡。这时，我想起了为保卫这片国土而牺牲的三哥，这些蒙古栎

鸡西市乌苏里江中的珍宝岛

树，不正是他们那些为国献身的勇士的化身吗？

我再次爬到塔的最高层，肃立起敬，默默自语："三哥，我看到这些顽强忘我的树，就等于看到了你们，你们在这片用生命捍卫的土地上获得了永生！你们的无畏精神，在这些保卫北疆的边防军人和守护湿地的保护区工作人员身上得到了传承；有他们在，珍宝岛这块神奇的土地一定会更加美好。"

这时，一只玄裳缟衣的大鸟，扇动如轮之翅，戛然长鸣，横空而过。是保护区庇护的丹顶鹤，还是野生的东方白鹳？它定是领会了我的心意的。

那片芦荡，那些鸟

　　关于我的家乡盘锦的那片土地，说来话长。

　　盘锦地处渤海之辽东湾顶部，九河下梢，地势极为低洼，海拔仅为0至6米。辽河、大辽河、绕阳河、大凌河四大河流吸纳锦盘河、沙子河、月牙河等17条中小河流均在此入海。辽东湾海岸是"燕山运动"形成的新生代沉积盆地，未被淹没的近海部分，经过亿万年的河流冲积、洪积、海积和风积作用，加上排水不良，不断覆盖深厚的淤泥质等沉积物，于湾顶与辽河下游平原相连，形成350公里咸淡相容的滨海沼泽湿地。这块湿地在古代是"辽泽"的核心部分。燕国最早在辽阳设立辽东郡，当时划分辽东与辽西的就是"辽泽"，而不是辽河。西汉曾在今盘锦市大洼区设置房县辖属辽泽区域，三国后战事连年即被弃之不顾。今辽宁黑山以南、台安以西、北镇以东的近海地域漫延为无法通行的大片沼泽地。唐人描述辽河下游"辽泽泥潦，车马不通""辽东以西水潦坏道数百里"。隋唐两代十几次征高句丽连连失败，与"辽泽"的阻障不无关系。千百年来，荒芜的"辽泽"成了历代辽东交通上的一个梦魇。

　　地老天荒，斗转星移，这里却成了鸟的乐园。鸥、雁、凫、鹳飞来了，天鹅、仙鹤也飞来了。众鸟蜂拥而至，林林总总，不一而足。在潮涨潮落的海滩上，在坑坑洼洼的草甸里，它们可以找到虾贝鱼虫及草籽根芽。于是，一则关于鸟的美丽神话诞生了，被晋人陶渊明记录在《搜神后记》里。辽阳人丁令威学道于灵虚山，千年后化鹤归辽，站在城头华表柱上，发出"城郭如故人民非"的感叹。此典影响久远，被晋以降大诗人频频引用。辽阳一直是辽东郡的郡治所在地，这种地位一直延续到清初努尔哈赤迁都沈阳才终结。而古时的盘锦地域正在辽东郡的幅员下，是古"辽泽"的最南部，临辽河入海口，也是辽东郡辖区内唯一的鹤栖息地。从此，交通闭塞的辽东郡随着一只仙鹤而名扬四海，辽代契丹人在辽阳西南邻近盘锦区域还专门设有"仙乡""鹤野"之地名。因此，丁令威化鹤的故事产生在辽东是自然而然的，而所谓辽东鹤即如今的盘锦鹤。

飞升的仙鹤引领了辽东人的梦想。世世代代生存在这块土地上的人们，用辛勤的劳动把神话一步步变成了现实。至明时辽泽开始逐步缩小，到清光绪年间，为排泄辽河洪水，开挖了双台子河，促进了辽东湾的淤积。新中国成立后，建立国营农场群，对辽东湾沼泽地进行修建沟渠、排水疏干的改造，把低产苇田开垦为水稻田，对水中苇田加强管理，变自然生长为人工养护。1958 年，截断辽河去营口河道，引全辽河水由双台子河入海，又加大了辽河口两岸的淤积。1973 年，辽河油田建立，在苇田中打井，很快成为年产 1500 万吨原油的中国第三大油田。地上种植出的雪白芬芳的"盘锦大米"与地下开采出的乌黑油润的"辽河石油"，在素来被称为"南大荒"的沼泽湿地上大放异彩。

在工农业快速发展的同时，由于管理体制的频繁变更，加上开发苇田为稻田、牧场，河道清淤清障及油田打井修路，共占去苇田 50 余万亩，使苇田面积骤减到 100 万亩。生态环境受到威胁，湿地保护与资源利用的矛盾开始凸显。

恰在此时，一座新城应运而生。1984 年 10 月，盘锦市的建立让这一状况开始改变。首任市委市政府一班人，与时俱进，敢于创新，在得知 1982 年鸟类普查时专家确认盘锦有鹤的信息后，便以"鹤乡"为盘锦的代名词，同时，为把鹤的生存空间保护好，开始在辽东湾沼泽湿地筹建以保护丹顶鹤、黑嘴鸥等珍稀水禽及滨海湿地生态系统为主的野生动物类型自然保护区。1985 年经盘锦市人民政府批准，双台河口市级水禽自然保护区建立；1987 年经辽宁省人民政府批准，晋升为省级自然保护区；1988 年经国务院批准，晋升为国家级自然保护区。

保护区位于渤海辽东湾辽河入海口两侧，区内总面积 12.8 万公顷，90% 的面积为天然湿地，生态类型以芦苇沼泽、河流水域和浅海滩涂、海域为主。特殊的地理位置和植被类型养育着丰富的海洋、陆生及水生生物资源，是不可多得的野生动物物种基因库，更是名副其实的"鸟类

野鹤回归盘锦"芦苇荡"家园

天堂",为东亚至澳大利亚水禽迁徙路线上不可或缺的一环。200多种鸟类选择此地为栖息繁殖地和迁徙停歇驿站,其中近140种上百万只水禽聚集于此,呈大群分布的有豆雁、翘鼻麻鸭、绿翅鸭、花脸鸭、红嘴鸥和鸻、鹬等种类。国家一级保护鸟类有9种,包括丹顶鹤、白鹤、白头鹤、东方白鹳等,国家二级保护鸟类有39种,有灰鹤、白枕鹤、大天鹅等。还有后来发现的全球性濒危、种群数量稀少的黑嘴鸥,分布于东亚地域,繁殖地仅分布在中国,为中国特有鸟类。

保护区的成立,是开天辟地的大事件。从此,辽东湾湿地上的那片芦苇荡和生存其间的那些水鸟便有了诸多保护神和一个自由安全广阔的生存空间。

芦苇别称苇、芦、蒹葭,是沼泽湿地上生长最多的禾本科植物。芦苇的生命力极为顽强,在那片海陆边缘极为贫瘠的盐碱之地,几乎所有植物都不肯落脚,只有芦苇种群不嫌不弃,很早便扎下了根,世代繁衍,把这里变成了世界数一数二的大芦荡。

芦苇主要分布于大辽河口以西、中间夹辽河口,东至大凌河口以北的海岸线上,南北长55公里,东西宽25公里。这块芦苇湿地犹如一条绿色廊道:分割海陆,防盐排碱;滞留营养物,沉淀降解有毒物;滞洪蓄水,涵养旱涝;净化空气,调节气候。盘锦芦苇荡的生态价值巨大,不仅具有庇护养育野生动物的功能,还在维持区域生态安全、改善生态环境方面具有无可替代的作用。

芦苇在自然环境中自生自灭，一岁一枯荣。那纤纤细细、其貌不扬的芦苇，在自然环境中以横走的地下管茎繁殖，纵横交错形成网状，旱涝不灭，延续着一脉相承的久远生命。我是个苇乡人，一年四季皆成风景的大芦荡时刻在我心头。它的神奇与广阔，丰富与美丽，永远令我魂牵梦萦。说到此，我有唠不完的嗑，总想与人分享。

春寒料峭，苇塘里的芦笋已悄然滋生。用不了几天，尖尖的芦笋就会争先恐后地破土而出。惊蛰刚过，鸟群便迫不及待地从南方越冬地飞返芦荡。那些水鸟，一落地便开始忙碌起来：衔来枯苇的秆、叶、花序，筑就一个个舒适的窝巢，为繁殖新生命做准备。我曾走进芦苇荡深处，见到以家庭为单位采食的野鹤，它们多为两只大鹤带一两只小鹤。我曾发现一个建在地势稍高些苇丛中的丹顶鹤巢，足有一张双人床那么大。我曾在春雨中看到，在毫无遮拦的旷野上，四五只鹤蜷缩在一起，抵御着凄风苦雨。由此我知道了鹤类等大型鸟类生存的现状：繁殖力低，栖息地渐小，生存艰难。一次次进出芦荡，让我的保护意识日益增强。

夏季的芦苇荡是绿色的青纱帐，一派繁荣景象。一根根芦苇不蔓不枝，昂扬向上地生长着。刚刚孵出的鸟雏在其间穿梭练走、练捕食。一个夏日，我和妹妹正坐在苇丛中说悄悄话，突然看到不远的水面上游来一列野鸭。前面一只大鸭带队，一串小鸭子紧跟，最后一只大鸭压阵。小鸭子们活泼而有序，始终自觉地保持一条直线。有一只冲出队列，但刚游开一点，就急急地自觉归队了。只见前头的大鸭一个猛子扎到了水里，只露出尖尖的鸭尾巴，紧接着，小鸭们也一个接一个地效仿起来，争相扎入水中，将尖尖的尾巴朝向天空。那场景就像一群水中芭蕾的舞者。妹妹问我它们在干什么，我说可能在练捕鱼。提高了的嗓音惊吓到鸭子，它们慌忙逃遁，左拐右拐地就进入了苇丛，没了踪影。我不禁自责，如果没有人类的干扰，自然界是多么有序、宁静而和谐呀！

秋天的芦花最美。立秋前后，初放的芦花花序像高粱穗般大小，又像高粱穗般殷红。"忽如一夜春风来，千树万树梨花开。"就在深秋的某一个清晨，芦花魔术般变成了一色雪白，仿佛前夜下了一场大雪覆盖了一切。当千百万枝炫人眼目的芦苇花一齐怒放时，那是怎样的一种浩瀚无垠与波澜壮阔呀，其大意境、大美丽真让人难以言表。入秋后，盘锦的城乡阡陌随处都可见到芦花。那些洁白的芦花远看如云似雾，近看如绒似棉。在芦荡中穿行，摇曳的芦花如朵朵浪花拂面而来。这时，你定会生出一种在大海中泛舟的感觉。

长着与芦花一样雪白羽毛的丹顶鹤此时与其他候鸟一样忙碌，它们要利用在北方家园的最后时光做好南迁准备，多找些鱼虾吃得壮些，训练好雏鸟的飞翔本领。保护区工作人员也在忙碌着，他们下到河沟海汊，捕捞鱼虾晒干，为在保护区越冬的鸟多准备些富有营养的食物。

冬日的芦苇荡最显空寂。鸥飞了，鹤翔了，往日喧闹的芦荡出奇静谧。一枝枝凋萎的芦穗从浮烟般的芦苇梢头伸挺出头颅，随风而动，一水儿地面向西南，朝着鸟飞走的方向，正像一个白发飘飘的慈母在遥望她的游子。不远处的村庄里割苇人正在集结，他们总会乘天寒地冻时节将成熟的金黄芦苇收割下来。

我对苇与鹤的喜爱，还缘于它们所拥有的丰富人文内涵。古老的《诗经》中有咏苇咏鹤的开篇之作："蒹葭苍苍，白露为霜。""鹤鸣九皋，声闻于天。"多美的意境！历代吟诵苇、鹤的诗词不胜枚举，如唐代孟浩然的"月明全见芦花白，风起遥闻杜若香"，是对坚韧无私、宽容博大的芦苇的礼赞。唐代孙昌胤的"灵鹤产绝境，昂昂无与俦"，是对美丽祥瑞、能翔善鸣的鹤类的崇爱。盘锦人还以鹤为中心给街路命名，希冀自己的城市如仙鹤般高骞远翔。而鹤羽芦花，早已成为盘锦的荣耀与象征。

与芦苇荡相映成趣的，还有红海滩。1988年国家把辽河三角洲列为农业综合开发区，盘锦市随后在西南沿海修筑了一条长26公里、高近6米的石砌护坡大堤，以阻挡海水侵袭，开垦荒滩为稻田。堤内目标如期实现，没想到堤外也有了意外收获。一种潮间带先锋植物翅碱蓬草在堤外得到海水的充分浸泡，伴随着潮来潮往蓬勃生长，并迅速成片蔓延开来，一时间蔚为壮观。其"丫"字形小嫩芽四五月份长出地面慢慢变大变红，到9月份便如火似霞，铺满绵长海滩。这种草在其他海滩也有生长，却不能变成火红，奇景只在盘锦沿海滩涂出现，看来拦海大堤功不可没。但红海滩还没有形成文化现象。

话题扯远了，还是说说为保护芦荡的动植物做出不懈努力的保护区工作人员吧。

为了发挥保护区的宣传教育功能，1985年，保护区建设伊始便在简易的赵圈河管理站修起了一座三层观鹤亭，后相继建起水禽园和展示鸟类标本的宣教中心，1988年又在芦苇丛中铺设木板栈道，建起了芦园。

游人可登高远望苇海之广阔无垠，可信步游走于栈道与芦苇亲密接触。自此，保护区拉开了盘锦旅游的序幕。赏苇观鸟，亲近大自然，保护大自然，这样的做法被鼎翔人借鉴，在辽河口右岸建起了太平河风景区，如今已成芦荡游的一个好去处。

2004年保护区还被列入国际重要湿地名录，加大了国际间的科研交流与合作。先后与世界自然基金会、国际鹤类基金会等有关国际组织开展了对丹顶鹤、黑嘴鸥种群繁殖状况及涉禽种类及数量的调查，成为世界范围内从事物种、湿地生态系统和海滨生态系统研究的重要基地。1995年始，连续多年与日本北九州合作，对近4000只黑嘴鸥开展环志工作，放飞后，在日本和韩国均有发现。

为缓解由于人类破坏导致水禽数量减少的问题，保护区建立了湿地监测研究站，加强了科研攻关。先后开展了对辽河三角洲湿地资源及生物多样性的监测、芦苇荡及红海滩退化原因及恢复对策的研究，并及时采取措施进行科学治理，改善和创造适合鸟类栖息和繁育的生态环境。如以人工移栽苇根及人工播种翅碱蓬种子扩大其生长面积；在海堤上修建抽水泵，在外滩挖水沟，引海水灌溉脱盐长草的堤内滩涂，杀死杂草，湿化土壤，使退化湿地的自然环境得以恢复。为扩大鸟类繁殖地域，还在沿海滩涂潮间带修筑若干鸟类人工繁育岛。近些年，在湿地繁殖的濒

水鸟齐归盘锦芦苇荡

危水禽种群明显增多,迁徙过路珍稀鸟类在芦荡的停留时间也明显加长。

为了壮大珍稀鸟类野生种群,1993年起,保护区开始采取人工取精授精之法繁殖丹顶鹤、斑嘴鸭、长脚鹬等。2000年即取得成熟经验并有所创造,如将一只雄鹤的精子授给若干个雌鹤,突破了一对鹤每年只产一两枚卵、自然孵化率低的瓶颈。2002年,将1996年建立的繁育中心更名为辽宁省鹤类种源繁育中心,2007年始,又开始对驯养的丹顶鹤进行自然交配、自然孵化的实验,也取得成功。对于愿随野鹤飞走的鹤,也打开大门一律放行。有几对鹤对生养它们的土地一往情深,每年迁徙回来都要到湿地落脚,到鹤笼来与老友们打招呼;有些鹤,从越冬地迁飞回来则成了冬季也不走的"留鸟",仿佛对当初的飞离已然悔悟。

去冬腊月,我与在保护区工作过的爱人回到了保护区管理站。在繁育中心,看到近百只人工繁殖的丹顶鹤在海滨芦荡深处的几个宽大网笼中茁壮地成长。虽然有的鹤只有一两岁,丹顶还未完全生成,但个体都很健硕,它们挺起脖颈,都高过个子一米六的我。见我走进去,它们纷纷围拢来,腾跃,鸣叫,展翅,但并不啄碰我的相机镜头,对我这个陌生来客表示热烈的欢迎。看来,在盘锦保护区,人与鹤的关系亲密而和谐。我还看到了留在保护区过冬的十几只野生丹顶鹤。鹤生性机警,本来在苇丛冰面徜徉的它们,见有人走近,便一哄而起,排成个"一"字,向海边飞去。鹤在冰天雪地的北方越冬以前是没有的。原来,拦海大坝修成后,原有的滩涂改造成稻田,水稻收割后会有遗落的稻穗,海边还有几处不结冰的温泉眼。吃喝都有着落了,鹤又不惧寒冷,何必去进行一年一度的艰难迁徙呢?这些鹤真够聪明的!何况保护区还会在需要的时候投食接济它们。

保护区就是水禽的家园,保护区工作人员就是鸟的亲人。在1990年建立的野生动物救护中心,对那些各地捡拾送来的伤病鸟都进行精心的救治。鹤、鹳、天鹅等大型水禽多是飞翔时遇云雾天气翅膀被电线刮伤,为避免再遭伤害,保护区将那些伤愈后失去飞翔能力的鸟分别关在有遮蔽有活水的单间里,为它们养老送终。保护区还挖了一个大水池,放入自打的千米深井之温泉水,给喜水的水禽营造了一个四季皆可沐浴的环境。我去救护中心鸟棚中看望那些鸟,正值数九寒冬,它们沐浴着冬日的暖阳,优哉游哉,丝毫看不出伤病之态:水中,善游的3只大天鹅以可任意扭动的颀长脖颈画出一道道柔美的曲线,一群野鸭在它们之间旁若无人地游来游去；岸上，一只白鹤和一只东方白鹳闲庭信步地走来走去，20多只雁鸥鸬鹭行卧其间。

如今，盘锦芦苇湿地总面积已达120万亩，取代了已经萎缩的欧洲多瑙河湿地，成为世界第一大芦苇荡。2013年，中央电视台评选出"十大魅力湿地"，双台河口国家级自然保护区以"世界上最大的植被类型保存完好的芦苇沼泽地"成功入选。保护区的芦苇荡更加广阔了，鸟的天地更加开阔了。盘锦堪称丹顶鹤故乡，每年经过、停留的丹顶鹤约有四五百只，占世界野生丹顶鹤总数的近四分之一，有一年达到了806只。盘锦也是"黑嘴鸥之乡"，1990年发现时只有1200余只，以后数量连年增长，到2007年记录到8000多只，占到世界黑嘴鸥数量的一半。历年在这里停歇的白鹤、东方白鹳、大天鹅也均增加到400只左右，各自占到世界野生种群的五分之一，都达到了历史之最。勤劳智慧的盘锦人以保护区为依托，在"辽泽"最后的缩影之处——芦苇荡里，演绎出一场场举世瞩目的精彩！

趁爱人与老同事们热聊之机，我独自走进芦苇收割后空旷寂寥的苇塘。年年岁岁，在大芦荡的呵护下，众鸟都快乐地度过春夏秋三季，然后在冬季飞往越冬地。它们却全然不知，每一年陪伴它们的都是不同代次的芦苇。而这一代芦苇，随后便被收割了。我知道它们的去处：或被送到造纸厂化作雪白的纸浆，或被送进灶膛，化作熊熊火焰。但我也知道，它们早已将生命的血液回传给了地下的芦根。待到春风送暖，下一代芦苇又会从芦根上滋生出来，营造出青翠浓郁的景象来。但此刻与芦苇作别，我还是有些感伤，在凛冽的寒风中，禁不住泪水溢出了眼眶。

毋庸赘言，以下为结束语。

盘锦市是全国首批36个率先进入小康的城市之一，GDP连年位居辽宁省上游，旅游方面也是后来居上，已跻身全国优秀旅游城市之列，盘锦人全力保护的辽东湾优美的自然景观也成为辽河下游全域旅游的黄金地段。盘锦城市功能配套完善，尤其交通四通八达，是辽宁省公路网密度最大、高速公路最密集的城市。自古以来的畏途"辽泽"，在辽东后人的手中早已建成了通衢大道。这应感谢那只辽东鹤带来的祥瑞！但我庸人自扰，担心待丁鹤老乡再次飞回时迷失了方向，虽然"辽泽"之芦苇荡依然存在，辽天之上群鸟亦会热烈呼应，但毕竟沧海变桑田，辽东湾辽河口畔的故园，不仅人民不同，城郭也不同了呀！

城中密林

一个国庆假期,我们去沈阳的昭陵(北陵)游园。不经意间,我发现了陵后的那片树林。眼见一些老年人三三两两拐入陵寝的右侧,我与爱人好奇地尾随而去。见陵侧有小路可达陵寝后面,一条柏油马路在陵后平伸开来,一片树林与陵寝相望。没有纵向的路途通向树林,只有几条羊肠小道摆在面前,我们迷失了方向,忙向对面走来的一对老夫妻问路,他们熟悉道路而且十分热情。按照指引,沿着枝丫上拴系的一个个红布条,我们渐渐走向树林深处。

刚才还阳光耀眼,一进入林子就不见了天日。下面的小道两边是密密麻麻的灌木丛,绊人腿脚;上方天空里是枝干高大枝条茂密的槐树、杨树和其他一些杂树,遮人眼目。

林中的感觉真好。树叶随风飘下,金色的、赤色的叶子铺满了野径;空气的味道很清新;林中很静,那些飞来飞去的喜鹊的喳喳声清晰入耳。

我们享受着林中美景,探索前行。突然,映入眼帘的是一片接一片的古松林。那些异常高大的松树棵棵枝干舒展,无拘无束,自由自在,蓬勃向上,将各自的旗帜在天空里张扬。

古老遒劲的松树,姿态各异。可能是树种不同,多数是一株、两株或数株粗大无比的独木挺拔向上、直插云霄,偶尔可见同根生发出双干或数个枝干的奇特树形。看着那两棵同根共生紧紧相拥的树形,会让人想到恩爱的夫妻和美好的爱情;再看那两棵大树间夹着一棵小树的树形,会让人想到温馨和谐的三口之家和父母育子的责任。

沈阳昭陵神树

　　最大的奇迹是处于林子最深处的六枝并生的一棵古松，它的分枝点在距离地面不足两米处。六枝松干不分主次，一般粗细，一般高矮；整

密林中有路

棵巨树枝繁叶茂，浓郁葱茏，如巨大的伞盖荫庇着脚下那块土地，独撑起那片天空。人们用铁栅栏将这棵神奇的树围护起来，并竖立起标牌，名为"神树"。散入树林的人们陆续汇拢至此。显然，拜谒神树成了人们进入这片树林的重要目的。高高的树枝上飘荡着人们系上的数不清的红布带，祈望它带来好运。6根枝干上的红布条已密密麻麻，看来，慕名而来的人还不少呢！神树所在地是整个林子北部的中心点，人们多围在栅栏四周锻炼休闲，有的打拳踢毽，有的下棋写生，有的含饴弄孙，有的交谈吟唱。如此祥和的气氛真令人陶醉。

神树正像一把扇子的柄，以其为中心，有几条野径向南面陵寝方向辐射出去。细心一看，每一条小路都被有心人依次在树干上系着红布条。你沿着任何一条红布条引导的小路返回，都会会集到陵寝后横陈的柏油路上。看来，每一条野径都会有奇形异状的古松景观。我们想把每一条野径都一一走过，但林子太大了，一次是难以走完的。我看到每一棵古松的干上都嵌有标明数字的金属牌，神树牌子上的数字正好是2000，难道这片森林中的古松是以千来计数的吗？

返回时，我们选择了另外一条路线，是神树另一侧幽深而宁静的小路。刚迈出几步，突然，一只灰黑色的小松鼠从前面林中树干上爬跳下来，径直奔向坐在折叠小凳上的那位古稀老人。老人边嘴里叫着"黑黑"，边把手伸进一个塑料口袋拿出一些果仁类的食物。那松鼠旁若无人，直立起腰身，将前爪搭在老人的手掌边，迅速咀嚼起来。待将老人手中的食物吃完，它连一点感谢的意思都没有，义无反顾掉头便跳走，一溜烟儿地跑回林子中去了。

周围的人一切照旧，没有人像我这样惊讶不已。我走过去与老人攀谈起来。"这松鼠是林子中野生的吗？""是。""它为什么与您这样亲近？""还不是因为我先跟它亲近的嘛！"这时，又一只灰白色条纹的小松鼠跑过来，老人边嘴里叫着"白白"，边从口袋中拿出食物。那松鼠以同样的姿态，迅速咀嚼起来。吃光了手中的东西掉头就走，同样毫不客气，不做任何感激状，也一溜烟儿地跑回林子中去了。

原来，老人就在附近居住，退休后，他几乎每天都到林子中来锻炼身体，顺便为松鼠带来些食物。老人说，一次不能给它们吃得太多，够用就行。他也为自己带些干粮，中午饭就简单吃一口，在下午临走时再喂一次黑黑与白白。

我向老人投去敬佩的目光，见他精神矍铄，面色红润，精瘦的身材如同松干般硬朗。我对他说，谢谢您。他哈哈大笑起来，说这有什么好谢的。我在心里说，我要谢的是您为人与自然的和谐共生创造了这样经典的画面。

途中，我还遇到一位坐在林中空地上喂喜鹊的老者。那喜鹊本在路边，看见我们走来，它便飞起，却落在几米外的老人身边，平静地啄食着老人手里的食物。我们与老人交谈起来。他说他是守陵人的后代，他的先祖就是那位清初奉命在此负责栽树八年、后受罢官免职处罚的工部尚书星纳。这片林子当初被称为"海树"，与陵墙内的"仪树"相对应。他说，你们看这些高大的松树，都是与北陵的建筑同期栽植的，都有370多年的历史了。从清崇德八年

（1643）修陵时开始栽植树木，顺治朝栽得最多，到后来康熙、雍正各朝一直在栽植和补栽。在这林子里，松树是最受重视的，因为它在诸多树种中的寓意等级最高，古时不是有"天子树松，诸侯树柏，卿大夫树杨，士树榆"的说法吗？松树是最为长寿的树种，因此成了皇帝身份地位的象征，成了皇家陵园专用树种。古松的享有者，梦想他们的江山像松树那样，"与天齐其长，与地等其久"。仅清初几朝栽植的松树就达到5000多棵。这些"海树"与陵墙内的"仪树"，均受到皇室精心而严格的管理和维护，但在清代灭亡后的多次战乱中，许多古松被滥砍盗伐。如今，这里剩存的古松约有3000棵，已得到较好的保护。

在偌大的沈阳，能够有这样一片林荫蔽日宁静清新生态和谐的如同世外桃源般的去处，实在是美妙无比。而这片树林能够以次生林的原始面貌保留至今，不知得到了多少如林中两位老者般的呵护。我从心底里再次向他们致敬。

我为这座城市拥有这片古松林而骄傲！我们一定要持续努力，把棵棵古松连同那林中的每一只动物每一棵植物视为珍宝，让它们与我们这座城市一起常青共存。

邂逅塞罕坝

那年6月下旬，在河北省兴隆县参加完一个培训，我与本省同学就近驾车去游坝上草原。走出去，才知道所谓坝上是个大概念，于华北平原北部和内蒙古高原南端交接处地势陡然升高成阶梯状的地域皆谓"坝上"。西起张家口市的张北县、尚义县，中夹沽源县、丰宁县，东至承德市围场县依次分布着张北坝上、沽源坝上、丰宁坝上和围场坝上4处草原，所涉地域十分广大。这次出行有些仓促，但事已至此，只好顺势而游。结果，这次除张北坝上草原外，我们把其他3处有名的坝上草原都游到了。

号称京北第一草原的丰宁坝上景区路途最近，疾驰一上午便到达邻近丰宁县的交通要道土城镇，边吃午饭边打听景区线路。那里不收门票，开车随意走。距县城西北7公里的大滩是丰宁坝上的中心景区，而柳树沟则是大滩的精华所在。

去柳树沟的山路曲折却平坦，远处山峰连绵高耸，路边是一处处平缓高坡，草地遍布其上，还有细小溪涧蜿蜒其间。景区基本没有车辆与游人，只有几个牧人在草坡上扬鞭驱赶着成群的牛羊。登上一处高岗俯瞰，起伏山峦中，片片松林青翠，草色却遥有近无，显然我们来早了。虽然宣传材料上说，草原在5月中旬以后草木开始绽绿，6月到10月都是坝上草原旅游的最好时间，但眼前的事实证明，6月并不最好。牧人说了实话，我们这里7月底、8月初才最好看。可以想见，在最美的时节，柳树沟一定会呈现出一幅集溪流、花海、草原、森林于一体的多彩胜景。

来坝上，就是看草原之绿，而坝上草原里纬度最低的丰宁坝上才刚刚见绿，让我遗憾又担心，怕是此行看不到美丽的草原景色了。由大滩再往西北走不远，便是沽源坝上。在距离沽源县城平定堡镇数公里之处，出现了一个大湖，名曰"闪电"。在天野苍茫的草原上蓦然闪现出这样一方清澈敞亮的湖水，的确会给人惊雷闪电般的惊喜。这座滦河上游最大的湖泊的确很美丽，湖中的小岛都已绿树成荫，五颜六色的游船整齐划一地停靠在码头。但沽源坝上的核心景区是湖畔偌大的湿地草原。从湖闸通道上放眼下望，那里也是刚见绿色，不甚好看。流连拍照一番，沽源坝上草原便游览完毕。趁着满天晚霞，赶到不远处的县城时已近7点钟，海拔2000米的平定堡楼矮云低，红霞便从高天直接燃烧到了地面上。

最后还剩下围场坝上景区，我们要原路返回到土城再折往东北方向。用了一上午时间，到达围场县城，小镇繁华热闹，但我们并未逗留，径直向北从景区东南门进入围场坝上。门票挺贵，但可以连用两天，园区内还可住宿。

一入景区大门就进入了遮天蔽日的森林中，满眼青翠，高大笔直的落叶松、樟子松和云杉的尖顶直插云霄。林中空气清新，一股清冽、芳香、甜润的气息扑面而来，一扫一路草原无绿的烦闷。此处为围场坝上之月亮山景区。自然景观有月亮湖、神龙潭等，人文景观有塞罕塔、塞罕灵验佛庙、点将台等。人文景观都是与康熙帝有关的清代文物遗迹，这些都是围场鼎盛时期的历史遗存。

沿着平坦狭长的林中道路惬意前行，随处可见一块块宣传牌："生命与绿色拥抱，人类与自然共存。""保护环境是责任，爱护环境是美德。""追求绿色时尚，拥抱绿色生活。"这些标语所示，既是林子主人的心声，也是对游人的要求。

不经意间，已来到七星湖景区，7个小湖如天上的北斗散布在绿色草滩之中，有观景台、泰丰湖等景点。核心景区七星湖的游览设施齐全：有直达湖边的长长的步行道和环岸沙石路，有深入湖中的曲折栈桥可随意游走，有游船可以荡桨穿湖，有观景平台可登高眺远。这里就是一个绿色的世界：无边的森林，成片的芳草地，满湖的碧波，宛若一幅涂满层层绿色的抒情浓郁的油画。几只小鸟从湖面上追逐而过，次第落在长满淡黄色小花的草地上，与湖水亲近后再来与土地亲近，自然界生物间就是如此和谐共处。我静静地站在湖边栈道上，不禁多做了几个深呼吸，想多享受一下这森林氧吧。

从七星湖出来，在林中继续西北向行驶，去围场坝上北部的乌兰布统景区。路不宽，路两旁树木林立，枝丫叠翠，无边无际，最让人惊喜的是沿路林中树下的风景，鳞次栉比的树干下，如茵的绿草地上，如同人工播种般均匀遍布着幽蓝色的野花。我屡次叫停，一次次趴到草地上拍照。

我被这片林子深深地震撼了。这围场坝上的地域纬度比丰宁与沽源坝上都高，气温自然也会低，可为什么能如此这般草丰花艳呢？是因为林下水土保持得好，还是因为浓密的森林遮挡住了寒流，难道这一方神奇的土地营造出了自己的小气候？

行走中，突然见到路旁"滦河源头"的指示牌，便下车爬向高坡，坡上两位牧民坐在大树下。往下看，是野草芊芊的偌大湿地；向前望，一条弯曲狭窄的河流犹如一条玉带萦绕在草野间。询问得知那是吐力根河，即滦河的源头段，也是河北省与内蒙古自治区的界河。这条大河与旁边的潮河、小滦河都是从后面的林子里发源的。

滦河全长近1000公里，是华北第二大河，也是锡林郭勒草原唯一一条入海的河流。回望为众河发源的这片围场坝上森林，功莫大焉！所发源河流不仅滋养了6万平方公里流域的人民，还被"引滦入津"，惠及津门众生。面对这片重要的水源涵养地，我肃然起敬。

继续前行，就到了隶属内蒙古克什克腾旗的乌兰布统。两个景区之间只隔一条河。在大门外驻车买票，能强烈地感受到吐力根河两岸地貌色彩的强烈反差。在这森林与草原的交错地带，彼一侧高岗上树木林立，郁郁葱葱，此一侧坡地上树木稀疏，草色淡浅。

驱车入园区，乌兰布统草原仍不失大气与坦荡，丘陵起起伏伏一望无际。原以为在相同的纬度，这里的草原也会与林中一样翠绿，其实不然。乌兰布统地处浑善达克沙地南缘，又没有树木的庇护，此时还是一片苦寒之地呢！

此处自然景观很多，如白桦林、红柳林、乌兰公河等；因是著名的乌兰布统古战场，人文景观也很多，如十二连营、点将台、古战场、将军泡子、佟国纲墓等。康熙二十九年（1690），准噶尔部落首领噶尔丹发动武装叛乱，清廷派兵镇压。为了纪念在战斗中英勇阵亡的康熙的舅舅佟国纲将军，清廷将战场中心的一个大湖泊命名为"将军泡子"。

天色渐晚，我们只是对邻近几个主要景点走马观花地看过。虽然园子里建有乌兰布统草原度假村和将军泡子度假村，几十座蒙古包呈八字阵形排列，造型也别致，但我还是留恋围场那片林子，便掉头回转，重入森林。待寻找到密林深处的住宿地时，红日已西沉。

这家宾馆比较大，有五层楼房。我一进入大堂，感觉唰的一下凉下来。以为他们开着空调，便请服务员将温度调高。可她说，我们这里平均海拔在1500米左右，冬季漫长，夏季无暑，昼夜温差大，三伏天夜里也只有15摄氏度，根本不用安空调。到了房间，温度也很低，有点初冬的感觉。盖着厚厚的棉被入睡，我竟睡出了到培训点半个多月以来最为香甜的一夜。

翌日清晨，我早早起来，套上所有厚一点的外衣到外面拍照。这个游客中心被森林围绕，难怪温度那么低。宾馆前是一条街，后面有一个

围场坝上草原核心景区七星湖

大湖。湖边修有栈道,湖对岸是密集高大的林带。这与世隔绝的林中仙境一片寂静。一路呼吸着湿润而清新的空气,我来到湖边,悄然下到一块大石头上坐下来,见清澈见底的湖面上,已有蜻蜓上下点水,小鸟俯冲捉鱼。将双手伸进水中,清清爽爽的,真舒服。

那天,司机用一天时间便回到了沈阳。但那次坝上之行,尤其是那片围场森林给我留下了不可磨灭的印象。直到今年,看了电视剧《最美的青春》,及国家对塞罕坝建设功臣的表彰,才知道围场坝上即是塞罕坝国家森林公园。

"塞罕坝"蒙语意为美丽的高岭,辽代时这里就有"千里松林",树木参天,水肥土美。辽、金、元、清历代帝王都将其作为避暑胜地。1681年,清帝康熙为锻炼军队、安抚边疆,开辟了1万多平方公里、包括塞罕坝在内的"木兰围场",每年秋季举行一次狩猎活动。木兰围场因其独特的地位载入史册。清末国势日衰,为弥补国库空虚,开围放垦,

七星湖以北的林间芳草地

森林植被逐渐被破坏，加上后来日本侵略者的掠夺采伐和山火不断，至新中国成立初期整个围场原始森林已荡然无存，林海退化为黄沙漫天的荒丘。这里距离北京只有300多公里，那时，来自北边浑善达克沙地的风沙，越过塞罕坝，已肆无忌惮地逼近北京。

20世纪60年代开始，以来自18个省区市、24所大中专院校的毕业生为主的一支369人的建设大军进驻塞罕坝，建设起塞罕坝机械林场。他们雄心万丈，誓要改变那片荒漠的面貌。栽树，失败了，再栽，几代塞罕坝人秉持着绿色的理想和坚定的信念，艰苦奋斗，甘于奉献，驰而不息，久久为功。在"黄沙遮天日，飞鸟无栖树"的荒漠沙地上，斗严寒、战风沙，从只有"一棵松"到"栽种到百万亩"，建成了中国最大的人工生态林场，使森林覆盖率由林场建立初期的12%增至80%，创造了"沙漠变绿洲、荒原变林海"的绿色奇迹，书写了一部可歌可泣的创业史。不仅创造了总价值超过200亿元的巨大绿色财富，还以一道不可替代的绿色屏障，为首都北京挡住了大漠沙地的肆虐黄沙。

塞罕坝林场的实践，真正是一个将荒原沙地变为绿水青山，再将绿水青山转化为金山银山，推进生态文明建设的一个生动范例。

如今这里已是中国北方最大的国家级森林公园，总面积141万亩，其中森林面积106万亩，草原景观20万亩。塞罕坝景区已成为围场坝上的精华部分，"美丽的高岭"之面貌已恢复，塞罕坝人也以其执着奋斗的精神和独特的地位而载入史册。

我忙翻出当时拍的照片，一一对号，我拍摄路边林下野花的地方在塞罕坝的核心地带七星湖附近，住宿之地则是塞罕坝机械林场总场的所在地。

塞罕坝，你是所有坝上草原的画龙点睛之笔！我为自己在几年前就到过你那片神奇的土地而庆幸，而那场美丽的邂逅，我将终生铭记！

河口桃林連大江

鲁朗林海中的村落

藏南绿飘带

飞临西藏，俯瞰地面，只见一条绿色飘带由西向东伸展着，那是雅鲁藏布江流域两岸的森林草野拱卫着碧绿的江水所形成的色调。

藏南地势西高东低，雅鲁藏布江顺势滚滚东流去，据其自然条件、河谷形态及其流程变化，其干流可划分为河源段和上游、中游和下游段。拉孜以上为上游，为高寒河谷地带，水浅河清。派镇以西为中游段，支流众多，呈串珠状的河谷宽窄相间。派镇以下为下游段，峡谷密布，雪峰对峙。

那年夏天，我有幸行走于藏南，从拉萨顺江流到林芝，再回到拉萨溯江流而上至日喀则，一路都在林地、草野、沼泽和田地的绿带上穿行，领略了地处江中游段的藏南冠绝西藏的美丽风光。

雅鲁藏布江是一个由主要干流和众多支流组成的庞大水系。流域面积大于100平方公里的支流有130条，其中大于1万平方公里的就有多雄藏布河、年楚河、拉萨河、尼洋河、易贡藏布河等。那些水系如同西藏的中枢神经元，一条条河流如同神经束，枝枝丫丫的末梢神经将万千湖泊、溪流连通接纳，再回输到主干上来。

从拉萨去林芝一直顺着东流的大河走，先沿着拉萨河走，拉萨河是雅鲁藏布江流域面积最大的一条支流，发源于念青唐古拉山中段南麓。接着沿着尼洋河走，尼洋河是雅鲁藏布江中游东部左岸的一条大支流，与拉萨河同源，最后又一同汇入雅鲁藏布江。越往西走绿色愈浓重，最后走进了深山峡谷遮天蔽日的原始森林中。

日喀则之美丽原野

    不要以为江河流域的植被完全是自然天成，其实今天西藏所呈现的自然生态面貌，更多的是人为保护的结果。雅鲁藏布江不仅是自然界的一条江，它还是西藏文明的摇篮，其孕育出的古代文明源远流长。新石器时代文化以林芝、墨脱为代表，在两县境内的江岸河谷阶地，曾采集、收集到石器、陶片及磨制工具。至新石器时代晚期，活动于雅鲁藏布江中游雅砻河畔的雅砻部落，率先孕育萌发了私有制，成为西藏文明史的发源地。

    藏族的生态思想起源可追溯到远古神话传说时代，古老的《斯巴形成歌》已反映了藏族人民对大自然的初步认识及图腾崇拜的产生。他们认为大自然的威力高于人类，人只是大自然的一部分。之后，原始宗教本教的"万物有灵"思想也以其合乎情理的姿态进入人们的精神生活，渐渐成为各个部落的法规，形成了普遍的约束性，起到了一种制度保障的作用。从一句"国王山里不放火，大海之中不投毒"的西藏民谚中，我们可以看到藏民对生灵保护的决然之意。

    后来传入西藏的佛教，也吸纳了部落社会生态伦理方面的有效成分，

尼洋河畔藏民新居

使藏族原有的生态伦理思想进一步得到巩固和完善。早在吐蕃王朝时期，藏区就产生了以佛教"十善法"为基础的法律，其中的善待有情生命，"不杀生"等戒律性的道德伦理思想，也为广大信徒所自觉遵守。

在南伊沟的原始森林景区，我看到一个宣传牌赫然而立："善待生命，珍惜自然，保护生态环境。"今天，在藏区，对生命的珍视一如既往，人与自然生物和平相处。在西藏最常见的唐卡类图画中，最多的构图就是动物和谐相处的内容。一个画面里，老寿星身旁是活泼的小鹿和仙鹤。还有一个典型的动物叠罗汉的画面，大象身上站立着猴子，猴子身上站立着兔子，兔子身上站着小鸟。在这个自然界的生态链里，动物和谐相处，相互支撑，其乐融融。

珍惜高原自然环境，保护生态环境，成为约定俗成的道德观念，并世代相承，在潜移默化中成为藏族文化的精髓。这样一个良好的生态文化根源，使整个西藏的生态环境得到了持续性的保护。在去往雅鲁藏布大峡谷途中，到处可看到一幅幅美丽的景观：粗壮的冷杉林笔直入云，与蓝天相摩；雪白的溪流清澈见底，蜿蜒汇入雄浑的大江。

西藏和平解放以后，生态建设得以延续和发展。中央人民政府和西藏自治区政府高度重视生态建设和环境保护。1951年，国家组织工作队，对西藏的土地、森林、草场、水利等进行考察和评价，开启了科学利用和保护西藏生态环境的进程。

近些年来，青藏高原生态环境有些退化，固然有地理和气候变化等客观因素，但旅游开发等人为因素是主要的。怎样在开发的同时保护好藏区独特的自然生态环境，保持好藏族的民族文化生态？为解决这道难题，西藏自治区政府已制定出30余件地方性环境保护方面的法规，确立了"保护优先、积极建设"的总体思路，重点建设人群活动集中的江中游段的"一江两河"（雅鲁藏布江、拉萨河、年楚河）河谷地带及各主要交通沿线的绿色走廊。在林区积极开展天然林保护，在城乡广泛开展营林造林，退耕还林，对沙滩荒地开展防沙治沙、水土流失治理。这些措施行之有效，正在发挥着重要作用。

林芝市鲁朗县有一大片原始森林，那里始终保持着自然植被的原始风貌。来到鲁朗林海中的扎西岗村，我们看到了一幅梦幻般的画面：湛蓝的天空、大朵的白云下，碧绿的森林、丰茂的牧场与经幡下的牧舍农屋交相辉映。环境保护好了，也带动了旅游业的发展。村里的牧民已认定了这个理，自发组织了护林队，大家轮流上山巡逻，阻止乱砍滥伐。有的藏民还应游客的要求，自办起家庭旅馆。在林中仙境般的村中小住，吃糌粑，喝酥油茶，见日出日落，听风生水起，该是何等的惬意呀！我们提前半个月预订房间，竟未能如愿。原来，那些旅馆天天爆满，供不应求。

因为保存有完整的原始森林和世界上最深的大峡谷，迄今为止，碧绿的林芝，仍是世界仅存的绝少为人类涉足的净土之一。从直插云霄的山顶到河谷7100米的垂直高差内，白云绕冰川、碧湖映雪山，从热带到温带、寒带的自然景观全部浓缩其中，呈现的是一种震撼人心的美。林芝人的生态保护意识随处可见。在米拉山口服务管理站房檐下张挂着"弘扬传统文化，保护生态环境，加强景观建设，提升景点品质"的横幅，在米林县游览路线旁竖立着"封山育林，利国利民"的宣传牌。可见，在发展旅游业时，他们时刻都没有忘记对生态环境的保护。

去与印度比邻的南伊沟，排队等了许久才坐上进山的旅游环保车。千折百转，傍晚时分，我们进入到密林深处的南伊河畔，这是典型的原始森林，古树参天，枯干横陈，河水碧绿，花草芬芳。从绿色秘境的蜿蜒栈道艰难走出，来到只有五六户人家的珞巴族小寨，一围围木栅栏里的简易牧舍炊烟袅袅。导游说，这是牧场的轮流放牧点，既保证所有的牲畜有草吃，又不践踏周围山林草野。一个牧牛的老人走过来，我们与他拉话，夸赞他们的好做法，他用生硬的汉语说，我们一辈子都要住这里，不能破坏草场树林。这本身不就是一种对环境的自觉传承和保护吗？

从林芝回到拉萨，只住一晚，翌日便奔赴日喀则。这是由东向西溯雅鲁藏布江中游段奔上游段的行走。海拔越来越高，气候亦愈加寒冷。此段河谷宽阔，水流平缓，地形平坦，多为低山丘陵和草地沼泽。

西藏人从来没有将自然之美当作是理所当然的事，而是越来越重视对自然生态环境的保护。近年，西藏政府依据不同区域的地理环境制定了生态保护的不同重点。如今，拉萨及周边地区的造林绿化工程，日喀则附近的治沙示范工程、生态公益林工程及雅鲁藏布江防护林体系建设工程都取得了显著成效。同处雅鲁藏布江和年楚河流域的日喀则、山南是西藏风沙最大的两个地方，而日喀则曲美乡那塘村是风口之中心，藏民坚持不懈地以种树绿化来堵风口。如今，两地、两河区域的防护林体系基本建成，风沙肆虐的天气得到遏制，有效地保护了西藏人口最为稠密的河谷地带的上百万亩农田和草场。

从拉萨至日喀则400公里的沿路风光，精彩纷呈。车行不远，翻过5000多米的岗巴拉山口，喘息未定时，眼见一座湛蓝大湖悬定在高山阔谷间。它就是海拔4441米、长度130公里的羊卓雍措湖，简称"羊湖"，藏语之意为"碧玉"。目之所及，逶迤伸展的长湖两岸，除了大小两块刻有"羊湖"字样的石碑外，没有一点人为痕迹。羊湖之畔的绿水青山间水丰草美，野趣盎然。殊不知，此地还经历了一场开发风波。2012年6月，羊湖水上观光旅游活动启动，建成后游人可乘游艇、水上巴士、牛皮船游湖领略高原羊湖之美。还拟在岸边设置200个遮阳伞、沙滩椅，供人休息。山南地区行署在新闻报道中得此消息，立即责成浪卡子县停止该项目，调查核实处理，并做出决定，今后不允许任何单位和个人在羊湖进行任何形式的旅游开发和商业经营活动。

羊湖汊口较多，像珊瑚枝一般。所有河谷水系地带皆地势较低，水源充沛，因而牧草丰茂。沿羊湖而行，地势逐步增高。过斯米拉山口后，汽车驶上5000多米高的山路。峰回路转，一座高及天穹的冰川近在咫尺。令人称奇的是，7000多米高的卡若拉冰川下的山坡上有一大片绿草如茵的牧场，耀眼的阳光下，牛马悠闲地吃着草。雪白与翠绿鲜明映照，堪为高山奇观。

之后，便进入雅鲁藏布江与其最大支流年楚河拥簇着的藏南河谷平原。澎湃的江流从低山宽谷中奔涌下流，与两岸青翠的林带、金黄的油菜田、紫花苜蓿牧草地，筑成一道连绵不断亮丽无比的风景线。但其中的那些树并不高大，棵棵形状可辨，显然无法与东部林芝地区原始森林中的参天古树相比较，因为高寒地带的植物生长困难并且缓慢。高原上的草每长高一毫米都是很难的事。这些年，藏南牧民在草原保护上付出了许多艰辛的努力。植树种草养草，退牧退耕还草，牧民迁居让草，硬是让大面积的草场植被高度提高了近两厘米。

车行途中，还随处可见隐蔽在自然中的村落，多是由国家补助资金修建的迁居牧民村落。走近一看，迁到之地房舍宽敞，还面临可放牧的草场、湿地，或是可种植麦子青稞的坡地。在那些红色、蓝色玻璃钢房顶上，一面面鲜红的国旗与一条条五彩经幡一起飘扬，洋溢着牧民对国家关怀的一片感激之情。

一路行走一路感动。途经江孜，于宗山古堡前，回溯抗英入侵的江孜保卫战历史，从心里感佩西藏人民对于家园国土的热爱与付出。在白居寺，由衷赞叹三教共存一寺的博爱和谐之举。在日喀则扎什伦布寺，看到一些僧侣和男女信徒身背肩扛建筑所用石块于金碧辉煌的寺庙间缓慢地行走，更被他们的忠诚与勤劳所感动。正是这块土地上勤劳勇敢的人们，为藏南的家园增添了光彩。

没有机会从日喀则往雅鲁藏布江的上游段河源方向行走，但听说，雅鲁藏布江前段的马泉河流域河谷开阔，是优良的冬春牧场。那里雪山连绵，湖泊遍布，茫茫草地相连，犹如一望无际的翠绿绒毡。还有藏羚羊、野驴、熊等多种动物生存其间。伟岸秀丽的雅鲁藏布江源头多么令人神往！

为实施生态环境保护的可持续发展战略，西藏各地还建立了众多的自然保护区，对一些重点区域实行依法保护。目前，西藏全区已建立起生态功能保护区、国家森林公园、地质公园和各级各类自然保护区80多个，保护总面积已占自治区幅员的三分之一。从地图上看，仅在雅鲁藏布江流域，由西至东标示出的自然保护区就有珠穆朗玛峰自然保护区、雅鲁藏布江中游河谷黑颈鹤自然保护区、雅砻河风景区、易贡国家地质公园和雅鲁藏布大峡谷自然保护区等。小型的保护区则随处可见。在拉萨城西北角，我看到了保护甚好的拉鲁湿地的原始风貌。

这一连串的自然保护区，犹如镶嵌在西藏绿色飘带上熠熠闪光的颗颗明珠，耀人眼目，让人珍惜。

为了确保自然资源和生态环境的永续利用，西藏自治区人民政府已于21世纪之初开始实施一项以林业发展为重点的大规模的生态建设和环境保护计划。中央决定到本世纪中叶投数百亿资金，支持西藏建设160个生态环境保护项目。毫无疑问，西藏人民在未来的发展中将会使生态环境更优美，生活更美好。

在条件艰苦、地域辽阔的西藏，能够秉持先进理念，让自然风貌保持千年不变更趋完好，不因经济的发展使高原环境受到破坏，反而让这片土地绽放出更加迷人的光彩，这是多么了不起的成就！西藏的生态文化不也是一条源源相袭的神奇飘带吗？我不禁为西藏人民喝彩！即将离开西藏时，我却生出一丝忧虑：风光纯美的西藏，会吸引越来越多的游客踏上这块圣洁的土地，必定给生态环境带来不良影响。

返程的飞机上，我望见了从密布云层中钻出来的南迦巴瓦峰的尖顶，它泛着神圣的冰雪之光。我知道，其身下就是雅鲁藏布江大峡谷，那是藏南那条绿色飘带上的至美之处。那一刻，我心中一种信念油然而生，能够保护好如此神奇山水的政府和人民，一定会处理好在开发中保护自然资源，在建设中保护生态环境的问题，让传之久远的信仰之帜世代高扬，保山水的圣洁清碧直至永远。

初访鹤乡

那年10月下旬，我意外得闲，便决意驱车北上，去千里之遥的齐齐哈尔扎龙实现我这个盘锦人的一宗夙愿——由此鹤乡到彼鹤乡观鹤。齐齐哈尔的达斡尔语意为"天然牧场"，其西北和东北三面为大兴安岭与小兴安岭环绕，嫩江、诺敏河、雅鲁河、乌裕尔河等100多条河流在其间汇流，漫溢出一块平坦广阔的沼泽湿地。所以，这块土地自古受到鹤类的青睐，以渔猎为生的达斡尔族人也选择了这里来休养生息。扎龙是丹顶鹤等大型水禽主要繁殖地及繁殖研究中心，是中国最早建立、面积最大的鹤类国家级自然保护区，也是国际重要湿地，素有"丹顶鹤故乡"之称。

向齐齐哈尔东南方向驱车30公里便到达保护区管理局办公地，也是游客服务区。攀登过望鹤楼，参观完鸟类标本陈列馆，距离上午放飞鹤的时间只剩10分钟，我们急忙换乘环保电瓶车赶往放飞区。200多只野生鹤所在地为核心区，核心区之外是缓冲区，除科研人员外，外人一律不得进入此二区。最外层是实验区，可以适度开展教育实验、旅游观光。对游客开放的是实验区北部靠近扎龙村的观光区，也是鹤的饲养区。车子在细细的沙石路上蜿蜒驰行，平稳而舒软。放眼望去，坦荡无垠的扎龙大地舒展着北国原野的博大胸怀，展示出一种雄浑粗犷的自然美；看路两侧，连片的荒草野甸上笔直挺立着密密麻麻的芦苇，芦管根根通体金黄，苇叶片片整齐上扬。显然，扎龙的芦苇与盘锦不同，盘锦芦苇长在水中高大粗壮，高者可达两三米；而扎龙的芦苇长在旱地纤细矮小，看样子只有1米多高。但也许正是扎龙芦苇的高矮适度，更适合大型涉禽丹顶鹤栖卧做巢，而盘锦同样是鹤类国家级自然保护区，野生丹顶鹤却比扎龙少，除地域温度等原因外，芦苇高度不知是不是一个影响的因素。

没用上10分钟，便到达一个沙石覆盖的小广场。远处有两个大大的铁丝网鹤舍，鹤舍前方是个小溪围绕的半岛，想必这里即是鹤的展示舞台。

导游是个漂亮的齐齐哈尔姑娘，操一口标准的普通话。我猜想，她很可能是清初流人的后裔。当时的齐齐哈尔还是蛮荒一片，是一批批从京城等地流放来的文人带来了教育文化，也带来了京腔京韵，所以现在全国各地都愿意到齐齐哈尔来选播音员。她一边回答我们的提问，一边热心地推介扎龙。保护区面积2100平方公里，横跨二区一县。全世界共有15种鹤，中国有9种，这里就占有6种。丹顶鹤、白枕鹤、蓑羽鹤均在此区域繁殖，一年中，鹤有八九个月栖息于此，直到天寒地冻找不到食物才被迫迁徙。一会儿表演的丹顶鹤，全部是人工孵化驯养的，100多只鹤会分批轮流进行表演。驯养鹤在放飞的时候很容易飞离，尤其在迁徙季节，它们会循着天上飞翔的野鹤的呼唤一起飞走。从扎龙派去江苏盐城的驯养员徐秀娟就是在寻找飞走的驯鹤时在沼泽暗河里遇难的。

正说着，见鹤舍的一扇门打开了，3个牧鹤人手拿长杆，但并不舞动。20多只训练有素的鹤迈着绅士步伐纷纷走出鹤笼，它们品相俊逸，颈项挺直，目不斜视，鱼贯而行，并不擅自起飞。待接近半岛听到哨音时，才一个个张开硕大的翅膀，朝前向下伸直脖颈，向后挺直胸身，从喙到首到颈，再到身，到脚爪，成为一条直线，不停地鸣叫着，冲天排云而上；一双镶着黑翎的翅膀慢慢地拍打，一会儿朝上，一会儿向下，舒展而优雅。湛蓝如海的天空被神姿仙态的鹤群舞动得碧波荡漾。这正是清人赵庆词句所描写的情景吧，"叫长空，霹雳一声飞，青天破"。我敢说，谁仰望到那鹤翔蓝天的情景，都会不禁怦然心动，即使你平时沉稳得波澜不惊，此刻也会被搅动起心潮，随着鹤群直上碧霄。

大自然里有如此美丽的精灵陪伴着人类多好哇！为什么还会有人干着投食毒杀、张网捕杀、放枪射杀等焚琴煮鹤大煞风景的勾当呢？来这里看看鹤吧，谁的人性都会得到复苏。如果鹤的生存空间日渐逼仄，以致无法生存，那么大自然里其他生物也就消失殆尽了。真到了那时，人类能长久独处于地球之上吗？人类应该行动起来，像扎龙这样，全力保

扎龙鹤翔

护好鹤类仅存的几块栖息地，千万不能再肆意妄为了！

快看，它们飞回来啦！随着驯鹤人的哨音，一只只鹤如同美丽的仙子接连翩然而落。观赏者都站在小溪的这边，鹤都落在了小溪的那边。小溪不宽，溪水也不深，却成了人与鹤共同遵守的一条规矩。时间有限，鹤都忙着低首伸喙寻找草籽等食物，人都忙着观赏拍照。鹤顶有所不同。有的深红凸起，有的浅红平平，有的与身上的羽毛一样是淡褐色。导游介绍，这是三个代次的鹤，褐色羽毛的是今年刚孵出的半岁雏鹤，它的丹顶要在两三年后才能真正生成。看到那只浅红顶的鹤将自己啄起的一根嫩草根衔给了身材弱小的褐羽小雏，我不禁联想到那些今年出生的野鹤也就这么大吧，却马上得随着父母飞越关山千万重，进行艰难的迁徙。难怪自然界丹顶鹤存活数量少，除了繁殖力低，人为的伤害，还要加上迁徙途中老弱伤病者的掉队吧。这时，几只大鹤下到水中，我们伸手可及，却没有人去触摸。驯养鹤虽不怕人，但人过于接近还是会影响到它。而这些成鹤似乎见惯了阵势，既不惊慌，也不躲闪。那片片洁白无瑕的羽毛看起来坚挺又润滑，上面好像有一层保护油脂。我想到唐人李绅赞美鹤羽的诗句，"羽毛似雪无瑕点，顾影秋池舞白云"。如云似雪，这比喻是再贴切不过的啦！

突然，一只鹤蹲下委身于溪水中，将长颈入水摇动，还大力地拍动翅膀，水花四溅开来，落到它的羽毛上如大珠小珠落玉盘。导游说，它要洗澡了。鹤是非常爱干净的，也特别喜欢水。虽然鹤舍里也有洗浴池，但毕竟小些。它们常常会利用放飞的时机进行洗浴。旁边的几只鹤也纷纷效仿，一时间溪水翻飞四溅。

此刻，如果把狭长的小溪打开来看，那就是一幅生动形象的仙鹤欢浴图长卷。可见，人工驯养的鹤也是渴望野外的自然生存环境的。如果没有人类的惊扰破坏，它们是可以回归自然，不受拘束地生活的。

这时，驯鹤人的哨音响起，吹皱一溪秋水，惊起水中的鹤和岸边的人。很显然，鹤没玩够，人们也没看够。但放飞的时间到了，只得惜别。鹤恋恋地，不情愿地往回走，不时有鹤回首，完全没有了刚出笼时井然有序的队列，有的甚至要驯鹤人用长杆拦回。人们也恋恋地张望，没有人马上走开，仿佛一起送别共同的老朋友。我心惆怅，呆呆地望着，直至远处的鹤笼关上了大门，才最后一个离去。导游指着旁边两个老者悄声对我说，这两人是从山东过来的，每年都来扎龙几次，拍不同季节的鹤。他们不会离开，还要接着拍下午那一场的放飞呢！可见，自然万物间是容易理解沟通的，关键是我们人类，在以自身利益为中心的同时，一定要兼顾好其他生物的利益，给它们留出足够的生存空间来，且不要破坏和打扰。

深秋的扎龙其实已经很冷，但我却心生暖意。早从新闻中得知，齐齐哈尔人始终重视解决扎龙湿地保护中出现的问题。早年就动迁了一些村民，近年又在干旱时引嫩江水灌溉。核心区的野鹤虽不得见，但我相信它们是自由的，是安全的；实验区驯养鹤的生存条件是有保障的，是舒适的。这回亲临其境，不仅夙愿得偿，而且亲眼看到鹤在扎龙过得挺好的，我心甚感安慰。

扎龙，鹤的故乡，也是我永远眷恋的地方。待过几年退休后有更多空闲时，这里定会增加我和老伴两位频繁来访人的身影，就像那两位山东老者一样，在两个鹤乡间频繁往来，永不疲倦。

江岸桃花

自从听说歌曲《在那桃花盛开的地方》是在宽甸县河口创作的，我便心向往之。辽东山区的果木开花比平原地区要晚一些。直到5月中旬，才接到丹东朋友的信，说河口的桃花这两天就要绽放了。我们几个摄影爱好者闻风而动，翌日便驱车前往。

从地图上看，河口处于去往宽甸县城的途中，我们从东向西穿过丹东市区，沿着鸭绿江蜿蜒江岸缓缓上坡而行，很快便进入山区。一路所见都是江水滔滔，大江奔流。这里的江面比丹东市区段要开阔。鸭绿江从800公里之外的长白山主峰白头山南麓发源，沿途连绵的群山，广袤的森林，上百条支流，万千的溪流，让它获得了无比充沛的水量。虽然它在中国一侧的辽宁境内只有200多公里的流程，却赢得了辽宁省第二大河与中国北方流量最大河流的美誉。

行驶不到半小时，司机突然来个90度急转弯，从公路右侧一条陡直的小路把车开了下去。几百米后，出现在眼前的是一片姹紫嫣红，红瓦灰墙的农舍被桃林花朵环抱着。来到山坡间一小块平地，车子停在一农家大门外。男主人，一个不到30岁的俊朗小伙跑过来指挥停车，他说，车不能挡住道路，别人家也许会有客人来。到了房门口，漂亮的女主人迎出来，连说你们到得真快。

放下行装，我们便要去江边开满桃花的山坡。男主人的父亲，一位脸庞黝黑的老汉，领着我们在桃林间穿行。他说，这地在公社集体生产时种的都是苞米等粮食作物，产量总是提不高。承包后，农民可自选农作物，便都种了桃树。从此，村民的收入逐年增长，每年每家都可收入五六万元呢！在漫山遍野的桃林中，每个承包户地面没有明显的分界，只在树下扯一条尼龙线，树上的桃枝却交织着。但老汉心里有数，一再叮嘱我们不能越线，别碰掉别人家的枝叶花朵。这些树的树龄已经有30多年了，每一棵桃树的主干都粗壮如大碗口，所有枝干向四周平展后再弯曲斜伸向上，好像一柄柄朝天空打开的庞大雨伞。如纱似帛的桃花挤满了每一根枝条每一处枝丫。下行到江边，那桃林一直伸展到江边水岸，一簇簇绿蒲草逶迤成线，仿佛是江水与土岸这块硕大绸缎上的一条花边，映照得江水越发澄碧。老汉指着江上游说，这上面不远是水丰水库，再往上是太平湾水库，现在都在开闸放水。难怪江水如此波涛汹涌呢！

血色夕阳，从西天的尽头落入到彼岸红艳艳的江水里，再用它的余晖向江面抛洒一条金闪闪的光带，把此岸的夭夭桃花映红。我们抓紧时间，拍下一幅幅桃花夕照图。

晚餐都是农家菜，是女主人和她婆婆忙活了大半天做出来的。江水大锅炖江鱼，是当地的特色菜；那条花鲢鱼炖了几个小时，美味都炖进肉里去了。桃林树下采摘来的各种应时山野菜，就着农家自酿的大酱，吃起来清清爽爽。还有咸淡适度、蛋黄很大的腌鸭蛋。女主人一边往桌上添鸭蛋，一边做着广告，说河口鸭蛋已经是辽宁的著名品牌了，只吃一个是不够劲的。

晚餐时，我才弄明白，这个小山村并不是河口，而是下河口。河口地名共有三处，河口在下河口的上游，上河口在河口的上游。朋友向我们介绍，河口是国家AAAA级重点风景名胜区，是鸭绿江沿线景色最美的地方。那里也有一处断桥，是中国人民志愿军赴朝参战的最早通道之一。我们听闻，当即约好明天去河口断桥凭吊。

夜幕降临。几个年轻人意犹未尽，打开汽车灯照明，跑到院子里的伞棚下品酒赏月，还放起音乐，又唱又跳的。

慈眉善目的婆婆不善言语，忙着洗刷碗筷。我问她们家在这儿住多久了，她说有几辈子了。我说你们的先人真会选地方，这地方山清水秀，太好了。她说，常听公公婆婆讲，朝鲜那面打仗时，这里可是最靠前线、最危险的地方啊！我深有感触，没有和平作为前提，何谈改革与发展呢？

媳妇走过来说，进屋吧，炕已烧热了。我们几个年龄大点的坐到火炕上与她唠起来。她说，侍弄桃树一年到头活计可多了，剪枝、疏花、翻土、施肥什么的，都要反反复复做几次呢。好在燕红桃个头大，牌子响，好卖，长春、大连等地的大汽车到时都会过来收购。她说，趁年轻还是想多挣点钱，两家老人养老医疗、小孩教育，用钱的地方多着呢！所以还要搞点别的营生，这不是忙里偷闲接待你们这些游客吗！

说着话，不觉已到晚上10点。男主人走进来说，外面的音乐声有点大，怕影响邻家休息。我们立即令年轻人停止了歌舞。

躺在热乎乎的土炕上，筋活骨舒，血畅气顺，多少年没这么舒服过了。待睁开眼时，天已放亮。我走出门外，抬眼望去，青山雾绕，漫无边际的桃林与映满朝霞的鸭绿江水已浑然一体。那个身着红衣躬身翻土的农人定是黎明即起的，从桃树下新翻的土壤看，他已劳作多时了。

我们又跑到山坡上去拍照。江畔云蒸霞蔚。突然，我看到有渔船穿梭其上，船上有两个人在撒网收网。丹东朋友向他们喊话，即刻得到应声回答。原来竟是男主人和他的父亲，他们家还养着渔船呢！可能我们吃的大草鱼就是他们自己从江里捕到的。我赶快抓拍几张江畔晨捕图，近景是层层桃花，桃枝托起了一叶扁舟。这妩媚的绿水青山，成就了我的得意之作。

早餐过后，主人执意将没有吃完的咸鸭蛋和一大包山野菜塞进我们车里，并再三嘱咐我们带人再来。下河口风光好，下河口的人更好。这是我们大家一致的感慨。就说那一对80后小夫妻吧，小日子过得不错，却不安于现状，勤恳劳作，努力创新，广开生财之道，又讲究做人，懂得照应邻里关系。这样的中国新一代农民多令人敬重和放心哪！

汽车驶上高速公路，回望那个充满生机和希望的小村庄，那些伫立在湛蓝江边的青砖红瓦房已完全被漫山遍野的桃花红云所淹没。

饮水思源，我们溯鸭绿江而上赶往河口。汇入鸭绿江的长甸河是一条小河，但鸭绿江下游地段江河交汇的独特地理位置，使其早在19世纪末便成了鸭绿江上重要的水陆码头和辽东著名商埠，宽甸府衙门也设于此。1942年连通中朝的鸭绿江桥建成后，此地显得尤为重要。

抗美援朝战争爆发后，1950年10月，彭德怀元帅率中国人民志愿军都是乘车从河口大桥跨过鸭绿江赴朝参战的，一个月后，主动请缨参军的毛岸英牺牲在异国他乡的土地上。1951年3月，美军飞机轮番轰炸，将河口大桥炸断。

沿途的山坡高岗上到处是花朵绽放的桃树林。路旁,不时出现推销河口桃果的广告牌。看来,桃树种植已是河口三村的招牌产业。鸭绿江畔的河口景区也被成片的桃花林环绕簇拥着。毛岸英身着志愿军军服英姿勃发的全身雕像矗立在断桥前的广场中央。他目光如炬,深情地凝望着祖国的大好山河。通往大桥的甬路两侧竖立着黄继光、邱少云、杨根思、罗盛教等一尊尊志愿军英雄的半身雕像。望着一张张青春洋溢的先烈面孔,想到他们为保家卫国奋不顾身抛洒热血于疆场,我心中十分感动,眼睛不禁湿润起来。

　　登上桥头,竟没看出那是一座断桥。原来,这座水泥公路桥被美军炸断的是邻近朝鲜那边的几个桥洞,断面在那边。站在中心桥面上,但见更为宽阔的江面上,清澈河水奔流不息。具有山溪特点的鸭绿江本就坡度大,水流急,水量大,加上这里的独特位置,上面的水电站,是一个个汪积而成的大湖泊,下面是处于丹东市郊的江之入海口。海河交汇,

鸭绿江畔黎明即起的果农

潮涨潮落，上下推拉，这里的河水焉能不浩大，不迅疾？

此时，江中正有数艘飘扬着中国国旗的游船驶过，我们与游客互相招手致意。一直走到断桥的尽头，对岸的朝鲜已近在咫尺。可望见山坡上种的是庄稼，山腰以上是树林。在断桥处，下望滚滚而逝的江水，我默然肃立良久。在这最为接近对岸的地方，我向在朝鲜土地上献出了年轻生命的志愿军英烈们表达一份虔诚的哀思与敬意吧！正是所有先烈的流血牺牲，才为我们换来了今天的安定幸福。

回过头来面朝河口风景区，这个少有的原始生态旅游区内桃红如云，绿树如翠，山岭清秀，峰峦清幽。我知道，在那美丽的江岸桃林里，我们的解放军正在辛勤驻守着边防线。想想我们今天安居乐业享有的富庶小康生活，不是仍然要靠那些最可爱的人来保卫吗？我的耳畔响起了"为了你的景色更加美好，我愿驻守在风雪的边疆"的熟悉曲调。我不禁向鸭绿江边多看几眼，并送去我的注目礼。

回来时，见河口景区广场一幅热火朝天的场面。小商品种类繁多，商贩的叫卖声此起彼伏，还有人抡起木槌，现做现卖朝鲜族著名小吃打糕。一群孩子正在旁边的游艺设施上玩耍，一些新的景点设施正在建设之中。

在这块桃花灼灼的土地上，在这碧浪滔滔的大江畔，既蕴含着我们的父兄在血与火中开创的勇敢无畏的历史荣光，又彰显着当今国人以勤劳智慧赢得的幸福安康。追昔抚今，让我们更加敬重历史，珍惜当今，相信未来。

汽车行驶在返程路上，大家都说不虚此行。宽甸河口，这个盛开着万千桃花的地方，江水丰盈，桃林美丽，人民勤劳，边疆富庶，锦绣江山真是名不虚传。这是一个让人永远留恋的地方。

向海浴鹤

　　生长在鹤乡盘锦的我，对鹤情有独钟，对各个鹤类自然保护区都感兴趣。我知道，在吉林省通榆县西北有一个名为向海的鹤类国家级自然保护区。终于成行于初冬时节，但按原计划有些推迟。这次向海之行，我特意把做过保护区工作的爱人带上，一方面想借他的关系得到一些参观游览的方便，另一方面，也好随时请教一些问题，只好等他出差回来。

　　县城距保护区的路途不远，但我们没有找对线路，一路颠簸难行。爱人还在旁边嘀咕，这个时节到保护区不妥，正是野鹤迁徙的时候，一般都不敢放鹤到野外，怕驯养的鹤随野鹤飞失。这让我的心情雪上加霜，直后悔来晚了。

　　此季的向海是一片萧条的枯黄。树叶落尽，芦花飘零，草茎光秃。这里与同是鹤类保护区的盘锦的芦苇沼泽不同，是典型的丘陵地貌，植被由灌木树丛、荒甸、苇草等构成。

　　保护区主任很热情，引我们进入大门，指着前方连绵不断山包的纵深处说，鹤园在里面。

　　这是一块远离城市喧嚣、荒无人烟的自然原始之地。山包上长满了各种树木，虬枝古干，给人一种沧桑之感。爱人连说，这样的自然生态保护起来才更有意义。越过高地，进入一片洼地。杂树、芦苇与蒲草围拥着一条长长的木板栈道，草木高茂处遮人眼目，只剩天空可以仰望。正有几只白色大鸟飞过，我不禁担心起来，主人会把鹤放出来吗？

　　走着走着，眼前豁然开朗。这里是保护区的饲养区，一大片高低错

向海国家级自然保护区驯鹤竞飞向水

落的荒草甸，没有树木遮拦。在铁丝网围成的一大排鹤舍里，我们见到了人工驯养的一群群丹顶鹤，共有200多只呢！那些鹤只只体形硕大，羽毛洁白，面目清癯，甚是可爱。见有人来，便竞相跳跃着鸣叫着舞动着，好似对客人表示欢迎，又好似请求主人放它们出来。

我爬到鹤舍旁一个五六米高的土台上，举目四望，天苍苍，野茫茫，1000多平方公里的向海自然保护区尽收眼底。土台下是一望无际的苇草洼地，边缘有一个偌大的水泊，天蓝色的水面浮动着金色波光。这真是一个养鹤的绝佳之处，有芦荡可翔鹤，有水面可浴鹤，有草野可牧鹤，有高台可观鹤。

虽然我们常说云是鹤家乡，但鹤毕竟不能在空中停留，它们需要云彩之下一块安全的土地来落脚生息。从理论上讲，一对鹤的栖息环境平均需要1平方公里，但你毕竟不能把栖息地分割独立，鹤群需要的是无数个1平方公里紧密连接的宽广地域，而不是棋格式的破碎化土地。向海人舍得给鹤留出如此广阔的空间，辟出如此近苇近水的地域，且远离人为的干扰破坏，真是了不起！

这时，爱人喊我下来，原来一个重要的意向达成了。主任连连对我解释，养了一两年的成鹤不敢放出，以前出过事；但考虑你们来一次不容易，就把今年孵化的雏鹤首次放出来。

这已叫我喜出望外了。在这片美丽的天地间，只要能与鹤亲密接触，

向海浴鹤满湖

我就十分满足了。主任见我挎着相机，建议我再回到土台上去，说那里视野好。见我在上面喘息站定，主任下达了命令。令我吃惊的是，他们竟一连打开几个鹤舍，一下子放出了今年孵化的所有雏鹤，有20多只。雏鹤一出笼，便欢快地鸣叫着，竞赛似的奔跑着，接着振翅起飞，直冲云天。我顺势坐下来，仰拍下一幅幅蓝天白云翔鹤图，把那些纯净至美的画面定格。鹤群很快飞回来，在空中围绕土台盘旋，然后张翅俯冲，依次在水边翩然而落，好像是在照顾我拍照似的。我拍下了鹤起飞降落的整个过程，然后手脚并用快速下坡，奔到水边去追拍。

主任过来介绍，鹤是喜水的，为了给它们提供一个洗浴的条件，他们人工挖掘了这样一个大水泡，再用挖出的土堆起了那个土台。我连声称赞他们是处处为鹤着想。

那些雏鹤虽然只有半岁，形体却与成鹤一般高大，所不同的是，羽毛尚未全白，丹顶尚未生成。毕竟是雏鹤，胆子还没练出来，它们在后面徜徉，不时走过来将长长的喙伸进水中试探。两只个头大一点的鹤小心翼翼地向水中蹚过去，水泡不深，一米半左右高的鹤站在水中央只淹没至胸。突然，一只鹤委蹲于水中，只露出长颈，用力拍打起双翅，溅起无数晶莹剔透的水珠。然后站起身来，用力甩颈扬翅，抖落掉那满身珠玉。如此两三次，它满身的羽毛便焕然一新，翅膀下尚存的那些淡褐色的羽毛像花朵一样点缀在白羽之上。这只楚楚动人的小鹤，瞬间变成了一个人见人爱的小美女！站在它旁边的那只鹤，也学着它的样子，尽情地洗浴起来。然后，它俩相继回到岸边，昂首挺胸，张举起硕大的翅膀，走来走去地晾晒翎羽。

之后，一场大型沐浴开始了。那些在岸边徘徊的鹤鱼贯而行，依次走到水中，沉下身去，展翅拍打，站起身来，抖落水珠。在它们接连掀起的漫天水雾里，那些白羽翻飞的雏鹤，个个宛若下凡的天仙。这太难得了！那情境正是"此曲只应天上有，人间能得几回闻"。以往从未见过鹤浴的我，那一刻身心都随着鹤净化了，宛入仙境，也从中找到了向海人爱鹤的理由。

这些鹤都由一个人看管放牧，她是一个6岁女孩的母亲。我们正说着话，一只小鹤飞到土台的背面去了，她朝着那里吹了两声哨子，那只鹤就从土台后面转出来，回到水边大帮队伍里去了。我觉得神奇，她说："这没什么，就是比侍弄自己孩子还要耐心些。"有时，自己的孩子可以托付于人，但这些小鹤却离不开她。这些鹤是不迁徙的，在保护区里度过严冬酷暑，她不放心，天天都来陪它们。我感叹她的不容易，她却说："其实干起活来，也就不觉得累了。"

在我看来，这些鹤长得一模一样，她却能逐个区分，还为每只鹤都起了名字，因为生在向海，所有驯鹤都姓向。她了解每只鹤的脾气秉性，能感觉出每只鹤身体的些微变化。去年除夕早晨，她发现向九三蔫蔫的，不吃不喝，不动不跳，好像生病了，便主动跟主任说她留下来看护，让大家都回家过年。大年夜，她用手机与女儿通话。女儿说："妈妈你跟鹤过年，不跟女儿过年了吗？"说到这里，她的眼里溢出了泪水，我也湿润了双眼。

这是一个多么可敬的养鹤人哪！她无疑是向海保护区里这个令人敬佩的集体的杰出代表。

爱人在水泡的那一头喊我，问我唠够了没有。主任也说该去吃饭了。我邀请她一起去，她说她带饭来了，另外这里也脱不开身。

向海，这片令人鹤俱净的土地，我会在心里永远铭记。

沙地绿洲章古台

早听说过三北防护林这件事,这个以林固沙的大工程从西北新疆到东北黑龙江,涉及西北华北东北七省市自治区。全国已在风沙危害区营造防风固沙林1亿多亩,使科尔沁沙地、毛乌素沙地20%的沙漠化土地得到了有效治理。如今三北防护林区不仅开始实现土地沙漠化逆转,而且进入到综合治理、综合开发的新阶段。

但我不知道近在咫尺的辽宁章古台是三北防护林建设的先进典型,比当今天下闻名的塞罕坝林场还早建了10多年。

章古台防护林位于彰武县章古台镇、大冷乡两个乡镇范围内,北部、西部与内蒙古自治区库伦旗三家子镇和科左后旗铁牛镇等乡镇毗邻,处在科尔沁沙地南缘。

我慕名而来,先去登临四层防火瞭望塔。在丰茂青翠的林间穿走,林下的土地被各种绿色植物覆盖着;一片绿草地仿佛被人工修剪过,毛茸茸的;正是雨后,偶见几簇色彩艳丽如花的红蘑、黄蘑竞相撑起小伞盖,正自在纳凉。登上塔顶,举目北望远处的科尔沁沙地,迷迷茫茫黄色一片;近望周边,万顷林海,绿浪无边。呈现在面前的章古台森林,宛如沙海中的一颗硕大绿宝石,堪为奇观。

谁能想到,60多年前,这里却是黄沙一片,而章古台大地由黄变绿,是几代科技人员与林业工作者经过不懈的努力换来的。随后,我参观了章古台固沙治沙成果展览馆,了解到地处内蒙古、长白和华北三大植物区系交接带的章古台,史上曾是个水草丰美的地方,2000多年前就

章古台上林绿云白

有人类活动,辽代、金代、清代都曾在此设立皇家牧场,为清代关外三大牧场之一,其产品直供盛京。但到了近代,人类不合理的经济活动愈加频繁,牧场开禁后,农民垦荒种田,牧民超载放牧,政府过度采伐,生态环境被严重破坏,加上气候变化,最终导致沙漠南移侵蚀,河流冲击泛滥,大片良田和牧场被沙丘覆盖。此区域的住户两三年搬一次家是常事。

这片土地随着"八百里瀚海"科尔沁沙地的扩展而日渐贫瘠,常年风沙肆虐,素有"塞外沙荒"之称。风沙之害不仅给当地的生态带来毁灭性的灾难,同时在季风的作用下,每年还以惊人的速度向东南扩展,直接威胁着辽西北乃至沈阳地区的生态环境及国土安全。

新中国成立初期,章古台这块土地的状况便引起国家重视,陆续派出科技人员进行固沙造林试验。1952年4月22日,一队来自祖国各地的年轻科研人员,集结到人烟稀少的章古台,建立起辽西省林业试验站,吹响了向沙漠进军的号角。经过无数次艰苦试验,终于从数百种植物中筛选出几种固沙植物,3年后成功营造起了中国第一片樟子松防风固沙林,开创了我国樟子松治沙造林的先例。又用了4年时间,硬是在百米厚的沙地上垦殖出万顷人工防风固沙林。

人工造林有效地遏制了沙化的扩大,章古台人由此总结出"以灌木固沙为主，人工沙障为辅，顺风推进，前挡后拉，分批治理"的一整套综合固沙方法，被誉为中国三大治沙方法之一。一时间，章古台成为我国人工造林治沙的一颗明珠，作为全国特色种苗基地，每年向三北地区，包括塞罕坝等林场输送大量种子苗木。随后，总面积11000多公顷的东北唯一的国家沙地森林公园建立起来，将一幅把沙漠瀚海与人工林海融为一体的大漠生态景观呈现给世人。"沙漠瀚海"、万亩人造林、"大漠风流"石碑、沙地生态园，每一处景点都在展示着植于沙漠之上的人造林的世界奇迹。在这里相继拍摄了固沙科教片《绿色的梦》《绿色的呼唤》《大漠风流》等。

踏过"沙漠瀚海"，来到"大漠风流"石碑前，听着讲解，仰望一棵棵高大的樟子松，我对那些固沙造林的英雄充满了敬意。想当年，在这无边的荒漠里，治沙英雄们夏战高温，冬斗严寒，用青春与热血，绿了章古台，白了少年头。尤其是老所长刘斌，这名抗日英雄，先打败鬼子，后打败沙漠，1952年被省政府调到彰武，艰苦奋斗，刻苦钻研，敢为人先，将自己的余生全部用来治沙，成为大漠的精神核心，被授予"大漠苍松"金匾。他为治沙奋斗终生，并留下遗愿将骨灰安葬在了林海深处。

1963年，试验站改为辽宁省风沙地改良利用研究所，开展了农林牧

林沙边缘林进沙退

综合治理研究工作，建起风沙地改良综合利用示范样板 5000 余亩，既改善了生态环境，又取得了显著的经济效益和社会效益。

经过章古台人 60 多年的艰苦创业，章古台的森林覆盖率由新中国成立初期的 6% 提高到如今的 67%，粮食产量由以前的亩产不足百斤，提高到如今的 800 斤。一片不毛之地变成林茂水清、农牧兴旺的鱼米之乡。

为加强章古台区域保护，辽宁省政府于 1986 年批准建立了辽宁章古台省级自然保护区，国务院于 2012 年批准其晋升为国家级自然保护区。保护区总面积 10200 公顷，主要保护对象为沙地自然生态系统、野生动植物资源和樟子松人工防护林，是中国少有的集沙地、草原、森林、湿地等生态系统为一体的综合性自然保护区，其生态系统在国内所属生物气候带中具有高度的代表性和典型性。同时，章古台也是内蒙古大青沟国家级自然保护区植被向东南延伸的有效补充。

30 多年间，保护区在生态改良、动植物保护方面进行了大量卓有成效的探索。目前，保护区沙地天然林与人工林生态系统渐趋完善，自然植物覆盖率提高到 70%。保护区的建立与作为，坚守着这道天然屏障，有效地防止了科尔沁沙地的南侵，在保护辽河平原、辽宁中部城市群生态安全，改善生态环境方面发挥了重要作用。

近年，保护区与治沙研究所合署办公，集保护与科研力量为一体，共同规划，携手动作，在修复辽西北地区沙地生态环境方面发挥了更大作用。2002 年建立了高效现代生态农业示范园区，承担了多项国家和省级攻关课题。园区规划为五个功能区，即固沙区、林果区、草牧区、试验区和生活区，五区相互依存，相互烘托，一起铺展开章古台未来的美好画卷。

这一切都是风沙治理形成的林业效益，章古台的林海，不仅辅助了特色农牧业、食品业的发展，还为特色旅游业提供了宝贵资源。当我们享受这一切的时候，可不能忘记那一代代的治沙人，没有章古台这块绿洲，哪有眼前的这一切？而今，我们要把老一辈治沙人那种吃苦耐劳、锲而不舍的优秀品格和执着精神发扬光大，让章古台这块绿宝石更加璀璨夺目。

离开章古台向北行，汽车驶过林海边缘，也是科尔沁沙地的南缘，一排排人工栽下的小小松树，迎着大漠黄沙，显得那么翠绿，那么顽强。在钦佩章古台人创下了不朽业绩的同时，我也深感防沙治沙任重道远，真盼望多出几个章古台。

天涯育种地

我共去过三亚两次，十几年前那次，直奔天涯海角景区，但这次是直奔崖城，为的是看望在那里育种的丹东农科院的育种专家们。从三亚下飞机，前来接我们的是育种基地的小丰。他40来岁年纪，黝黑的肤色，一看就是终日在田间劳作的人。

车子沿着海岸西行，在崇山峻岭的林海中穿梭。可能是异地遇乡亲，对三亚非常熟悉的小丰一路热情地为我们做介绍。一会儿路过天涯海角景区，一会儿路过大小洞天景区，已成旅游胜地的三亚越来越美，呈现给游客的是一流的自然人文景观。三亚人始终重视环境保护，将这个热带雨林原生地幽美的山、海、河优势资源巧妙组合，城乡建设与自然景观环境相协调，市域内已有9个国家级各类自然保护区，森林覆盖率达到64%，大气环境质量中国排名第一。

说话间就到了距三亚仅30公里的崖城镇。小丰特意把车子停在老城区一条墙体斑驳错落的古街旁，并介绍说，崖城是古代中国最边远州、郡、县的治所，在历史上一直是海南岛南部的政治、经济、文化、教育中心和军事重镇，是海南省唯一入选的中国历史文化名镇。原为崖县县城，县制撤销以后，直接归属三亚市，现是三亚市人口最多、面积最大的镇。我们选崖城为育种基地，是看中了这里独特的地理条件：三面环山、一面滨海，是海南南部最大河流宁远河的入海口，土地平坦肥沃，水源丰足；热带海洋季风气候，空气清新，光照充足，四季温暖均可种植；作为农业大镇，当地农民具有丰富的传统耕作经验，可助耕种。

丹东农科院在崖城的第一期育种基地设在镇里，第二期育种基地建在距此5公里的黎族村落打帮村，办公场所也搬迁到了那里。

远远地就望到了茂密椰林下的打帮村，寥寥几株槟榔树如鹤立鸡群。路两旁平坦园地里长满了果木和蔬菜，香蕉林，菠萝丛，一架架黄瓜，一垄垄油菜，还有许多我们不认识的绿色植物。基地紧靠村边，一个大院落里矗立着一座三层楼房。院子甬路旁有芭蕉树簇拥，一块玉米地里几只红公鸡在追逐啄食。问小丰："不是有十几个人吗？"答："都下试验田了。"

站到二楼平台上，可看到这里的地理位置甚好。四面远山环抱着这一大块绿色覆盖的冲积平原，海南原住民选此为栖居地真有眼光，难怪好多省份都到这里来选择试验田呢！

放下行装，请小丰带领我们去田地里。崖城的天空格外晴朗，万丈阳光从澄净的天空中直射下来，虽已是夕阳，却仍炽热着。沿着基地为村子修的水泥小路前行，两侧是成片的豇豆地，在用细线绑扎的排排竹竿上，长豆角丝丝袅袅，如秀发轻拂。

小丰打开试验田铁门，呈现在眼前的是无边的玉米地，共有60多亩呢。走近一看，玉米长得参差不齐，有的已结穗老硬，有的刚刚长出尺把嫩苗。这时，此期海南育种基地的负责人、丹东玉米研究所的高所长等人迎了过来，忙为我们做介绍。在这里，农作物一年四季都可以生长，而且生长期短。北方一年只能种一茬，需要四个半月时间；而海南一年可以种三四茬，每茬只需要两个月时间，且可以进行加代试验，可大大缩短试验周期。种子试验的每一道生长程序是不能逾越的，在北方六年才能试验成功的种子，在这里两年就完成了。

高所长回转身来陪我们往地里面走。玉米秧的差别越来越大。在我看来，有的棒子上颗粒稀缺，好像"瞎苞米"。高所长忙解释说，这每一穗都是有价值的。在种子亲本试验中，我们更注重的是每一颗籽粒的状况，是否饱满，是否抗病。经过反反复复的种粒选择、种植试验，才能最终选出优秀的父本和母本籽粒，然后将新的杂交种子运回到北方培育种植，最后到光照好的新疆、甘肃一带的良种田大面积种植，成熟后即可出售。原来这些玉米种植的时间不同，长势也不同。我看到，穗上挂的小牌对种植情况都有简单标记，在每个地块垄头玉米秆上还挂有塑料袋包裹的记录本，那里面的记录更为详细。

我们听得津津有味，流连忘返，但太阳却要落山了，晚霞如硕大的红幕西垂，遮满了天空。回到基地，见到匆匆从丹东农科院赶来的景院长。他并不是专程赶来迎接我们的，因为第二天我省主管农业的副省长要在这里召开一个现场会，其他在海南有种子试验项目的省及相关市的代表都会齐聚这里。我们由此知道，丹东农科院在玉米种子培育方面，不仅在全省领先，在全国也很有名气。种子销量每年都在两三千万斤。吃过晚饭，景院长领着我们到村子里转了一圈，村民都很热情地打招呼。看着孩子们在村中道路上欢快地游戏，大人们在椰树下竞争激烈地打着台球，我能感到，在这里建立试验基地，也会给村民带来诸多益处。

一声声清脆的鸡鸣，把我从美梦中唤醒。这里空气含氧量太丰富了，我仍沉醉其中。想到要去看日出，便一骨碌爬起，来到楼后面的二楼种子晾晒平台上。绿树掩映下的村庄还笼罩在薄雾中，远方黛色山峦上已露出了一条鱼肚白。一会儿，一轮红日便穿云破雾升腾起来，但很快便又隐到灰色的云雾中去了，仿佛特意来与我们这些远方来客打个照面似的。

从平台上下来时，一层的库房门已打开，小丰正在自己的工作库房里忙着，把库里的种子一袋袋拿出来挂在铁架子上。看到一排排袋子里的玉米饱满晶亮，如金似玉，我与小丰唠起来。他说，这些种子袋是头一天晚上收进库里的，捂了一夜，得早点拿出来晾晒通风，以确保种子始终保持干燥状态，不发潮不发霉。他们轮流到这里做试验，一期一般半年，初秋来，翌年初夏回。谈到妻子一人在家，边上班，边操持家务、接送孩子上学，又要照顾双方老人，他很心疼，也不讳言很想家。但为了自己负责的育种项目还是得坚持下去。

有人喊我们吃饭。刚进到食堂，景院长、高所长一行也从门外走进来。原来，他们起大早到试验田地里去了。真是"莫道君行早，更有早行人"，这是一群多么勤快辛劳的育种人哪！景院长匆匆吃过早饭，便去机场迎接省里的与会人员。我们也就此与他告别。

应我们的要求，开车送我们去机场的高所长特意拉我们去参观崖城镇里的一期育种地。在两条街的后面，一大片长势齐整、棒穗饱满的玉米田，被椰林和住宅严严实实地包围着，由当地一位精神矍铄的古稀老

晾晒玉米种

人看护。老人说，这片20多亩地的玉米已长熟，再晒满十天八天便可收了。这是打帮村良种基地的进一步试验，对选定的父本、母本杂交后的种子进行试种。高所长轻轻扒开一个玉米棒顶部，只见籽粒饱满，颗颗珠圆玉润。显然，这试验是成功了的。我们连声道贺。

我们又顺便游览了镇里的顶级文物"崖城学宫"，它是一座始建于宋代、屡经修建、完整保存的海南省级别最高、规模最大的古代官办州学，也是中国最南的孔庙。又参观了正在维修的民国骑楼和城门牌坊。崖城的古建筑群对称、严谨、协调，具有浓郁的南洋建筑风格，是古崖州传统建筑的典范之作，令人叫绝。

以历史悠久、人文璀璨、资源丰富、环境优美的崖城作为育种试验基地是选对啦！无论从三亚的大环境，还是崖城的小气候，都是育种试验的最佳地。而对于那些天涯育种人，通过这次三亚之旅、崖城之行，我们的敬佩之情骤增。无论是他们精湛的专业水平，还是忘我的奉献精神，都让我们感动不已，同时也相信，育种人在育种地的试验已臻成熟，"丹玉"品牌一定会叫得更响。

创建于宋代的崖城学宫

白狼山俯瞰

山之篇

三清云中路

游过的名山大川不少,但闻得三清山的大名却是在2009年春。单位组织去江西旅游,江西朋友推介游三清山。

从资料上看,位于江西省上饶市东北部的三清山自然景观雄奇壮丽。由于其处在造山运动频繁而激烈的地带,经挤压抬升,又经长期风化和重力崩解作用,因此形成了断层密布、奇峰矗天、壁立千仞的奇绝景观。在云蒸霞蔚的峰峦叠嶂中,尤以神形兼备的奇峰怪石为世所罕见,山灵众相无半点雕琢痕迹,惟妙惟肖。

宁静的三清山适于隐逸,崇尚自然的道教名人纷至沓来,建构了庞大的道教人文景观,谱写出了道教名山的悠久历史。道家将闪烁着古典哲学生态伦理光芒的思想,渗透给了三清人和那些奇峰峻岭,体现在了洞天福地的建设和保护上,给三清山的自然环境保护打下一个很好的基础。从三清山和一些主要景点的命名上,我们足以窥见道教的深远影响。三清山因玉京、玉虚、玉华三峰峻拔,犹如道教所尊玉清、上清、太清三位教祖列坐其巅,故名之。老道拜月、葛洪献丹、彭祖塑像、登真台等景点,无不与道教的人物与逸事有关。雄峻险秀的自然景观与旷达古朴的道家教义融为一体,营造出三清山仙境般的氛围。

我们从距三清山百公里的婺源方向赶过来,在山下的宾馆住下。导游小李提示,三清山景区很大,游览需抓紧时间。翌日7点,用过早餐后我们便出发上山。长久以来,因山峰险峻无法攀登,三清山一直将其奇秀美景藏在深山云雾里。三清山旅游的全面开发是在20世纪80年代末,国

三清山路在山巅

向海浴鹤

家组织风景名胜资源普查，才窥见它那令世人惊叹的芳容。1991年，对1987年设计出的总体规划进行了最后的修订后才开始实施。如此说来，三清山是一个非常年轻的景区，而它的声名鹊起，是在修建了一条"空中栈道"之后。

从南部坐10分钟的缆车，到达索道上站。有几位同事听说仅走完栈道就需要4个多小时，便打了退堂鼓，留在此午餐处等候。我们沿游步道爬到流霞台，此处可分道扬镳，向北为人文景点集中的南清园景区，向西是自然景观众多的西海岸景区。又走了一段平缓上升的游步道，便到达了西海岸南起点西霞台，自此开始进入平均海拔1600米、长近4公里的悬崖高空栈道。14亿年前的地质变动曾使三清山三次沉入大海，现海拔1600米的西海岸栈道就是修在古地质时代的海岸线上，西海岸很切题、亦富有诗意的命名便缘于此。

在这栈道上行走并不累，因为整个栈道基本是在一个水平线上，平坦如板，甚而没有一级台阶。不过，刚开始走，还真有些害怕，那是一种上不着天下不着地悬浮在空中的感觉。栈道全部由钢筋混凝土浇筑而成，把一根根钢筋水泥方柱平行嵌进崖壁中，以"生"出的这些横梁架托起悬在空中的水泥板。当行至仅有90厘米宽的最窄处时，必得背贴崖壁，面向空谷，屏住呼吸，一点一点地挪动脚步侧身而行。脚下松涛翻滚，空谷回声，面上云雾轻拂，清风过耳。那一刻，你的外形仿佛一个在云中漫步的仙人，但怀揣着的肯定是一颗凡夫俗子的战栗之心！走得久了，脚下的平坦会让你的胆量有所增大，但行至弯曲起伏连鸟都不能落脚的陡立山峰处，来到绝壁转角向外伸出的"飘檐式"结构的平台上，想想脚下的无底深渊，你还是会迟疑脚步的。在妈祖神像和玉女献花两个大兜转处，你可以清晰地看到，对面山顶崖壁间那条如玉带般凌空飘舞的栈道，你甚至难以相信，那云中之路就是你刚刚行走过的。

人们都被这沿途的景色所陶醉着，我的内心同时升腾出对栈道修建者愈加浓烈的崇敬之感来。鬼斧神工的大自然奇景是造物主的恩赐，而这空中栈道却是人类自身的伟大创举。多么勇敢而智慧的三清人，这样一道横空出世令人震撼的人工风景线硬是由他们变幻出来。

我问导游，这种悬在空中如处云里雾里的栈道是谁想出来的？我们行走其上都害怕的这种高难度的工程又是怎么修建出来的？小李说，这条栈道的建设多亏了土生土长的三清山风景名胜区年轻的党委书记王晓

三清山峭壁挂路

峰，他跟随山上的药农，就像一个古代求仙炼丹的道士，攀绝壁，入深壑，披星戴月，风餐露宿，六下山林，几经勘探，终于选择了栈道这一高难度却极富灵感创意的开发方式，布下了一条科学而大胆的栈道线路。专家认为，这不仅是目前世界上海拔最高的旅游栈道，其设计之奇巧也属世界罕见。西海岸栈道从2001年年底开始修建，翌年4月底即竣工，仅用了5个月的时间。整个工程都是用绳索将人吊在悬崖峭壁上修建的。先把技术人员悬到山间勘察确定描记好路线，再从山顶将工匠用绳索下送到指定位置，一个一个地打眼、装桩、浇筑。就这样，一点一点地向前推进。最后才形成了一条与山体紧紧相连的蜿蜒的云中之路，此举亦创下了吉尼斯世界纪录。

更让人钦佩的是，在景区的开发过程中，三清人秉持着科学的发展观念和先进的环境保护理念，把资源保护作为发展旅游的基础和命脉，制定了"严格保护、统一管理、合理开发、永续利用"的方针。准确而深刻的认识，使森林资源和历史文化遗产得到更为有效的保护，也使风景名胜资源的开发、利用、保护形成一种良性循环。

栈道修建中，为保护奇特的花岗岩石柱山峰和花草林木资源，保持

三清山路耸云端

山林的原始风貌,他们确定了不就地取材,不破坏山体,不砍伐树木,不践踏花草的基本原则。所有的钢筋水泥等建筑材料都是由建设者从山下肩举背扛至山顶的,然后再将这些沙石料从山顶吊下去供施工所用。遇到需要砍伐一棵树等问题时,都要拿到景区决策层集体讨论,研究几番之后均以禁砍作结。最后,整个工程做到了不伤一棵树,未死伤一个人。

三清人真是了不起!

那么,在栈道线路上遇到特殊的情况该怎样处理呢?行走中,我找到了答案。不时可见有古树从栈道预留孔中自在地舒展伸出,有的就横卧在栈道之上。可见,三清人在建设过程中特意给树木让了"地盘",留了空间的。我们行至此,当然也要小心翼翼地跨越,唯恐蹭伤一点树皮。我还注意到,栈道的设置是尽量做到"宜藏不宜露"的,有的在山崖下方,有的从大树与崖壁间穿过,看不到一点人工斧凿的痕迹。浓烈的善心爱意与高超的景观美学理念交汇在一起,保护了山岩树木,又达到了理想的审美效果。

原来,三清人有严格的遵循,那就是坚持房让树,路让树,人让树。

游步道沿途，一棵棵珍稀古木都挂上了保护牌。游步道、峭壁上浅浅刻下一道道水沟，以利于树木所需"水脉"的畅通。从沿途所见的宣传牌上，随处可见这种思想表达，"山水养人，人养山水""古树领土，轻步绕行""古树自舒展，游人勿惊扰"等，时时提醒人们，督促你去做个文明游人。我觉得，在这样的通道上走过一回，游人的自然保护意识都会得到提升，面对那些尊重与爱护树木的警语，面对如此幽静圣洁的山林，你怎么好意思随地丢弃垃圾或损坏草木呢？

三清人对环境的关爱与呵护是一流的。中午小憩时，我在山顶买到一本小册子。从中看到，在开发建设中，保护和安全始终被放到了第一位，因此，修建西海岸栈道投资额度有所加大，总耗资达到2000多万元。而且，他们还把景区每年收入的三分之一都用在森林自然生态保护和便利游客的高空旅游通道的养护上，今日的三清山满眼青翠，景区内森林覆盖率已增至近90%。

西海岸栈道的建成，把人文景观荟萃的三清宫景区和自然景观云集的梯云岭景区连为一体，实现了核心景区的高空环游。三清山的神秘面纱正被层层揭开，以其惊世骇俗的魅力展现在世人面前。游客在栈道上踏云而行，胜似闲庭信步，能近距离地观赏到千奇百怪的山峰幽谷和千姿百态的松海云涛。一条栈道，不仅使人与自然实现了最亲密的接触与交融，还大大减轻了游客登山的体力负担。因而得到游客的交口称赞，被专家誉为"中国景区和谐建设的典范"。

栈道投入使用后，2003年的旅游人数便突破了30万。三清人乘势而上，进一步通过规划、立法、行政、科普等多种手段，来加大三清山资源保护的力度，于是，便有了投资2.6亿元的大气概和拆除有碍景观的建筑物、关闭外围景区采石采矿点等大动作。

开发与保护的矛盾历来是一个困扰旅游景区的难题，但在他们这里得到了妥善的解决。三清人勇敢而智慧，坚持"以开发促发展，以发展促保护"的发展方针，使自然资源得到开发保护，文化资源得到挖掘利用，实现了生态环境保护与旅游开发建设的双赢。经过十几年的开发建设，如今的三清山，已从原始状态的深山幽林，逐步成为一个景观独特、设施完善、视野广阔、野趣盎然，并呈良好发展势头的风景游览区。

我们几人一路流连美景观赏拍照，渐渐落在了后面。直至中午，才到达西海岸栈道的北起点飞仙台。此地虽与三清宫人文景区近在咫尺，我们却无暇亦无力光顾。因为还需要走大段起伏的游步道，并要顺路去东面的巨蟒出山景点，所以得为回程预留出一定的时间和体力。这样，我的这次三清山之行就变成纯粹的自然景观之旅了。

巨蟒出山是一根顶部如蟒首的巨大石柱，从山根挺起，超越层层低矮山岗，直插云天，甚为奇特。还有司春女神、观音赏曲等奇石怪岩，无不让人叹为观止。行走在古海岸这条世界最高最长的空中栈道上，远离喧嚣，没有纷扰，面迎满眼的大自然杰作，白云悠悠，松风习习，你竟会生出一种自然野逸、空灵幽绝、地老天荒、遗世独立的感觉。

三清人已把三清山建成了一座名副其实的生态山和文明山，先后赢得了国家重点风景名胜区、国家地质公园、中国最美的五大峰林、全国文明风景区等诸多荣誉。而且，他们与时俱进的作为已处于世界领先水平，获得了众多的国际性认可。2008年第32届世界遗产大会对三清山的遗产价值给予高度评价，认为三清山风景区"创造了世界上独一无二的景观美学效果，呈现了引人入胜的自然美"，100多个成员国一致通过三清山为世界自然遗产。慕名而来的美国国家公园基金会主席保罗也发出了"三清山是世界上为数极少的精品之一，是全人类的瑰宝"的赞叹。

面对年游客量已达到200余万的三清人，冷静而清醒，又自加压力，提出了资源环境保护的新目标。而申遗的成功则成了三清山人推进景区保护的"加速器"。小李说，我们管委会主任讲过，申遗成功，标志着三清山有了一张世界级名片，更意味着三清山人平添了沉甸甸的责任。下一步，要再投入40个亿，用3年左右时间，实现"国内一流，世界著名"的奋斗目标。现在，东部环线栈道已在运筹之中，又一条长龙般的新通道会将游人源源不断地输送到东部的峰林松海中，去领略三清山神美芳容的另一面。

这些，都令我信服。能创造出西海岸栈道奇迹的三清人什么样的目标不能达到呢？何况，我是一个亲自走过西海岸与核心景区全程的人，真正体验了三清人所创造的山、水、人合而为一的清逸至境。待我们返回午餐集合处时，已近下午4点钟，各组都未能按时返回，实因景色美不胜收，令人流连忘返。大家都说不虚此行，只是那几个留守者后悔莫及。

水润井冈

之前，我只知道井冈山是革命圣地，一个著名的人文景观，但身临其境后，我才眼界大开，井冈山还是一个自然风光景区。游览井冈山，既可以瞻仰革命前辈的英雄业绩，还可以饱览景色绮丽的山野风光。

能够成为革命圣地，与井冈山的自然地理条件有关。井冈山位于罗霄山脉中段，周围500余里，大小峰峦500余座，主要山峰海拔均在千米以上。这里山高林密，地势险峻，交通不便，又是湘赣边界，处于敌人势力薄弱的两不管地带，适宜开展革命活动。因此，1927年10月24日，毛泽东率领的秋收起义部队来到井冈山创建了第一个农村革命根据地，后朱德率领南昌起义部队来会师，彭德怀也率领平江起义的队伍来会师。井冈山的斗争，从1927年10月到1930年2月为止，共计两年零四个月，时间虽不长，却建立了中国工农红军，开辟了中国革命"农村包围城市、武装夺取政权"的成功之路，为后人留下宝贵的精神财富，井冈山因而被称为"革命摇篮"。

这里，较好地保存了30多处井冈山斗争时期革命旧址遗迹，其中20几处可以游览。如会师纪念馆、会师广场、八角楼、茅坪红军医院、红四军军部、步云山练兵场、小井红军医院、大井朱毛旧居、茨坪旧居等。

井冈山山岳型景观里，有数不清的峰峦、山石、瀑布、溶洞、珍稀动植物，以及高山田园风光等。为保护丰富的动植物资源，1981年国家在井冈山设立了自然保护区，1982年被列为国家重点风景名胜区，2005年成立井冈山管理局，生态保护和旅游事业进而得到很好的规划和协调。

大井朱毛旧居

目前,井冈山的森林覆盖率已达64%,风景名胜区已有60多个,一些风景名胜区已达到国家AAAA级水平。

井冈山人对革命人文景观与自然风光的开发保护是并重的,二者已融为一体,交相辉映。坐落在崇山台间的小盆地茨坪,是当年井冈山革命斗争的中心,现已是游客集结的中心,建有革命博物馆、烈士纪念塔等人文景观,而且,茨坪到各个纪念地及主要风景游览点都有道路相通。

位于茨坪西北7公里处的大井革命遗址,有毛泽东旧居及朱德、陈毅旧居,红军医务所旧址等。在这里,毛泽东领导红军深入群众,宣传革命真理,组织武装群众,帮助群众解决实际困难,在经济发展和军队建设方面进行了卓有成效的民主实践。

在毛泽东旧居东南方向6公里处,是井冈山新开发的水口风景区。这里碧潭重峦,曲溪幽谷,空气清新,风景秀美。其中彩虹瀑布是井冈山两大主瀑布之一,也是井冈山落差最大的瀑布。两块高96米的天然巨石合成一张大嘴，把双马石和八面山流下的两条山溪汇成的一股清泉全部吞入口中，然后从嘴角溢出，一个宽10余米的梯形大瀑布破峭壁峻岩而下，凌空翻滚，喷珠吐玉，蔚然壮观。夏季阳光照射，每每上午会出现七色彩虹，倒映在瀑布中色彩斑斓，瑰丽鲜艳，彩虹还随游人的上下移动而变换位置，因而名之。

海拔1586米的五指峰是井冈山第一雄峰，因山峰并列如五指而得名，现已成为井冈山的主要象征。其峰峦由东南向西北绵延数十公里，叠嶂的群峰托起主峰巍峨峻拔的山体，峻险的峰峦里是保存完好的原始森林，至今仍杳无人迹，被划为自然保护区的核心区。游人不能至，只能攀登到对岸的"观景台"上来感受其雄伟磅礴气势。而五指峰北的龙庆洞，因红军在那里开展过游击战而名为"游击洞"，但地处深险幽密处，令人可望而不可即。

五指峰脚下有一群峦湖，碧绿的湖水簇拥着耸立的山石，是坚石秀水、刚柔相济的井冈山风光的代表。毛泽东重上井冈山时吟出了"到处莺歌燕舞，更有潺潺流水"的词句，赞美井冈山"旧貌变新颜"绚丽而妩媚的风光，想必他一定听到了瀑布下泻和溪水奔流的声响。

在井冈山的自然景观中最有特色的是瀑布。井冈瀑布不仅数量众多，而且姿态迷人。在整个行程中，她们始终与你形影相随又若即若离。迎着凉风，你会听到岩壑间瀑流的婉转歌唱；沐着雨雾，你会看到丛林里瀑水的漫天飘洒。古人赞井冈山瀑布"寒入山谷吼千雷，派出银河轰万古。广寒殿上银蟾飞，水晶宫中玉龙舞"的诗句，真是恰如其分。

位于茨坪西北6公里处的小井附近翡翠谷的龙潭瀑布群，是井冈山瀑布最集中最著名的地方，以数量多、落差大、形态美而被誉为井冈第一胜景。龙潭瀑布发源于西国乡岸洋村之南大北山麓一道仅两公里长的悬崖峭壁间，仿若从天而降，激越呼啸，奔腾飞泻，直达谷底，形成了一条飘荡的瀑布带，故有"五潭十八瀑"之称。当年郭沫若曾赋诗赞之："井冈山上有龙潭，瀑布奔流叠作三。"

瀑布四周山清水秀，景色迷人。所有的竹子都青翠欲滴，所有的树木皆葱绿如洗。观龙潭瀑布，既可以乘缆车，以俯视的角度从上往下看，也可以步行，以仰视的角度从下往上看。乘缆车紧依瀑布上方而过，可从高空鸟瞰，与瀑布做最亲密的接触。舍此，谁都无法以如此近的距离、如此高的角度看清水流涌进悬崖豁口前的井然有序与有条不紊和瀑流跌

龙潭瀑布群之碧玉潭瀑布

落后的秩序全无与狂野奔放。

  因为要去瞻仰山脚边的小井红军医院旧址，我们徒步去龙潭瀑布。这所医院是中国红军的第一所医院，名红光。井冈山于 1929 年 10 月 1 日一度失守，未来得及转移的 100 多名重伤病员全部壮烈牺牲。新中国成立后，在伤病员殉难之地建立了红军烈士墓。今天，矗立在青山绿水中的烈士墓显得格外庄严肃穆，成为人们凭吊红军烈士的重要去处，我们也献了花圈表达缅怀之情。

从红军医院走出就进入了龙潭景区，迈过月洞门，在林木蔽日的河谷底部一站定，顿觉凉气袭身，景色怡人：宛若一条蛟龙的五神河水，在对面碧谷深潭间逶迤蛇行。

沿潭上行，游人依次可见一整座向上层层递进的五潭五瀑：姿态优美、如仙女起舞的第五潭仙女潭瀑布；水声清脆、声若击鼓的第四潭击鼓潭瀑布；波起浪翻、如珠似玉的第三潭珍珠潭瀑布；沉闷凝滞、如蛟龙出洞的第二潭锁龙潭瀑布；最后到达龙潭瀑布群中最高最大的第一潭碧玉潭瀑布。该瀑布坐落在大峡谷的始端，三面危崖如削，游览便道在地势稍缓这一边。可见高达近70米的瀑布从悬崖上迅猛坠落，击打得潭水发出雷鸣般的声响。在瀑布的中段，下落的瀑流溅落在凸凹的岩石上，变幻出数不清的小瀑流，如纱似帛地飘然而下。水声震耳，水花飞溅，水雾如烟，漫天的瀑水携带着凉风和水汽如飞花碎玉般从这里腾空而起，弥散在山谷之中。我们都被淋得满头满身湿漉漉的，山这面的大树和修竹在瀑布长年累月的熏吹下，都向一边偃伏着，晶莹的水珠挂满了叶片。

从下至上，每一道瀑布都姿态各异，而每一帘瀑流里，又有大有小，有高有低，有急有缓，有粗有细，尽显万千风韵，精彩纷呈的龙潭瀑布群不愧为井冈山最迷人的景区！

出了龙潭瀑布，我们沿着溪流潺潺的森林小道去茨坪西北17公里处的黄洋界。井冈山以革命战场闻名的五大哨所，都在绝妙的山林景色的掩映之中，其中最著名的就是海拔1343米、巍峨峻拔、地势险要的黄洋界。居高临下，放眼四望，起伏群山中，扼居哨口的工事和营房保存完好，毛泽东、朱德和红军战士挑粮的上山小路在绿林中还依稀可见。那场反"围剿"的重要战役，以不到一个营的英勇顽强的红军，打退了敌军4个团兵力的疯狂进攻，创造了以少胜多的战绩。在朱德题写碑文的黄洋界保卫战胜利纪念碑的另一面，镌刻着毛泽东为这次胜利而作的《西江月·井冈山》词。

在黄洋界东部距茨坪大约10公里的金狮面景区有一处间歇式瀑布，名"白龙瀑"。步行进入景区，沿着澄澈的沙溪，穿过青翠的竹林，不一会儿便可到达百丈崖白龙瀑。在这里驻足，不大的水量淅淅沥沥地从80多米高的山崖流下，每隔半分钟，积攒起来的水便会哗的一声涌起几米高的白浪，那白浪从高崖上再纵身一跃，然后跌入深谷之中。一次次的腾起与跌落,总会变幻出无数高低错落的水柱,化作弥漫四散的水雾。

从白龙瀑下行不远,有一个水帘瀑。溪水从10余米高的断壁岩层上倾泻而降,落在底部的一个悬崖山洞中,一条小道从洞口穿过,瀑布水流宛如一道水珠帘幕悬挂在洞口。这里树木繁密,清凉舒润,便于隐蔽。红军洞及造币厂遗址即位于水帘瀑附近。1928年5月,湘赣边界工农兵政府创办了井冈山红军造币厂,银圆冲压车间便设置在水帘洞旁。展柜里陈列的那些凿有"工"字标记的银圆,便是红色政权首次发行流通的金属货币。1928年冬,红四军50多名重病伤员转移到水帘瀑附近养伤。不久,部队向赣南转移,11师师长张子清因伤行走困难,战友们要抬他一起走,他执意不肯。最后,只好把他和一些重伤病员安置进洞里隐蔽起来。从此,人们亲切地称水帘洞为"红军洞"。听说,井冈山还有探花地、老龙潭、猴子山和下庄等众多瀑布,另有许多季节性的随雨而生成、伴雨而流逝的流水游瀑。井冈山的瀑布到底有多少,久住的山民也说不清,再详细的地图也无法标示出所有瀑布的确切位置。没有人能一一涉猎所有瀑布。但我们已相当满足,在游览革命圣地人文景观的同时,也饱览了井冈山的自然风光,尤其看到了那些千姿百态的瀑布景观,得到了一份意外的收获。

井冈山丰沛的水资源,为一座座瀑布的飞泻和河流的奔涌提供了源源不断的支撑;那些瀑布河流连带起的万千水系,如同偾张的血脉滋润着井冈山这方土地上的自然万物,营造出漫山遍野的盎然绿色;那些绿色的沟壑、峭崖、山坡、河谷、瀑布,则庇护了中国革命的一方土地,滋养着红色的种子生根、发芽、壮大。董必武在1960年访问井冈山时曾作诗:"四面重峦障,五溪曲水萦。红根已深植,今日正繁荣。"赞美井冈山不仅是一座蕴藏着革命胜迹文化内涵的红色大山,也是一座山重水复自然景色迷人的绿色大山。当地百姓流行的一句口头禅说得更直接:"井冈山,两件宝:历史红,山林好。"如今,井冈山人真正达到了他们在山中宣传牌上所书"红色最红,绿色最绿"的目标。水润之井冈,就是这样红绿相映,美丽迷人,气象万千,令人难忘。

华山风骨

华山险峻为五岳之最，且主峰就有5座。游华山年轻人尚且心存畏惧，何况我这个年近花甲之人。早7点半，从山脚乘坐进山大巴飞驰在逶迤的山路上。车窗外的座座山峦壁立千仞，一次次挡住了前行之路，又一次次峰回路转，如一扇扇石门豁然打开，我满怀忐忑与向往。

导游介绍，华山的险峻，在于其独特的山岩构造。距今1亿年左右，华山地壳发生运动，受区域地应力的挤压，花岗岩岩体形成过程中发育三组节理，将完整的花岗岩岩体分割成若干长条形断块和断层，加之雨水、阳光、冰冻、流水等各种外力作用，花岗岩才直接露出空间，形成了一座峻峭秀丽的山峰和许许多多如刀斧削就的岩石。华山景区的山体，就是由这样一整块硕大的花岗岩巨石构成，其东西长15公里，南北宽10公里，面积约148平方公里。

好在有索道可达五主峰之一的北峰。索道在山峰中缓缓滑过，呈现在眼前的多为大块裸露着的白色山岩，稀疏的树木点缀其间，宛若一幅幅水墨画卷。10分钟我们便已置身于北峰顶，人们争相去据金庸小说而立的"华山论剑"处拍照。

北峰之西南有4座主峰。要进一步游览，必须爬过吓坏唐代大儒韩愈的苍龙岭，一整块巨石组成的山脊如长龙之背，两边是万丈深渊，无所攀缘。韩愈吓得不敢回攀，只得投书岩下求救。现在虽有凿在石上的阶梯可踏，两边有铁索可扶，但从那窄窄的530余石级的龙脊一路向上攀登，还是胆战心惊，嘴里需念叨着导游所教"看路不看景"的口诀，绝对不向两边看，才得以通过。

　　登上岭头回望北峰，陡峭山岩在葱郁树木的掩映下，秀气充盈，甚为壮美。低首俯瞰苍龙岭，一个脸色青铜、筋骨毕现的中年挑山工，肩担两捆百十斤重的饮料箱，一手扶担子，一手扶铁索正艰难地往上攀爬着。进山路上见到几个挑夫，以为是平地挑运，没想到还要负重过险。

华山苍龙岭上的挑山工

我吃惊又敬佩，同时加快了自己的脚步。

手足并用，爬过直角天梯，到达金锁关，一座建在三峰口的城楼般石拱门。此关为通往东、西、南、中四峰的咽喉要道，锁关后则无路可通。解放战争时期，残匪韩子佩负隅顽抗，曾在"天井"口加盖一块铁板，但人民解放军八勇士飞越天险，消灭了守军，为增援部队打开了通道，进而奇袭残匪，智取华山，打破了"华山自古一条路"的传说，实在令人赞叹。

来到五云峰，有两条路供选择，一条通西峰与南峰，一条通中峰与东峰。东、西、南三峰鼎峙，均高 2000 米以上，人称"天外三峰"。我们这组选择先走西峰线路试试体力。

西峰因峰巅有似莲花瓣状巨石，又称"莲花峰"，为一块浑然天成的完整巨石陡立成顶，绝崖千丈，似刀削锯截，其陡峭巍峨、阳刚挺拔之势是华山形象之代表，西峰顶的异峰奇石也都被古老的神话传说赋予了豪迈勇猛之意。如沉香劈山救母的"斧劈石"，巨灵为民劈山导水留下的"巨灵足"印记，为求神灵、显祛父母病灾之诚心而跳崖献身的"舍身崖"。

一方水土养一方人，大自然与人类之间确有一种相知互惠的关系：水土影响滋养了人，人反过来理解并塑造了水土。华山险峻的山势、坚硬的石质，注定要在人的身心里生长出一种勇武、硬朗的东西。

华山的险峻，引发了人们的无边想象，希冀借助想象以征服自然，于是，在远古华山便产生了200多篇神话传说，如"女娲补天""夸父追日""观棋烂柯""石破天惊"等，这些神话都充盈着一种改天换地、取义求仁的浩然正气，一种无坚不摧、无往不胜的巨大能量，一种凿山不止、奋发向上的民族精神。发源于华夏中心地理位置的华山传说，是中华民族对改造自然中生成的梦想的熔铸和提炼，并以深厚的传统文化内涵影响了整个民族精神的塑造，裨益后世。

登顶西峰极目远眺，群山起伏，周野屏开，云蒸霞蔚，黄渭曲流，仿佛入仙乡神府。峰顶"嘉遁仙乡"的大字石刻，就是据宋名隐士陈抟老祖《西峰》中"寄言嘉遁客，此处是仙乡"的意境而设。

刻石下的几株松树甚为神奇。一株在前，向右侧石级道伸展长长的枝干；一株在后，向左侧石级道伸展枝干，联手为游客遮阴，其形其姿恰似黄山迎客松的翻版。这些生长百年以上的松，棵棵树冠挺拔苍翠，姿态特异优美。

走到松下，见它们扎根的岩石，不大的缝隙，无多的泥土。导游介绍，这些树为华山特有树种，名"华山松"，别名"白松""青松""樟子松"。原产于中国，因集中产于陕西的华山而得名，现多生长在中国中部至西南部的高山之上。华山松自古有名，禁止樵采，山下神姑林的数万根松桧就是历朝历代努力保护留下来的。

山风阵阵，让人感到一丝凉意。看我们裹紧衣服，导游又说，华山的高山地理和气候是不适合树木生长的。华山山体挺拔陡峭，从山麓到峰顶，温度以梯度直减，海拔高度每升高100米，气温减少半摄氏度。而华山松耐寒力极强，生长在2000米高度的地方，甚至可耐零下数十摄氏度的低温。处在坚硬无缝的干燥山岩上，扎根于土壤瘠薄雨水难存的石灰岩缝间，承受着高山的凄风冷雨，华山松执着地将根系伸向岩缝，抓住岩石不放松。华山松，为守护华山而生！

雄奇华山，因华山松的点缀，更添巍峨俊美。在峰顶，有华山松的不屈挺立；在山崖，有华山松的怡然自得。在座座峰峦间，华山松簇拥着亭台楼榭，护卫着山岩植被，映衬着风景，自身也站成了风景。

南峰距西峰不远，两峰间有一条山脊相连。脊顶石色苍黛，形似长龙，人称"小苍龙岭"，是华山著名的险道之一。手扶铁索，脚踩300多级石磴，心惊胆战地爬过山脊，来到南峰。海拔2160米的南峰为华山极顶，也是五峰之最。登上绝顶，天近咫尺，星斗可摘；群山环绕，峻岭入云；平川广袤如帛展，黄渭蜿蜒如丝缕。那一刻，我被华山高耸云天遗世独立的磅礴气势深深震撼，更叹服宋人寇准的"只有天在上，更无山与齐。举头红日近，俯首白云低"写照之传神。

南峰由一峰二顶组成，东顶名"松桧"，西顶名"落雁"。落雁峰南侧是千丈绝壁，直立如削，下临断层深壑。松桧峰顶自古以来乔松巨桧参天蔽日，因而名之，上建有白帝祠、南天门、朝元洞、杨公亭等诸景。古人好托物言志，自古松树被赋予坚忍顽强、高风亮节的品格。生长在五岳之巅的松树，更是神灵般盖世绝伦，英烈般威武参天。在南峰绝顶，有两棵松傲然挺立。一棵是"风形树"，在季风的强劲吹拂下，这棵松栉风沐雨主干挺拔，分枝及针叶全部甩向一个方向，如同一位古人散髻后长发随风飘摇。一棵是"拜公松"，耸立在直角崖畔，毫无畏惧，立地顶天，向上唱和日月星辰，向下鸟瞰千峰万壑，迎送一代代络绎不绝的游人。

南峰有一条险中之险的"长空栈道",开凿在垂直悬空的一大块绝壁上,下临万丈深渊,游人至此,须面壁贴腹,脚踏木椽侧身挪行。面对这凶险狰狞的境地,我恐惧却步,只能战栗着在栈道入口几米外拍几张照片。镜头拉近,陡峭的崖壁被阳光照耀得白中泛黄,令人惊奇的是,其上自上而下长着一些松树,如同叠罗汉般向上直立着,没有一棵弯折。

在感叹华山之险、岩石之奇时,我更感叹华山松的顽强和伟岸。一路走来,随处可见无数知名或不知名的华山松,千方百计从山岩缝里生长出来,傲霜斗雪,苍劲倔强,虬枝古干,傲然屹立,以独特的气质与风范共同铸就了华山的魂魄。

临近中午,下撤到五云峰分路口,再次面临选择,是打马归山,还是攀爬东峰一线。大家看年龄最大的我,我来了精神,手一挥,上山。

东峰高2096米,是华山第二高峰。登东峰也是条险道,需攀爬一面如刀削、数十丈的高岗大坡,古时上面仅凿了几个足窝,两边无树枝藤蔓可攀缘,登峰的人只有趴身于岗石,手足并用才能登顶。如今,险道早已整修加固,辟出一条安全的石阶路,但仍需足够的气力。快到山顶时,攀爬了近10个小时的我们已筋疲力尽,望着不远处东峰顶的题字,却再也迈不动步了,只好坐在一面大斜坡上休息,并拿出小食品聊以充饥。

这时,一位挑山工挑着一副担子从坡下爬上来。他的头埋在扁担前面的箱包下,身体奋力向前。直到走近了,他抬起头,我们都被震撼了。原来是一位须髯飘白、面色黝黑、身骨强壮的老汉!我们与他打招呼,他举重若轻地撂下担子,也坐了下来。一问,他已75岁,挑的是东峰宾馆所需物品,共有60斤。每天往返一次,已有数十年。因山高路险,山上所需物品都由人工挑上来。我们纷纷将香肠饮水分给他。这就是仙风道骨的华山活神仙哪!他那铮铮风骨,如华山石,似华山松,可谓华山人的典型形象。只歇了一会儿,他便起身挑担。我们几个也一骨碌站起,紧随他上行。

东峰由一主三仆4个峰头组成,有景观数十处。宾主有序,各呈千秋。朝阳台所在的峰头最高,居高临险,视野开阔,是著名的观日出之地。朝阳台北有杨公塔,为杨虎城将军所建,与西峰杨公塔遥遥相望。南为博台峰,传说仙人曾在此下棋,亦称仙人台。此峰独耸一座峰头,

华山西峰迎客松

需要从朝阳台崖畔下行再攀爬其上。

  我还是关注松树。杨公塔石板小径旁有几棵百年松树,走近一看,平展的岩石并无缝隙,裸露的树根向四处延伸,根须紧紧吸附在石面上。这生命力是何等的顽强啊!在朝阳台南的崖畔上有一棵枯松,其粗细也在百年以上。导游说,它已枯死近百年。其树皮虽被风雨剥蚀精光,但枝形优美,风骨犹存。那些顽强坚忍的华山松,死而不屈,枯而不朽,定会永久挺立。仙人台的山石全部裸露,陡直的巨石上却长着若干松树,仿佛在给这个神话仙境提供衬景,以营造一幅松下仙人博弈图。

  从东峰回返,来到居东、西、南三峰中央的中峰。也许周围有三峰围护,这里气温稍高,峰上林木葱茏,花草繁茂,环境清幽。中峰之景点多与吹箫引凤传说相关,春秋时代,擅吹箫的箫史与秦穆公女儿弄玉一见钟情，曾在此居住，后随仙人乘龙驾凤飞升。故事的对应古迹及象征物亦多在中峰：峰头玉女祠、玉女崖，崖东舍身树，崖前引凤亭及庭前无根树。舍身树长在崖边，稍倾斜但坚挺，呈一个舍身忘我不怕牺牲的生动形象。石筑引凤亭前石面上，相伴的两棵"无根树"已经枯死，比树干还粗壮的树根布满四周，还牢牢地抓着石面。岂是无根，分明是无处扎根。这些景物都神奇而美丽，从不同角度丰富了中峰的文化内涵。从铁索上层层叠叠的同心锁可以看出，这里已成了人们盟誓爱情的好地方。

　　神奇的自然地貌，广博的人文积淀，华山占尽了地理与人文优势；人文与自然魅力共生，相互印证，相得益彰。山险，石奇，松翠，人勤，这些华山的重要元素，熔铸出华山精神，架构起坚韧不拔、生生不息的中华民族精神之风骨。

　　从金锁关下来，原路返回北峰乘坐索道，我们成了最后一班游客。回到山下与同行队伍会合时，时针指向7点。青壮年组只用了六七个小时便游完华山五峰，我们几乎用了其二倍时间，让他们在山下饿着肚子久等，但我们还是受到了热烈的欢迎。大家互相道贺：无论老少、身体强弱，我们都成了成功攀上华山5座主峰之人，华山这块雄奇的大石头终于被我们征服。

锦河峡谷

去黑龙江省西北部的黑河，游览过它的江流、口岸及市容，充分领略了中国首批沿边开放城市的风貌，不愧有"中俄之窗""欧亚之门"的美誉，让我心震撼的却是那个距市区车程不足30公里的锦河峡谷。

锦河大峡谷是一个新景点，由猎人偶然发现，2008年才呈现于世。我们在旅行社包了一辆车，吃罢早饭便出发。沿着黑龙江从北向西南行，江岸之地平坦开阔，一目千里。到锦河农场参观完知青影视基地后，车子向西转了个直角，很快便到了峡谷景区大门。司机说，峡谷全长53公里，你们不可能全走完，沿木制栈道在近处走走，差不多需1个小时左右，午饭前就能逛完，我在大门外等候。电瓶车行驶不到10分钟就到达主景区停靠站。同伴乐观地说，这么近的路，看来很快就能游完。

观景台就在眼前。这是景区最佳观景点，面对的是景区最为精彩处，河流冲击而成的两个弯曲如"Ω"符号的特殊形状峡谷。此处是第一个大转弯，亦叫"阳弯"，其右侧那个大转弯叫"阴弯"。这观景台建在高处，恰好可以俯瞰峡谷全貌。站在观景台远眺，无边的绿野之上是无边的蓝天，洁白的云朵飘游其间；俯瞰峭壁下，大树棵棵可见，青翠欲滴；有河横卧，波澜不惊。

这是黑河的地势使然。小兴安岭犹如一道绿色的屏障自西北向东南贯穿黑河全市，以低山和丘陵占了全部土地面积的七成，河流纵横交错，且落差大冲击性强。而锦河峡谷，正处于小兴安岭东麓，黑龙江支流石金河中游。造物主鬼斧神工地切割出了一个奇特的峡谷地貌。总长10公里的峡谷内，原始森林密布，人迹罕至。离繁华市区如此之近却能够长久地隐匿下来，这个峡谷有点神秘！

时间已过了1个多小时，我在观景台用相机拍来拍去的，没有人打扰。用长镜头将河谷拉近，流淌的河水晶亮光闪，白色的卵石遍布河道，岸边几株白桦点缀在墨绿的丛林中。眼望如此清幽静美的画面，我突然有了下临峡谷之底一窥深山老林真容的冲动。

细看林中标示牌，右侧不远有一个可下到谷底的阶梯栈道，于是，和同伴二人起身下行。谷顶栈道基本都修在地势平缓处，还有树荫可乘凉，在上面行走挺舒服，但往下走虽然谷深只有百米，但重复的"之"字形栈道把距离拉长，走起来有些累。

茂密的丛林，轰响的水声，把我们引到峡谷底部的锦河之畔，河道里散布着一些大石头，不过与在上面看到的不同，这些石头多是红褐色的，应是火山岩。黑河地界有火山遗迹16座，占山地面积的四分之一。这让我想起锦河的来历。锦河原称"石金河"，因当年河水含金量高，不

锦河大峡谷大转弯之阳弯

锦河大峡谷之底锦河奔流

少闯关东谋生者到这里淘金而得名。在电视剧《闯关东》中就曾提到过这条河。为什么又称石锦河呢？难道与河道中色彩丰富的红色、白色、灰色、金色石头有关？

　　河不宽，也不深，但水流湍急，不可渡。此岸苇草青翠欲滴，高高矮矮地顺风斜长着，彼岸白桦林笔挺修直，婆娑的枝叶上上下下迎风摇曳。小兴安岭林水资源充足，植被丰富，还有红松、樟子松、黑桦等400多种树。至于黑桦树，我们却没有看到。

　　我到水中的一块光滑而圆溜的大石头上坐下，弯身掬水，饮之，微凉略甜。抬眼回望来时路，只见叠嶂之山林接天连地，不见下谷所行栈道。锦河谷底，给人一份难得的宁静与超然，让我仿若置身世外。

　　时间已至正午，我们恋恋不舍地从原路攀升到平行栈道，向左侧出口走去，路过第二处观景台又拍了些照片，在暖阳中懒懒地继续向前走。忽然看到路标，此处也可下达另一侧谷底。我停下脚步，蠢蠢欲动。同伴看出了我的心思，说要不咱们下去看看？我毫不犹豫地迈下台阶。这条路比刚才那条路要长且更为陡峭，加上已过中午，饥肠辘辘，有点走不动。小休两次，用了半个多小时，终于走到了栈道的尽头。几株野百合迎接着我们。这花实在是太漂亮啦！6个火红的花瓣向外翻卷着，中间的花柱，头顶花粉帽，6根较细的褐色花蕊举着布满花粉的手臂环绕着它。拍完这朵拍那朵，突然，我发现长在栈道正中木板缝中的一枝百合，花蕊奇特如帆样呈三角形。走近一看，原来是只蝴蝶，它正全神贯注，将头和半个身子都伸进花蕊丛中，忘我地吸吮着花蜜，根本没有感觉到有人临近。为了不打扰它，我们从1米多高的栈道侧面跳下来，蹑手蹑脚地走开。没走出几步，又发现一盘黄色穗状花卉，每簇有十几个花瓣，每个花瓣挺着一个红色顶头。在中间那簇花上，我发现了一只大蜜蜂，身绕黑白相间的条纹，浑身长满了绒毛。这难道是资料上介绍的东北独特蜂种黑蜂？它是在闭锁的自然环境里生长的唯一中国地方优良蜂种，是极其宝贵的蜜蜂基因库，而黑河恰是黑蜂的重要保护基地。我俩更是不敢打扰，小心翼翼拍照后悄悄向河边走去。

　　狭窄河滩上生长着不知名的低矮杂树，只见一株伞盖般的树冠被如云似雪的白色物体所覆盖。走近一看，竟是一簇簇只有花蕊、没有花瓣的花团。资料里介绍，锦河大峡谷花卉植物除百合花，还有紫丁香、达子香、刺梅、榆叶梅、芍药花、马莲花等20余种。这该是什么树、什么花呢？低头见到树旁草丛里挺立着几株花，其叶子如榆，圆形花瓣呈淡紫色，我对号为榆叶梅。来到河边，疾水带风，吹拂着两岸之如茵绿草；激流撞石，使幽静的河谷显得生动起来。

　　也许这处河谷曲折难行，游人更为罕至，才能保留下更多的大自然原始本色。此刻，在这空间中的两个小女子，如入无人之境，在这片纯净的天地里玩得忘乎所以。

　　同伴提醒说，已经两点半了。虽不情愿，终归还是得爬上栈道返程。但我们已筋疲力尽，加上上山之难，实在迈不动步，只好走一会儿歇一下。刚刚坐定，一只淡黄质地虎纹斑蝴蝶落到了我褐色的裤腿上，我一动不敢动，忙用微距把它拍个真切，它仍在吸吮不飞，难道把我的裤腿当作树干了，还是设法挽留我呢？用了半个多小时，走走停停，我们终于从谷底走上平行栈道，再不敢流连，忙找到最近的出口匆忙赶路。

　　然而这栈道出口的沿途也是移步成景，极具诱惑力。一株同根生出刚出地面便分成两株的白桦，被命名为情侣树，枝上系着不少写有心愿的红布条。我又看到很多美丽而独特的花朵，然而，除了白色如同牡丹的芍药花外，多数都不认得，与资料上的名称也对不上号。我便望花生义为它们命名：一根如手指的圆柱花柱周围长满花筒，我叫它"一柱擎天"；一根弯曲的花茎挑起一串倒垂的白色铃铛，我叫它"铃儿响叮当"；一枝硬挺花茎顶起一个布满丝状花序的圆头，我叫它"白发苍苍"；一丛数个紫色花穗一式朝上绽放，我叫它"紫槐朝天阙"。

锦河大峡谷就是一座百花园。那些美丽芬芳的花朵，引来蝶恋蜂舞。我还拍到两种蝴蝶，一只是黄色质地黑色斑点的豹纹大蝴蝶，它展开的双翅把那一大簇如大排梳齿密布的黄花穗都遮盖住了，不近看，还以为它在"悬停"呢！一只深灰色质地、白色斑块遍布其上的小蝴蝶，以超常的技巧仰面朝天地在一串白色花穗的底部吸吮呢！

锦河大峡谷，闹市旁的一处秘境，野生动植物的一方乐土，谁窥见她的真容，能迈得动步子呢？待我们乘电瓶车到达景区大门时，已下午4点多钟。听说我们去了两个谷底，司机吃惊得大叫，下一个谷底就够了不起的，你们竟然两个谷底都走到啦！我原想拉你们回市区吃午饭，但看过了午饭时间你们迟迟未归，便自己买了点吃的。这时，我才感觉到又饥又渴，但锦河大峡谷秀色可餐，送给我们的是一顿永久的精神盛宴。

大山河源

流经东北四省区，蜿蜒1300余公里的辽河在西辽河段有两个源头，一个是北源西拉木伦河（亦称"潢河"），一个是南源老哈河（亦称"土河"）。近年有人推测出，老哈河比西拉木伦河长近30公里，按照年径流量相近时以河上游最长的河源头为发源地的规定，可以说老哈河是西辽河的正源。

2015年7月，我有机会去河北省平泉县探寻老哈河源头。平泉县地处冀北燕山丘陵区，是个山水资源丰盈的地方，俗称为"三山五水"。七老图山、燕山、努鲁尔虎山三条山脉从西、南、东环抱着一个沉陷的盆地，五条河流在盆地中交汇。七老图山脉中1700多米高的马盂山为平泉诸山之最，其东麓柳溪乡即为老哈河源头所在。此地已于1996年8月被国家林业部批准为国家森林公园。平泉是契丹与奚族的发祥地，马盂山的峰顶状似契丹人系在马上盛水的盂，因而在辽代得名。契丹始祖青牛白马的传说中，那个骑白马的男子就是从马盂山出发，浮土河而东去，与从潢河源头出发骑青牛的女子于两河交汇处相会的。

午饭后，平泉朋友小王陪同我们从县城出发，去县境西北60公里外的河源所在地辽河源森林公园。她介绍说，马盂山处于东北与华北植物群落的过渡带，面积近18万亩，有植物1700余种，被称为"绿色基因库"。森林公园主要由大窝铺林场和黄土梁子林场组成，林木的栽植与管理由林场负责，旅游者进入景区都要接受林场管理站的检查。

进入园区，汽车沿着山坡下的水泥公路行驶，扑面而来的是无边的绿色，各种花草树木郁郁葱葱。走着，不断可见溪水从路较高一侧的坡草中溢出，漫过路面；有的路面稍洼，会汪起没过脚面的溪水，让人感觉这山路就在溪水的滋润之中。

行驶不久，见到路右侧石虎村辽代陈国公窦景庸的墓地。十几只雕刻精致，神态惟妙惟肖的石狮、石羊矗立在野花野草中，千年的风雨并没有磨掉那狮的凶悍，羊的恭顺。

又走了几公里缓缓上行的路，车子在路边的一块数米高的大石头旁停了下来，原来到达了"辽河源头"刻石处。从一道窄窄的石沟里流过来一股细细的泉水，落到巨石侧面一尺深的石罅里，哗哗地响着，再从巨石的前面绕过，流到草泽中去了。石头上的字是1996年由营口艺术家辽河寻源团刻上的。这可能是他们在寻源路上见到的稍大的头道水泉，恰好又有一块巨石耸立于此可供刻字。但这里是不是真正的源头呢？没有地质学方面的参考和定义，还不好说。而且大家感觉这源头的发现有些轻易，缺少探寻的意味。权当作这里是一处源头水流汇集的标志，且为辽河入海口人对万分崇敬的辽河源的一种心意表达吧。大家还是争相与大刻石合影。

从此处左向步行，是一条通往"森林浴场"的便道。所谓"浴场"，是指眼前这片30多万平方米的天然油松林。这可是公园的一个大景观，参天大树枝叶茂密，簇簇拥拥，挤挤挨挨；头上的松枝插满了天空，让人不知天有多高，地有多远。行走中，间或可闻潺潺流水声，时不时可见溪水在树林和草野中斑驳陆离，熠熠闪光。凉丝丝的空气透明澄净，每吸一口，都能直达心底，给你一次次荡涤心胸的洗礼。走进松林深处，眼前豁然开朗，是一大片白桦林！林前的一小片草地上，开满了各式野花。我忙下到草丛里去拍摄。迈脚下去，草地软软的；走几步，湿湿的；再走几步，便黏黏的了。我也顾不得那么许多了，继续奔着那串高高蹿起的黄色花簇而去，一只脚却陷进了泥水里，凉鞋马上浸满了水。拔出脚来低头一看，原来有溪水隐在草下的腐叶土中。我三步两步跳到旁边的一块石头上，又见有细细的溪流在石头底部蠕动。真是奇怪，水流淌的声音此起彼伏时隐时现，却看不到流水；而看到了晶亮的流水，却听不到水声。这些水是从哪里来的？是从那片白桦树的根部溢出来的，是从草丛下涌出来的，还是从石罅中挤出来的？看来，大山处处有水，既有明水，也有暗流。难怪这些树木花草如此繁茂葱郁。

我问小王，这山里的水源为何如此充沛？她说，主要是植被丰厚的作用，树木的根系交织成厚厚的絮网，阻挡了水土的流失，也把水系涵养住了。遮天蔽日的树，漫山遍野的草，形成了一方小地理；草木的根系、叶脉、枝条能在地面形成水汽团，与天空中的冷湿空气对接，更容易吸引来降水，造就了一方小气候。丰富的雨雪渗入草木之下的土壤里，被树草的根系拢护起来；喝得饱饱的大山，再将水一点点地输出。如果说大山是河流的水源，那么，树木则是大山的水源，是源中之源哪！

大山的绿色植被才是河流之源，如果山体裸露没有草木，水土就会失去依傍而流失。树没了，草没了，水在哪里驻足呢？一切都将无从谈起。水是因山林而生，山林又因水而秀。青山与绿水原来是这样的相辅相成，浑然一体，密不可分。

我又问，这些山林树木都是自然留存下来的吗？小王的回答是否定的。辽政权的中后期，政治、经济、文化中心南移到中京大定府，与大定府毗邻的平泉即被纳为京畿之地。那时的马盂山有大片的原始森林，草木繁茂，虎豹出没，猪鹿成群，一时被称为神山，因而成为皇家禁苑，基本保留下原始风貌。辽代很多贵族还竞相选这块风水宝地做墓地。在现已发现的13处辽代贵族墓葬中，除窦景庸墓之外，还有葬在蒙和乌苏乡的萧太后的大女儿大长公主之墓。但是，后来此山却遭到了三次大的砍伐，一是元代在今北京城西南郊建大都，二是明代建北京紫禁城，三是清代多次维修皇宫。三次皇家级砍伐之后，原始森林的参天大树荡然无存，至新中国成立前，这里成了洪涝不断、灾害频发之地。

新中国成立后，历届政府都十分重视山林建设，建起国有林场负责育苗、造林、巡山、护林。河源所在的大窝铺林场多为原始次生林，护林的任务重；与之相邻的黄土梁子林场则多为人工造林，造林的任务重。人工造林从新中国成立初期开始，一代代的林业工人付出了艰辛的劳动，他们用勤劳的双手，改变了荒山野岭的面貌。从1954年起任场长的李文儒，带领职工披星戴月大干了20多年，硬是把荒山绿遍。山的阳坡光秃干旱，植树成活率低。他们发明了梯田式的鱼鳞坑，翘起的坑沿留住了水，从而把4万亩阳坡上的树木全部栽活。现今的辽河源森林公园，森林覆盖率已达90%以上，其中原始次生林近12万亩。

历代平泉人对神山素存敬畏之心，始终自觉地保护山林，很少破坏，甚至做出了牺牲。长年累月住在山顶望火楼值班室的一个王姓工人，他对林场的监护是出了名的：一人住在山中十几平方米四面透风的房子里，遇到大雪封山就煮雪为饮，还独自过了8个春节；表妹夫砍一棵树做菜板被他按章罚款，老伴请求伐棵树做个柜子遭到他的批评。林区内有6个乡镇的百姓原先靠山吃山，以树为生。林子禁止砍伐后，他们主动寻找新的生路，靠种植食用菌、采摘山野菜和野生菌类致富养家。

我们兴致勃勃地沿着浓墨重彩的山水画廊向前进，却被喊了回来。因为还有其他景点，游览时间要抓紧。车子沿着弯弯的盘山路行驶。路两旁多种针叶、阔叶林混杂交错：杨树、槐树、松树、柞树，遮天蔽日；墨绿、翠绿、黄绿、青绿，绿意纷呈。绿树撑起的大山别有洞天，穿行其间，人心都被绿醉啦！

越往上走，树木越低矮，一簇簇、一团团的灌木丛执着地护卫着脚下的山野，溪水仍随处可见，有的路面湿漉漉的，可能刚有溪水漫过。几只喜鹊飞起又落下，在湿湿的地面上寻觅，难道溪水会带过来什么可啄食的东西？

小王说，快到山顶的"王爷马场"了，那马场有数千亩之大，沿着山脊走有十几公里呢！统治北方200余年金戈铁马的辽代不知有多少英雄人物在此策马扬鞭，进行过演兵、狩猎、祭祖。连叱咤风云的萧太后也多次陪同辽景宗、辽圣宗两代帝王登临这马场，领略过这里的美丽风光。

说着，车子直接开到了"王爷马场"上。这山顶，是一望无际的平坦开阔。树木寥寥，圆圆的树冠犹如撑开的几柄大伞。百草丰茂，野花盛开其上，宛若一块色彩斑斓的大地毯；一阵阵山风吹过，那些花朵在摇曳中绽开了笑脸。这山顶，美丽奇特得醉人心魄！我拽着小王，下到半米多高的草丛里去识别那些野花，红色的虞美人花，蓝色的鸽子花，白色的野菊花，橘红色的金莲花，黄色的铃铛花，还有一墩墩、一簇簇红白相间的十样锦。野花品种繁多，一时难以认全。草地植被很厚，踩上去软软的。我信步而行，却又一次陷入了泥沼。拨开草丛一看，那些松软的土壤竟是湿润的，难道这山顶也有丰盈的水源吗？

小王说，这些花草下确实有溪流，她指着不远处山石拥簇的褐色山峰说，那里便是马盂山顶，水就是从那里流出的。只见那峰顶从无边的草场上突兀而起，孑然独立。难怪俗称马盂山为光头山，大概就是源自这个不生草木，没有一点绿色的山崖群像吧。与偌大的王爷马场相比，那形似马盂的顶峰显得很小。我想去那里看看，可小王说，你看那峰顶不高，其实高着呢；你看那路挺近，其实有两三公里呢。况且时间不够了，而且我们也都没了力气。她忙向我们介绍峰顶细况以弥补不能登临之憾。在那群山崖的根底部，有一个"龙母洞"，山洞里有泉水累积，然后分几条水道涌出，沿着石缝向下流泻。因此，还有人把那里说成是老哈河的源头呢。原来，马盂山浓密的山林植被将所涵养之水推到了峰顶啊！

辽河源头在哪里？马盂山遍山有水。老哈河之源，不是发自马盂山哪一条单一的溪泉，而是一整座大山的万千水流。马盂山有多少条水流，老哈河就应有多少源头。原来如此，堪称奇迹！那一刻，我找到了答案。辽河之源头哇，我终于找到了你！你在大自然风花雪月的造化里，在呈现人类辛勤劳动成果的山岭上，在每一棵树下，每一簇草丛里，每一道石罅中。漫山遍野的草木之根如同嵌入马盂山肌体的神经，纵横恣肆的山岩之水如同布满马盂山全身的血管，它们以每一个弱小的努力和付出，共同造就一个强大的生命体，那就是一条大河流动数千里的波澜壮阔！

我抬头四望，连绵起伏的马盂山就像一个浩瀚的海洋，万顷波涛正翻滚在它的沟沟壑壑中；绵延不断的群峰又像一条条蛰伏的长龙，忠诚地护卫着身下一股股澄净之水。我由衷地信服，这样一座绿意葱茏、生机无限的万水涌流之山，是完全配得上发祥一个强大民族和一条绵长大河的！

山高林丰，水源遍布，老哈河源头已形成了完整的生态系统，但走出了一条绿色生态之路的平泉人并没有停止前进的脚步，为保护源头的灵山秀水，他们多措并举，久久为功：封山育林，退耕还林；涵养水源，防治污染；改善土地结构，增加绿地面积；沼气做燃料，柴草回归山林；实施畜禽圈养，避免山场植物被啃食。他们还为中小学生发放绿色生态卡片，为保护行为积分叫好，以把对绿水青山的保护传承下去。

当下，平泉人又设定了建设"绿色平泉"、创建省级环保模范城的工作目标，计划用5年时间，把全县域的森林覆盖率增加到70%，建成一个比较发达的森林和林业产业体系。我相信，把大山河源建设和保护得如此好的平泉人的目标一定能够达到！正如脍炙人口的《契丹歌》里唱的那样："海东健鹘健如许，鞲上风生看一举。"策马飞奔的平泉人

老哈河发源地

一定会乘风而上，夺取更大成功的!

　　回返下山走的是另一条路线，在距马盂山不远的下桥头村，我们看到了一棵9条侧干弯曲横生回转、状似群龙嬉戏的古杨树，树干周长有5米，树冠近800平方米。听说它的树龄已逾千年，难道这是辽代在源头留下的一个大山的见证人和守望者吗？俗话说，多大的树有多大的根，多大的根须能汲取到多大的水分。它的存在，确实可以旁证马盂山水资源的丰富与久远。

　　平泉寻源，一路畅快，但有一点一直纠结于我心，老哈河的源头之水在平泉县境内流经57公里后，便进入内蒙古境内，为什么在与西拉木伦河汇流之前，近些年老哈河常常会在下游断流呢？这与平泉施行的围山、围水、围川等"五围"措施，及为截蓄源头之水而兴建的40余座提水、引水、蓄水工程是否有关？当然，在更长的内蒙古区段，诸如此类问题更多。应是狭隘的区域本位思想人为地阻碍了辽河流域经济的融合。辽河不再断流，辽河能够始终源远流长！这是辽河流域所有人民的共同希冀，而作为辽河口人，我的愿望更为迫切。

　　返程之途，仍可见到各种水流，草间流动者默默的，石罅涌流者响响的。驶出公园，回望为辽河发源的马盂山，念及为保护辽河源头而无私奉献的人们，我心中的崇敬与感激之情更为浓烈。马盂大山和平泉人，我向你们致敬！

马盂山下千年古杨

正当梨花开遍

顾名思义，大梨树一定是个有梨树的地方。选定梨花盛开的5月，我约几个女友慕名一游。

从凤城站下高速，行几里路就到了目的地。选择了一处由青年点改造的有通铺火炕的红砖建筑住宿，一处农家院用餐，我们几个要切身体验一下田园生活。

匆忙放下行装，便驱车入山观光去。导游小毛是个回乡工作的大学生，她娴熟地指挥汽车在蜿蜒的柏油山路上行驶，并介绍说，这环山路长80多公里，贯穿了全村的20多座山头。

很快，驶上一座山的山顶，走下车，我们的眼前豁然开朗，竞相开放的梨花如瀑布般从每座山顶直泻至山谷，漫山遍野都被雪白色所覆盖。小毛说，你们来得正是时候，我村的景色这时最美。你看，我都找不到家了，我们那个山屯都被花的海洋淹没了。

大梨树的山野移步成景，面对这清新的风景画和曼妙的田园诗，我们频频要求停车，爬坡下谷到花丛中拍照。小毛说，我们这儿的梨个头大，特甜脆，销路很好，还栽有桃树、苹果树、李子树、栗子树等等，总计有100多万株，加上其他绿化林木，全村森林覆盖率已达到80%。

很快，车子就驶入了一个长廊通道，谓之"五味子长廊"。山路两旁搭建起高高的金属棚架，两侧五味子的青藤已爬满杆架，有的已结出如同小葡萄串样的果穗。我夸赞这个好创意为游人撑起了一道遮光避雨的长伞。小毛却说，我们栽种五味子并不仅仅为了旅游，作为一种名贵药材，它的果实不仅有药用价值，也含有丰富的营养成分，对抗衰老、增强免疫力有特殊功效。五味子可卖果实，还可深加工酿造五味子酒。它的经济价值很高，已是我村的主导产业。

我们俯身下望，山顶果树繁花似锦，山腰湖波荡漾，山脚绿树成荫，五味子长廊如同一条绿色的飘带，把这些景致连缀为一体。我们把大梨树比作是花果山，小毛说，我们脚下的这座大山头真就叫花果山，但它的美景可不是天生的。我们村曾是一个到处是荒山秃岭吃粮靠返销的穷村。老一辈人提出了"不能改天，但能换地"的口号，村民齐动员，鸡鸣即起，天黑下山，搞了100多次大型会战。凭手里的一锹一镐，开辟道路，治理荒山，平整梯田，修建水库，疏导河流，硬是把脚下这片"八山一水一分田"的土地改变了模样。

我问，怎么把村民的劲头拧到一起呢？她答，靠改革创新。针对土地已承包给个人的实际，搞反租倒包；村里把土地从村民手里租过来统一经营，再把上了项目的地块承包给村民管理。我说，如此胆量魄力，完全可与小岗村按手印的农民相媲美！

来到花果山最高处，看到"鸡叫为亮干""头顶烈日干""披星戴月干"3座纪念碑耸立在宽广的"干"字文化广场上。这不就是大梨树人苦干、实干精神的丰碑吗？这个偌大的广场，是村里五味子等药材的晾晒场，也是展示大干苦干劳动成果的大展台。

从山上下来，已饥肠辘辘，我们赶去就餐。粗粮细做，山珍野味，农家自酿大酱，就着刚从院子里挖来的葱芽，乡土味道扑鼻盈口。大家忙不迭地往嘴里塞，一会儿就都忙活饱了。面面相觑狼狈相，都不禁大笑起来。

但我仍心存疑虑，这些土里刨食的农民，靠一味苦干实干就能把自己的家园建成如此高水平的旅游风景区吗？午饭后，参观大梨树村史展览馆时，我找到了答案，大梨树人秉持的是一种科学的理念，不是蛮干，而是巧干。他们把本村的农业优势资源综合利用，以果树生产、果品加工和保鲜为重点，再从农业种植的母体上生发出生态农业观光旅游的子项目来，同时，特别注重生态环境保护和项目配套建设，先后开发建设了花果山山区、药王谷林区和农家院落等景区景点。如今，仅果园项目方面，春赏百花、秋摘硕果的"双万亩"特色旅游已成品牌。

山清水秀的生态环境，使生性敏感的野生动物纷纷回山来。小毛

华山仙人台

圣洁的南迦巴瓦

说，近年山上出现了野兔和山鸡，还有仙鹤来水库游水呢！如诗如画的山村风光，也顺应了久居城中水泥房的人们渴望回归自然的时尚。如今，走近大梨树，亲近大自然，游览生态农业，已成了十分具有吸引力的广告语。国内游客络绎不绝，国外的观光者也纷至沓来。

下午，去药王谷森林景区途中路过一片别墅，我们顺便去参观。最令人眼馋的是二层小楼前那块栽花种菜、果木撑荫的宽敞园地。小毛说，这种楼房多数是普通农户居住，也有慕名而来的外乡人。一位已住了3年的本溪作家在退休后选择这里来休闲养老，我们恰与在葡萄架下藤椅上乘凉的这位老人巧遇，便唠起来。他兴奋地说，这里的生态环境属一流，青山绿水，空气清新，是城里所没有的；自来水、太阳能热水器、集中供暖和卫生保洁、数字电视和网络，城里有的这里都有，反而更清静、更舒坦。我是不走啦！

湖边垂钓，树下听风。"开轩面场圃，把酒话桑麻。"在一个现代版的世外桃源里，享一份"采菊东篱下，悠然见南山"的自在，这番惬

大梨树村梨花开遍山野

意怎是一个"好"字了得!

晚餐之丰盛一如午餐,我们这些女子,对素淡之菜一哄而上,大鱼大肉却无人问津。

天幕垂下,仿古一条街上飞檐翘瓦下的灯笼都红亮起来,倒映在运河中如同两串连天缀地的珠链。广场旁的文化宫里鼓乐齐鸣,村歌舞团的靓女俊男正在排练节目,为大梨树国际山地自行车节开幕式做准备。广场中有几个人正在张挂大银幕,送电影下乡的人们正为村民放映电影《英雄》。妇孺已找位坐好等候,青年人则骑着摩托车从四方赶来。

从广场回来,我们围坐在旧报纸糊墙、人造革铺炕的老屋里唱起歌来。一人随意起头,大家齐声应和。唱的竟然都是一些老歌,我知道,这些年过半百的人是在此怀旧呢。那晚的觉睡得很香沉。但后半夜两三点钟时,一字排开而睡的人们竟被火炕烫得依次坐了起来。往窗外一看,一人躬身还在往炕洞里添柴呢。原来是得到我们晚餐猪肘馈赠的那位老人,想以加烧一次炕来回报我们。多么纯朴的大梨树人哪!

因为早起,我们看到了从开遍天涯的梨花云雾中跳升起来的红日头。一刹那,霞光染红了大梨树的山山水水。特意赶来送行的小毛说,别忘了,秋天一定再来我们这里采摘梨果呀!

高山长水美林芝

去西藏最令人头疼的是缺氧。到拉萨，我们一行七人无论老少强弱，全都有高原反应，只不过轻重有别。而从拉萨沿着江流东去林芝，却越走越舒坦。

海拔越走越低，绿意越浓，空气越鲜，感觉越好。行到青山碧水的至美处，我们屡屡叫停下车拍照。导游不禁劝导，最美的风景在前面的大峡谷。

西藏南部的喜马拉雅山山脉从西到东一字排开，绵延过日喀则，过拉萨，直至林芝。在林芝米林县，3座7000米以上的高峰突兀而立，其中最高峰为南迦巴瓦。发源于喜马拉雅山东部珠穆朗玛峰冰川雪峰的雅鲁藏布江，一路吸纳着年楚河、拉萨河、尼洋河诸河及群山万壑之水，浩浩汤汤不可阻挡地向东而流。当流到南迦巴瓦峰下江之尾脉时，一座从江面到峰顶落差为7782米的山体迎面而立，这显然是一个无法逾越的阻碍，奔涌而来的江水碰撞到山体上，喷溅的浪花跃起又落下，无奈只得绕转过山体向南流去，由此形成了一个巨大的转弯，这个形如马蹄的雅鲁藏布大峡谷全长500多公里，最深处6000多米，平均深度2200多米，毋庸置疑地成为世界第一大峡谷。而它脚下雅鲁藏布江的长度仅次于长江，是青藏高原最大的水汽通道，如此的高山长水构成了世界自然奇观，也成了最具特点的生态旅游资源。长约百公里的峡谷核心地段，寒带、温带、热带及亚热带多种气候并存，动植物异常丰富，从寒冷的北极到炎热的赤道所分布的动植物此山都有，且一直保持着原始状态，至今无人涉足，被称为"地球上最后的秘境"。

南迦巴瓦从下到上呈现出多个生态层次，在同一坡面上，从高到低形成了9个垂直自然带，在这里，一山可见四季风景，除海拔4200米林线以上为雪原冰漠和草甸灌丛外，整座大山都被森林覆盖着，天然林区面积之广、森林资源之丰富，仅次于中国东北和西南两个林区。进入峡谷有水路和陆路两种，我们选择了陆路，从峡谷的北端米林县派镇进入。40公里的车程，让我们由远及近欣赏到那瑰丽山峰一层层的奇特景象，大家不禁连声叫好。但接近大峡谷边缘便步步惊心了：里侧是壁立万仞的峭壁，外侧是波涛滚滚的江面，道路则愈加逼仄。车内一片寂静，所有人都目不转睛地盯着窗外，屏住了呼吸。高山雪融，百流归江，雅鲁藏布江缠绕山间；峰回路转，偶尔可见江对岸枫红与湖蓝屋顶的牧村，及一面面飘扬其上的鲜艳国旗。路旁随处可见"保护森林，保护生态"之类的宣传牌。可见，拥有高山长水的林芝人在开展旅游的同时，是十分注重对原始自然环境的保护的。

提心吊胆地从一个直立的峭壁下刚刚转过弯来，车子戛然而止。导游说，大家快下车拍照。我们跳下车，落脚到一小块平地上。他指着远

奔向雅鲁藏布江的南伊河

雅鲁藏布江大峡谷小拐弯

处一片天空说,那露出来山体青石的便是南迦巴瓦峰。因为山峰太高,它的上半部及峰顶平时多被云雾笼罩,今天能够看到上半部山体已是很幸运的。闻声我连忙拍照,并跑到前面的草场围栏处,以其为前景,借远处的民舍瓦顶与经幡为中景，拍下那远处的山体。刚刚拍下几张满意之照，镜头里再也找不到山体了，原来，它被一大片飘移过来的云团遮住了。

我们又来到群山拥抱的开阔平野大渡卡。江畔高坡上，有一处工布首领庄园城堡的遗址。沿着栈道下到江边，仰望层峦叠嶂的青山，在云间高耸；下望雅鲁藏布江汹涌澎湃，在河谷里奔腾；两条小溪泛着雪白的浪花，如婴孩般欢快地投入那浑黄大江的母亲怀抱。

继续驱车前行，导游解释说，真正的大峡谷拐弯处，路途遥远，山深林密，没有道路，目前还没有人能够到达，而它的南端远在靠近印度阿萨姆邦的墨脱县巴昔卡村，乘车也无法接近。能否看到南迦巴瓦峰的真面目是讲究缘分的，去年全年它只露了23天面。我现在就带你们去撞撞大运，去观赏南迦巴瓦峰的最佳地点。

车子没走多远便停下来，换了个角度，越过了之前障目的高大树木。只听导游惊呼："山尖露出来啦！"抬头一望，果然，我们亲眼看到了直插云天的南迦巴瓦真容。它那三角形尖峰，像极了以藏语命名的"直刺天空的长矛"；又因轻易不肯露出容颜，它又有"羞女峰"之称。此刻，那站在白雪皑皑的峰顶的神女，正把环绕其身的细长白云如轻纱般曼舞。我看得呆了，听到导游喊快拍照才缓过神来。不到10分钟，那山尖就被飘浮而来的云翳隐进了怀里，我已拍到得意之作。导游说，你们简直太幸运啦！不用等待，下车即见，这几个月里我带的团都没有见到过。

上车原路返回，我们欢声笑语，初进景区的恐惧全消，充满了幸福感。

林芝的高山长水，美丽又神奇。导游说得更好，这是一个让人不想家的地方。的确，绝伦风光堪比江南的林芝，是雅鲁藏布江长卷中最为瑰丽浓郁的一笔。我们起早贪黑，马不停蹄地游览了3天，也没有过瘾。仰望雄伟的雪峰，俯视奔涌的大江，徜徉于翠绿的林野，吸纳着清新的空气，谁还会想家呢？导游说，如果你想把林芝的上千个景点看遍，至少需要一个月的时间。林芝，就是这样一个让游人到此无比留恋、离开难以忘怀之地。

白瀑映丹霞

　　知晓赤水这个地名，是因为红军长征途中毛主席英明指挥的"四渡赤水"之战。由此无比向往，直到2016年夏天才夙愿得偿。

　　赤水拥有众多的红军长征胜迹。我们一行首先去位于赤水市区南部10多公里路程的丙安镇。走过高耸于赤水河上的红军桥，来到建在河畔崖岩上的丙安古城老街，参观了中国工农红军一军团团部、红二师师部驻址及四渡赤水展览，深为红军于艰苦卓绝中所焕发出的不怕牺牲、英勇善战的长征精神所感动，同时，也发现了这是一方自然山川秀美，景致原始古朴的绿色家园。

　　位于云贵高原向四川盆地递降地带的赤水市地貌独特，海拔高度从1730米陡降至200余米，所有高山水流聚此降次而下，形成了极为丰富的水资源。在1800多平方公里的地界里，竟然有以赤水河水系为主的大小河流352条，跌宕奔流之水一路生成了不少于1300挂的大小瀑布。

　　令赤水锦上添花的是，这些水体又多与丹霞相伴。红色岩层为流水深度侵蚀，被分割成一片片孤立的山岩怪石，从而形成丹霞地貌。此类地貌占赤水市所属地域面积近70%，赤水市名也因丹霞而得。赤水丹霞的独特处，在于它与森林竹海中的溪流、瀑布、湿地、峡谷等要素的有机融合。赤水河其实是清冽的，只因河底丹霞岩石或赤沙泛红光，映红流水，被误以为"水赤"。赤水森林覆盖率高，有常绿阔叶林带，区域内野生动植物种属丰富，其中大面积古植被和多种珍稀濒危动植物生存状态良好，被誉为"绿色丹霞"。赤水人对这片瑰丽山水是极尽保护之能事的，他们的杰出表现得到国际社会普遍认同，2010年8月赤水丹霞被联合国世界遗产委员会列入《世界自然遗产名录》，2012年4月获准国家地质公园建设，赤水的著名景观基本都被列入其中。

瀑布则是赤水之水的最佳表现形态，其与丹霞鲜明映照，成了赤水最为亮丽的名片。赤水或许是世界上拥有丹霞崖壁瀑布最多的地方。其中最大的是十丈洞大瀑布，又名"赤水大瀑布"，为我国丹霞地貌上最大的瀑布，大瀑布高76米，宽80米，其后背景是长150余米、高100余米的赤红石壁。每当夕阳西照，石壁发红发亮，如同拉开的硕大幕布，托衬着雪白的飞瀑，甚是壮观。此景区内，峰秀谷幽，大小瀑布摩肩接踵，其中悬挂着宽80米、高19米银色珠帘的中洞瀑布，为帘状瀑布之绝。因该景区正在维修道路，未得进入，只详闻其美。但随后所游两个景区已足以令我惊叹又满足，未留丝毫遗憾。

我先游览了位于赤水城西南仅15公里的四洞沟景区。"洞"是黔北古汉语的遗留口语，并非指山洞，而是指瀑布。《说文解字》曰："洞，疾流也！"在景区一条大约4公里的幽深峡谷里，几乎等距离排列着4个大的梯级瀑布。四级瀑布瀑宽均在40米左右，落差高者近50米，但姿态各异。

整个景区都在竹林树海中的丹霞地貌里。赤水一带出露的地层全是于侏罗纪、白垩纪时代既已形成的河湖相红色沉积岩，是典型的"发育良好的"青春期丹霞地貌，仍保持着古朴原始的"本底"状态。沿溪谷溯流而上，脚下是蜿蜒的丹霞石路，眼前是嶙峋的丹霞石壁，拂修林茂竹，听虫鸣鸟唱，深吸清新空气，真是一种至美的享受。

水帘洞瀑布是第一洞。声若雷鸣、气势万钧的瀑水，从30多米高的平直岩顶整齐划一地倾落，宛如一道白色珠帘悬挂丹霞石壁上。穿过珠帘走进岩穴，真切感受到了《西游记》中的场景。月亮潭瀑布是第二洞，虽然高度仅有10米，但秀美的弯弧形状如皎洁的月牙，且瀑前潭水十分开阔幽深。

行走中，偶尔可见立于岩涧溪畔的国家一级保护植物桫椤树，是一种起源古老的高大木本树蕨，现在赤水仍有上万公顷面积的存活。赤水一带曾是恐龙的领地，桫椤树为恐龙的主要食物，其种群在侏罗纪时代即与恐龙同生共荣，享有"古生物活化石"之称，也被赞为"最后的侏罗纪生命"。此树种十分奇特，不开花，不结果，没有种子，只靠藏在叶片背面的孢子繁衍。它的主干不分枝，干顶生叶条，叶条上对生针状叶，形如凤尾的叶条四散。树形挺拔优美，状若一柄巨伞，又似一顶华盖。

飞蛙崖瀑布是第三洞。高近30米的瀑布上方正中有一只状似欲跃之石蛙，劈波斩浪，无所畏惧，甚为雄奇。从飞蛙崖起，地势明显升高，溪谷愈加开阔。所遇桫椤树也多起来，攀爬得气喘吁吁的我们，便在其伞盖下小憩，顿觉迎面之微风原始而清新，宛入仙境，美美地感受到这种子遗植物来自两亿年前的古老气息。4个瀑布中地势最高、规模最大的第四洞为白龙潭瀑布。高60米的悬崖绝壁之上，一帘瀑水倾倒而下，砸到中部的弧形石壁上，天地弥漫，银花四溅，呈现出"二龙戏水"景观，瀑下潭中也"龙"翻水沸，声震峡谷，动人心魄。

四洞沟景区内峡谷幽深、沟壑纵横、山涧流泉飞瀑众多，形成了一个仪态万千的瀑布群落。在往返4个多小时的行程中，除4个大瀑布外，于赤壁红岩间我们还看到20多个中小瀑流。移步成景，精彩纷呈，令人目不暇接，四洞沟真是一个"没有败笔的景区"。

翌日上午，我们返程遵义，路过赤水城区东南40多公里的元厚镇，顺便到那里游览佛光岩。与四洞沟一样，这里也处于赤水丹霞世界自然

丹霞佛光岩瀑布

四洞沟景区第四洞白龙潭瀑布

遗产核心景区内。佛光岩景区群峰多在千米以上，谷深坡陡，断岩嶂谷，溪河纵横，林森树茂。走在红色峡谷一线的原始森林中，幸见的桫椤树更多。摩挲着桫椤树干，倏忽间穿越了亿万年的时空，仿佛回到了恐龙时代。

正午时分，我们攀爬到建在崖壁上的莲花台，从正面观望佛光岩，再往前些，崖壁上还有上下两处观景台，均可从侧面观看佛光岩。但连续几公里的爬坡路已累得我们没了力气，正迟疑间，忽听到前面的同事喊，快走，已经能够看到啦。于是，我们直接去了岩下。

透过数道遮天蔽日的竹林，一条长1000余米、高300余米呈弧形的丹霞石壁，在直射的阳光下艳丽如火，宛若仙人摊展于半天云海中的红色天书，又似伸展双臂要环拥所有游人的红衣仙人，人们都不禁惊呼起来。更令人叫绝的是，在石壁的正中，挂有一条高200余米、宽40余米的柱状大瀑布，它犹如一条白龙于齐天的赤云中飞身而下，垂直飞向谷底。洁白的水雾灵秀飘逸，似云似雾，如丝如缕。阔大的血红岩壁与条状雪白瀑水纵横交融，鲜明对比，这奇妙的搭配实乃鬼斧神工，真不愧"世界丹霞之冠"的盛誉！

我连忙选择多个角度拍照：在岩腔口拍其正面图，又踏着瀑水淋湿的羊肠小道，攀行到瀑布根底下仰拍。旁边有人说，如下午4点至6点到佛光岩顶部观景台上拍照效果最佳，那时，缕缕金光斜射进丹霞岩壁上汹涌而下的瀑流里，如同佛光普照，原来佛光岩之名由此而来。可我已没有时间流连，马上就要集结了。

赤水市的自然美景实在太多啦！除十丈洞、四洞沟、佛光岩外，还拥有金沙沟桫椤群、葫市竹海、燕子岩森林等景区，都是由丹山、翠林、河潭、飞瀑等多种元素在丹霞地貌上形成的，而其中丹霞与瀑布总是如影相随，相映生辉。

在元厚镇吃过午饭，我们踏上返程之路。沿着赤水河岸边的高速公路行驶不远，便看到不远处的山腰上竖立着"一渡赤水元厚"字样的高大标示牌。原来，这里是红军四渡赤水中一渡渡口之元厚渡口。由此向南，依次是二渡渡口太平渡、二郎滩，三渡渡口茅台镇等，四渡渡口则北返到二渡渡口附近。四渡赤水战役历时3个多月，毛泽东根据情况的变化，指挥中央红军巧妙穿插于敌数十万重兵之间，灵活变换作战方向，大幅度摆脱敌人之围追堵截，在运动中歼敌，创造了以少胜多、变被动为主动的光辉战例。到茅台镇参观时，我们寻访红军遗迹，还听到了当年镇里居民纷纷拿出自家好酒为红军清洗伤口的故事。

由于时间关系，此次我们不能将沿途的红军遗迹一一实地参观，但红军长征演绎出的英雄壮举，与赤水这片瀑白崖丹的山水，将永驻我心，受我膜拜。

我找到了瑶池

很多年以前，热衷探究鹤文化的我，在一则有仙鹤参与的仙人盛宴传说中知道了西王母，于是对她开始感兴趣。关于西王母形象，先秦古籍《山海经》曰："其状如人，豹尾虎齿。"说西王母形状威猛，是掌管灾害、瘟疫和刑罚的一头怪物，《汉武帝内传》却说其为年方三十、容貌绝世的女神。《四库全书总目提要》曰："西王母者，不过是西方一国君。"至东汉末年兴起的道教对西王母顶礼膜拜，将其请入道门供奉起来，尊为天界之首，使之成为天下周知的王母娘娘。

事实上，西王母与西巡的周穆王有过接触。《列子·周穆王》载："（穆王）不恤国是，不乐臣妾，肆意远游，命驾八骏之乘……遂宾于西王母，觞于瑶池之上。西王母为王谣，王和之，其辞哀焉。"晋代从战国魏襄王墓中发现的《穆天子传》定是战国以前的作品，其书亦详细记述了周穆王西游与西王母相见的事迹，其卷三曰："乙丑，天子觞西王母于瑶池之上。"曾经西征的穆天子，以擅长制造的造父为车夫，以诸侯进献的八骏神马为御驾，向西一路征讨，抵达青鸟栖息之所，彼时西王母出来阻止他，请其观黄帝之宫，在瑶池设宴款待，两人诗歌相和。西王母希望周穆王多到瑶池来相会，周穆王答应处理好国事争取三年来一回。最后，周穆王驾车登上甘肃天水"日没所入山也"的崦嵫山，将会见之事铭刻于石，竖立在一棵大槐树旁，题额为"西王母之山"。

那么，西王母待客之瑶池究竟在哪里呢？《史记·大宛列传》中太史公曰："昆仑其高二千五百余里，日月所相避隐为光明也；其上有醴泉瑶池。"此说认为瑶池在昆仑山上。但传说中瑶池却另有去处，"西王母虽以昆仑为宫，亦自有离宫别窟，游息之处，不专住一山也"（《山海经校注》）。连周穆王西游之地都被现代学者考证为在里海、黑海之间的旷原，为中国与西域最早的交流地。于是，青海湖被称为西王母最大的瑶池，德令哈市褡裢湖被称为西王母最古老的瑶池，孟达天池被称为西王母最美丽神妙的瑶池，昆仑河源头的黑海被称为最高的西王母瑶池，等等，不一而足。而随着旅游开发热潮的掀起，对重要的旅游资源西王母瑶池的争夺也愈演愈烈。从资料上看，所谓昆仑山瑶池指的是青海距格尔木市250公里的黑海，那是一座天然的高原平湖，是道教信徒崇拜的圣湖，传说昆仑山仙主西王母即居住在此。我没有去过，也不知有哪些文物遗迹可佐证。那年去青海湖，导游指着景区入口右侧湖水中肃立着的西王母的雕像说，这就是西王母的瑶池。抬眼一望，4500平方公里的湖面莽莽苍苍，无边无沿。青海湖真是太大了，瑶池宫殿会在哪里落脚呢？另外，这里遥远偏僻寂寥，如果群仙来聚蟠桃会，行路也会很艰难的。先行游赛里木湖时，那里的导游也说那就是西王母瑶池，但那湖有自己更为真切动人的传说，湖本身是一对情人的眼泪化成的，湖中相连的3个小岛在传说中是另一对恋人和他们所骑小马幻化出来的。

早春三月游览天山天池，我便一下子被迷住，进而认定此地就是瑶池。你看那悬于2000米山腰间的冰湖，在湖周黛绿云杉的环拥中，在云中皑皑雪峰的辉映下，气势是何等苍茫高远。待到了湖冰融化时，那一泓光影粼粼、清澈如染的碧波，则宛如一只玉盏被群峰之手高高擎起。云烟氤氲、瑞气蒸腾中的高山平湖，又会是一番万千气象。春媚，夏青，秋艳，冬寂，一年四季绰约多姿的天池，总有神话般的迷离色彩。

我还找到了此地成为瑶池的诸多自然条件：一是天池4.9平方公里的面积大小适宜，一目了然，岸边有路相通，人可亲近。二是自然环境特异，如同仙境。5400多米高的天山之巅博格达雪峰耸峙，千岩竞秀，气势无匹；雪线下，古木参天，百草覆地，绿意盎然；冰川消融，溪瀑流响，野趣别具。三是雄踞要略，交通便利，天池在新疆东部阜康市境内，离乌鲁木齐不远，为古道驿站，是丝绸之路上的重镇，也是周穆王西巡的必经之地，各路神仙奔赴瑶池蟠桃盛会最为便捷。

天山的道教圣地地位，则是天池成为瑶池的重要人文条件。离天池岸边约700米处，有一道观遗址"铁瓦寺遗址"，供奉道家学说的创始者老子等。铁瓦寺始建于南宋，后三建三毁。至元代，道教全真派首领长春真人丘处机，应成吉思汗诏命率弟子西行，登临天池后，在西岸台地上修复了铁瓦寺，并作诗赞之，"雪岭界天人不到，冰池耀日俗难观"。清代天池道教达到鼎盛，铁瓦寺后亦称为"福寿寺"，成为新疆道教中心。西王母在道界有着崇高地位。当地传说，老子曾与西王母等一起在天池里畅游过；在清代乾隆年间天池存有的八座庙宇中，王母娘娘庙规模宏大，周边其他道观也有她的牌位。后来，香火鼎盛的娘娘庙同其他庙宇一起毁于战火。海内外华人多批次来祖国西域寻找西王母托梦中的仙境，发现天池之景与梦境最为相似，之后朝圣者络绎不绝。1990年11月，台湾同胞组织了219人的"西王母朝圣团"专程来天池朝拜；1992年，台湾道教"慈惠堂"总道长周文义与乌鲁木齐道成实业责任有限公司在原娘娘庙遗址上合资修建了娘娘庙，名之"瑶池宫"。在铁瓦寺原址前现横陈着一块数米长、两米高的巨石，上刻"福寿寺"三个红漆大字。听说，重修福寿寺再现道教名观风采正在筹划中。

关于瑶池传说，这里还有一些地理形势的喻证。位于天池西侧 2.5 公里的灯杆山下，有两个状如锅底的山坳，俗称大锅底坑和小锅底坑。坑底云杉密布，数泉喷涌，春日早临，繁花似锦；锅口向天池方向倾斜，自成一景，被喻指为会仙瑶台。茅盾 1940 年到此曾作诗感叹："冰川寂寞群仙去，瘦骨黄冠灶断烟。"此外，天池景区还有冬天都不结冰的西王母洗发、洗脚的西小天池、东小天池景观。而一棵百年古榆树，则被比作"定海神针"，相传是王母娘娘镇压水怪的碧簪所变。

求导游带我们去"瑶池宫"。沿天池北岸转向东岸小路去往宫殿所在马牙山，经一处冻结在冰湖中的游船船坞，进入峭耸巨石下的栈道，险要处甚至需要低首弓身。导游说，左侧还有一条"达摩险径"也通娘娘庙，但常人难以涉足。

绕过几个湖湾，行走半个小时，就远远地望见了山间之宫殿。这是两重建筑，山腰处的是瑶池宫，山顶处是聚仙宫。向上攀爬数十级石阶，便到达瑶池宫。回首四望，真是个上出重霄下临碧波，山林葳蕤云雾缭绕的神仙居所呀！说西王母曾筑宫于此是足以令人信服的。进入宫中大殿，虔诚地拜见西王母，她被塑造成一个雍容平和、慈爱可亲的古装贵妇形象，宝座下面刻有"西王大金母"字样。这与《道藏道迹经》中描摹的"文采鲜明，光仪淑穆……年方三十，修短得中，天姿灵颜绝世"

形象正相吻合。西王母容貌的变化是以她普度众生的慈悲情怀及为国为民的非凡作为换得的。在中国道书古籍中，多处记载西王母曾显圣遣使下凡，如派神仙助黄帝与蚩尤一战，授天下地图与舜帝以整治国家，派仙女下凡助大禹治水。而有幸亲眼观其圣颜的，也有众多历史名人，如以孝闻名乡里的舜帝，好神仙之术的汉武帝等人。内外兼修的西王母赢得古往今来芸芸众生的崇拜便是自然而然的了。庙内还供有原娘娘庙的古钟、瓦当、壁画等遗物。

从大庙后左侧门走出，沿着更为陡峭的石阶，我们爬到了几近山顶的聚仙宫。传说，位于娘娘庙右上方50米处有一个居仙故洞，是群仙居住之地，洞内残存的壁画隐约可辨，我却未望见。聚仙宫的位置真是再合适不过了：仰望雪峰，冰川之顶晶莹雪亮；居高临下，瑶池宫的瓦顶熠熠闪光；俯身放目，天池全景尽收眼底。而聚仙宫后面的景色更为神奇，一座座自然山石如同一个个挽髻飘袂的仙人。难道，那些赶赴蟠桃盛宴的神仙也贪恋此处光景，逗留坐化，永驻人间了吗？

能证天池为瑶池的还有蟠桃。西王母还因长寿令人崇拜。《庄子·大宗师》曰："西王母得之（指蟠桃），坐乎少广，莫知其始，莫知其终。"使西王母长寿的蟠桃，吃了会长生不老。而后又出现了王母娘娘在瑶池举办蟠桃会的传说。每年到了农历三月初三、六月初六、八月初八，西王母开办蟠桃盛会，届时，各路神仙都会争相赶来，瑶池便一次次热闹非凡。而凡间享用过蟠桃的只有两人，一位是周穆王，另一位是汉武帝。《汉武内传》载："七月七日，西王母降，以仙桃四颗与帝。帝食辄收其核，王母问帝，帝曰：'欲种之。'王母曰：'此桃三千年一生实，中夏地薄，种之不生。'帝乃止。"

这从另一方面说明了，蟠桃不是什么水土都能生长的，虽然山东、河北、陕西、山西、甘肃、上海等地亦有栽培，但新疆蟠桃，无论从外形还是口感来说都是最好的。传说，尝过蟠桃美味的汉武帝，曾派大臣东方朔三次长途跋涉去西域，偷得蟠桃。他还把吃过的桃核一颗颗谨慎地收藏起来，一直传到明代。明代《宛委余编》载："元代内库所藏蟠桃核，长五寸，广四寸七分，上刻'西王母赐食武帝蟠桃于承华殿'十三字。"

天池所在的阜康地区是新疆蟠桃的正宗原产地，那里地处天山北麓，气候适宜，光照充足，最适宜蟠桃的生长。

天池景区瑶池宫鸟瞰

西王母文化给阜康带来了广泛影响。他们利用"瑶池"美名，积极打造旅游新亮点，大力发展蟠桃产业，让瑶池文化更为丰富充实。目前，天山天池景区附近已种植了 7000 余亩蟠桃，蟠桃园、瑶池园及一批农家乐旅游点也陆续建成。从 2001 年起，每年 8 月举办"新疆·阜康西王母瑶池蟠桃会"、瑶池园开宴仪式、西王母论坛及"相聚瑶池"大型文艺晚会等活动，令万千游客乐此不疲，流连忘返。

瑶池、瑶台、瑶池宫、蟠桃，这些西王母传说中的重要元素，在天山天池都寻到了传承久远的踪迹。说天池即为瑶池，不仅因其无与伦比的自然环境，还因其丰富多彩的人文条件。天山天池的文化遗产在众多的自诩"瑶池"属地中是最为丰富的。这里既是《穆天子传》中"天子觞西王母"的场地，也是《西游记》第五回"王母娘娘设宴，大开宝阁，瑶池中做'蟠桃盛会'"之地，更是历代文人墨客所吟咏的瑶池所在，"若非群玉山头见，会向瑶台月下逢"，便道出了唐代"诗仙"李白及诗人们对瑶池的无限向往。

春之天山天池景区

    更为人称道的是阜康人对1600平方公里的天池风景区始终如一的重视与保护。1990年由联合国教科文组织批准，以天山天池为中心，建立了博格达峰"国际人与自然生物圈保护区"保护网络，2000年天山景区被国家旅游局评定为AAAA级风景名胜区，待正在建设中的博格达国家冰川公园和"时光隧道"化石山地质公园竣工之后，新疆天山天池风景名胜区将更加雄奇壮观。这些作为，都更让人相信天池生态会更加清奇而瑰丽，瑶池仙境会更加形象而生动。

    美丽绝伦的自然风光，要路畅通的地理条件，丰富独特的物产资源，流传久远的美妙传说，丰富多彩的文化遗迹，托起了天池这颗璀璨的西域明珠。那么请问，西王母瑶池，它不在这样一个天、地、人精华荟萃之地，又会在哪里呢？而这个瑶池又是最好亲近的，你可湖岸漫步，可驾舟环湖，可乘船至对岸登山探险。

野性大山

2016年盛夏，我应邀游览白石砬子，它的荒野之态给我很深的感触。白石砬子位于丹东市宽甸县北部距县城30公里的大川头镇，东西长约20公里，南北宽约13公里，总面积约7400多公顷，处于长白、华北两个植物区系交替地带，属东北亚次生林，存有较完整的大面积天然红松阔叶混交林、云冷杉枫桦林及岳桦林等，森林覆盖率近100%。此区是一个以森林生态系统为主要保护对象的综合性自然保护区，森林植被的原生性、生态类型和物种的多样性、分布的地带性是其最大特点。白石砬子优良的地理资源，为珍贵的野生动植物的生存与繁殖提供了良好的生态环境，动植物资源丰富，其中有国家重点保护的珍稀植物及森林动物多种，具有非常重要的保护价值，在中国乃至全球都具有重要的生态地位和科学价值。

为保存好区内自然景观的原始风貌，防止火灾和人为砍伐，保护区管理局做了许多工作。先后投资500多万元进行了一期、二期基础设施建设，改造新建护林点8个，修建防火道路近200公里，安装了防火监控系统，实施全天候全区域监测。同时，耗费10年时间开展了艰辛而烦琐的"本底"调查，弄清了区内野生动植物资源状况，管理局两个标本室陈列的大量标本就是"本底"调查之产物。

白石砬子高峰林立，主峰四方顶子高1270米，以其为中心向四方辐射延伸，1000米以上高峰8座，800米以上高峰18座，较大沟谷10多条，悬崖绝壁最深600多米。听说，主峰峰顶南北有两道喷泉，高达数米，澎湃四射，形成了气势磅礴的高山瀑布。山高林密的白石砬子又是重要的水源涵养区，有名的蒲石河、牛毛生河、南股河、北股河均由此山生发。河流水量充足，系县城中数十万人生活、生产用水的主要来源。

那里山高坡陡，无路可寻，令人望而却步。这次，我们游览的是天罡峰一线，为保护区新开辟的生态旅游线路。位于保护区实验区的天罡峰亦海拔千米，拔地而起，亘立中天，也是白石砬子诸峰中较为奇险的一座，但保护区已开辟出一条虽较为难行却可以安全通过、直达峰顶的山野之路。

坐车入山，至山脚，舍车步行。为最大限度地保持山野的原生态与自然野性，保护区选择的进山路径都是踩踏出来的山野小道。他们不砍树，不炸石，只对险峻处进行修补加固，因此攀登白石砬子山的难度仍较大，有的地方需要绕行。

进入天门峡，就正式进山了。殊不知，进山如进洞。古木扶疏，如巨伞撑蔽天日；藤萝蔓绕，似卧龙盘旋于空。一下子，我们就进入到浓浓密密的林木搭建起来的长长洞天中。恣肆野藤迎头而来，看来它们都是老住户了，茶杯粗细的比比皆是。有趣的是那些藤与树缠绕出的奇异造型：数根藤条将路两旁的树枝串联起来，搭起了一个迎宾彩门，不过门楣太低，需要游人屈身猫腰"钻爬"而过；一根藤条在大树干上缠绕结实后垂下一个"U"字形座套，可供成人荡秋千，但高度不够，需要向后勾起双腿。藤与藤之间更是缠缠绕绕，难解难分：两根藤条如龙蛇相嬉，悬盘于路中地面，游人需高抬脚才能跨过；又两根藤达成了更高的默契，一根在高高的树枝上绕出一个足球大的圆圈垂下来，另一根则从圈中钻了过去，游人却伸手不能及。

白石砬子植被厚密，树种齐全，有许多珍贵的树种和野生动物，因而这里已成为开展生物生态科研与教学活动的基地，保护区还根据树木各自的形态特点，进行颇有意蕴的命名：有"百年柞树""百年红松""百年古桦""百年曲柳""百年冷杉"，还有"枫叶皇后"，逐个标示了它们生命的年轮，又呈现了白石砬子大山树种的丰富；有的命名还把人世间的相亲相爱之意赋予树木，如"松榆情缘""松桦绝恋"等。这些，让游人在认知丰富珍奇的山中树木时，又会油然而生亲切之感与保护之意。

更令我惊喜的是，经保护区人员指点，我们见到了大山深处的天女木兰花。这种濒危名贵花卉是太古第四纪冰川期幸存下来的，也是中国

白石砬子之荒山野径

东北地区唯一的野生木兰属植物及我国重点保护的世界珍稀植物。游人需抬头仰望，在枝条交叉树叶茂密的高高树顶，那如成人手掌心般大的花朵娇羞地露出半张脸庞，花瓣双层大片，形色均如白莲，紫色的花蕊如蕾丝花边般簇拥着一根花柱，美丽至极，宛若仙女从天而降，但在重重叠叠交织的各种叶片中，却难以分辨出其叶何形。

　　长林成荫，虽时值盛夏，行走其间并不感觉热；惊奇不断，我们一行不知不觉攀爬到了神秘莫测的山顶。此山顶是裸露的，对面的数峰顶部亦是裸露的。原来这是白石砬子的地质结构决定的，处在山顶的多是一整块浑然巨石，光滑无缝隙，水土难存，草木自然也就难以生存。东北人习惯将大岩石叫"砬子"，而此山巨石的黄白色系，正是白石砬子大山名字的由来。

白石砬子岩石的独特性，天然生成了许多怪石奇景。其中，"白蛇戏水"最为奇特，如斧凿刀削，一条通体圆润绵长的巨大石蛇横卧在山岩上，并探出头来，而它的身首之下恰是一条淙淙而流的小溪。可以想见，平时的它定会不时探头俯身与溪水相嬉戏，而此刻的它却把头高高昂起，好似不愿被人打扰。

　　山高水丰，随处可见流水与瀑布，最为壮观的是十八叠瀑。瀑水从天而降，源源不绝地沿着上下数百米倾斜的山岩跌宕翻卷，畅流有声。回至山底，仰望那瀑布，如飘舞之丝帛，如打开之画卷。山中还有忘忧瀑与爽心瀑，望名知义，白石砬子大山的瀑布都是欢快的。

　　险峻的白石砬子山中，尚有一些抗联遗迹等人文景观，也得到了很好的保护。1934年2月至1936年年末，近3年的时间里，杨靖宇将军率领东北抗联三次南下宽甸，在这片原始山林的掩蔽下，同日寇进行了艰苦卓绝的斗争。山中现存有杨靖宇野战训练场和野战医院等遗址，山腰存有一处"黑沟石房"，是野战指挥所遗址。所谓石房，即一块大石头从山体伸出一个檐板，下面只可容纳十几个人遮风避雨。白石砬子属季风气候，冬季风寒，夏季雨狂。想到在如此严寒酷暑中，抗联将士所经历的艰难困苦，不禁在阵阵心疼中陡升敬意。

　　保护区管理局对开展旅游项目一直是谨慎的。资源调查后，他们对保护区核心区、缓冲区和实验区三部分的生态价值有了更深刻的认识和更为清晰的划分。经过批准，先在实验区开展试点，以期在休闲游、森林游、科普游、探险游中增加保护区的教育功能，提高人们热爱自然和保护生态的自觉性，又能增加一些取之自然、还予自然的维护经费。但保护区不想对山林做太多的人为改变，想尽可能少地损坏山林原貌，最大限度地保持山野本色，保护珍稀动植物的安全，在此基础上，努力为游客提供登山的方便，让游人切身感受野性大山的神奇与壮丽。

　　人人都满载而归，兴奋异常。白石砬子这座荒野大山的确是古朴而自然、原生而多样的，它的每一道流溪飞瀑、每一个奇峰怪石、每一株珍木异草，都给人留下原始清新的印象。大家纷纷为保护区旅游试点路线的成功而点赞。

辽东之巅

辽宁东部，属长白山余脉，连绵的山势在海拔500米至800米之间，1300米以上的3座辽宁最高峰均在此区域。而老秃顶子为辽东大山中最高的，号称"辽宁第一高峰"。老秃顶子国家级自然保护区，位于辽宁东部桓仁、新宾两县交界处的八里甸子、木盂子、平顶山3个乡镇境内，总面积150多平方公里。区内自然资源十分丰富，山势绵延数十里，1000米以上的山峰共有9座；水资源丰富，共有大小河17条，为太子河的发源地。

我定是与老秃顶子有缘，先后两次去寻访它，攀登它的东、西两侧山峰，体味它的博大与神奇。

一次在秋天去老秃顶子山，从大山的东面上山。经桓仁县木盂子镇，沿一条通往景区的小路走11公里，方才到达老秃顶子山风景区入口处。老秃顶子山体远望似一尊巨佛，主峰浑圆，只长草不生树，被当地人尊称为"老佛顶"，所以老秃顶子的别名亦叫"佛顶山"。正是秋高气爽、万山红遍、层林尽染时节，一簇簇红枫像火燃烧，似帜招展；赤橙黄绿的山林，如同一件五颜六色的袈裟，披在了这尊巨佛的身上。

虽然山势险峻、沟壑纵横，但上山的道路却十分平顺，小型旅行车能沿着柏油路面直抵山顶。

山顶平坦开阔，有1000多平方米，难怪被誉为"辽宁屋脊"呢！光秃秃的山顶只长着一种草本植物，坚挺的茎秆支起棋子大小葵花状的花朵。其时叶已枯黄，花已凋谢，只剩托蒂。在1367米的海拔高度，能够生存下来并绽放花朵的生命是了不起的，堪称疾风中的劲草啦！

老秃顶子不仅是自然绝境，还是军事重地。300年前，曾发生努尔哈赤率兵在此坚守两个月的明清之战。抗日战争时期，以其独特的地理形势与深厚的群众抗日基础被杨靖宇将军选为根据地。这些，都成了老秃顶子珍贵的人文资源。

这时，我走到山顶的阳坡，看到坡檐嵌着一块刻有"抗联哨所"的石碑。原来这是抗联战士顶风冒雪持枪放哨的地方。我蹲下身来，小心翼翼地抚摸石碑，与之合影。1934年2月下旬，杨靖宇率领部队进入桓仁地区，驻扎在老秃顶子山区的仙人洞村。当年秋，杨靖宇亲自建立起以老秃顶子山、和尚帽子山为中心的辽东山区游击区与根据地。山高林密便于隐蔽的老秃顶子一带成为东北抗日联军第一军第一师的大后方。在1934年到1938年的4年多时间里，杨靖宇率领抗联队伍四下桓仁、兴京（今新宾），两次西征，以智谋和勇敢，在茂密的森林中辗转周旋，顽强游击，屡破"围剿"，痛击日寇，创下了不朽战绩。

1936年寒冬腊月，遭受两次西征重大失败的抗联第一军逐渐恢复生机。在击退敌人多次进攻后，杨靖宇带领军部登上了老秃顶子山顶，与第一师游击连等部队会师并联欢，在密营里度过了春节。直到1938年1月中旬，杨靖宇才率领东北抗日联军第一军军部从白石砬子一带转移到吉林省境内继续进行抗日斗争。

至今，在老秃顶子半山腰叫作"二顶子"的地方，还保存有当年抗联的军部遗址和屯粮遗址；在西湖瀑布峡谷，还保留有抗联第一师的大本营、练兵场、点将台、军工厂、弹药库、被服厂等遗址，残留的墙体及基石仍清晰可见；在苍龙山原始森林公园，抗联将士也曾在此安营扎寨过。

在山顶上，我久久伫立，心潮随漫山林海的波涛起伏。壮丽的山河需要英雄来保卫，伟大的民族英雄与巍峨的大山同在！

另一次我是在夏天去的老秃顶子山，从大山的西面上山。再登老秃顶子大山，目的是探访太子河源头。在新宾县永陵镇，我与一位曾在保护区工作过的新宾小姐妹会合，然后径直向南行驶，过榆树乡，到达与桓仁县接壤的新宾县平顶山镇，这里是辽宁省老秃顶子国家级自然保护区抚顺管理局办公所在地。原来，由于老秃顶子山耸立在本溪市桓仁县与抚顺市新宾县交界，成立自然保护区时，两市按县域从阴阳两面分界，

老秃顶子山太子河北源头

各设有管理局，分别负责大山东、西保护区的管理。两个保护区管理局如同竞赛般开展工作，又经常交流合作，共同解决一些重大问题，把老秃顶子山全方位地保护起来。

吃过午饭，我们开车从大东沟村进山。山路平缓，山林繁茂。南行至东瓜岭屯，见到竖立在路旁的保护区界碑和宣传牌。过了一条小溪，溪畔草木茂盛。东行不远，车子停在一个名为"鸿雁"的地方。我正为这个名字好奇，大山里怎么会有沼泽水禽鸿雁呢？突然听说，太子河源头到了。呈现在眼前的是一个波澜不惊的小水泊，不足百平方米。这实在令我吃惊！滋养了千秋万代的辽东众生，庇护过太子丹、耶律倍的洋洋大河之源怎会如此微小？但说不准，也许正是此处之水泊，才吸引鸿雁到来。

太子河有两个源头：南源在本溪县东大凹岭，此为北源。北源一路向西至北甸子、马家城子与南源汇合后流至本溪市，再偏折向南流经辽阳市，最后在下游与浑河汇合为大辽河，在渤海辽东湾入海。在我的印

老秃顶子山人工扩繁的红豆杉林

象中，绵延460多公里的太子河从来都是浩荡而行、奔流不息的。如果不是在源头段就水量充沛、水草肥美，本溪庙后山人怎么会在数十万年前选择离此不远的太子河支流汤河之畔的一个天然山洞里栖居下来呢？想必，太子河北源从山中发源后，及时得到山水溪流的补充便迅速开阔起来。

小姐妹催促："快带我们去看双蕊兰吧！"双蕊兰是兰科植物中极其罕见、极度濒危的原始类型，生长于海拔700～800米的柞木林下腐殖质的土壤里或荫蔽的山坡上，是世界上唯老秃顶子独有物种，被誉为"兰科活化石"。老秃顶子大山气候温润，保留下相对完整的森林生态系统和完整的原生植被群落，是一个重要的天然物种基因库。这在一定程度上满足了双蕊兰的生长条件，但其对土壤、温湿度、光照等环境条件的要求甚高，如果条件稍有不足，它可能几年都不会"露"上一面；而当它出现时，往往只有寥寥数株。

在保护区人员的引领下，我们向双蕊兰观测区攀行，经过一段枝叶稀疏的枫林山路，来到一处长满柞树天然次生林的大斜坡上，在一片连年堆积着的枯叶中，我们见到了五六株相距不远的双蕊兰。这真是一种独特的花！那几株嫩苗苗，花高者10厘米，矮者五六厘米；叶与花通体呈绿白色，无明显色差；花轴不分枝，自下而上依次生有许多有柄小花，花柄等长。双蕊兰是一种神秘莫测的花，其繁殖方式至今未能知晓，疑似与某种真菌共生。而它的生长发育期仅有20多天，一般在8月中旬出土，9月初枯萎后腐烂。这不，有一株已经枯萎弯倒。在当今世界绝无仅有的地点，在双蕊兰露面的有限时间，我们能与之相见，真是幸运至极！

双蕊兰这种近乎苛刻的生存环境为老秃顶子所独有。这种最原始的孑遗植物能够存续至今，最重要的是生长地保留有一处自然生态系统较为完整的植物带。这里，一是古时交通不便，人迹罕至，原始植被破坏较小；二是当下保护区对区内野生动植物的悉心呵护与严格保密，外人很难找到。

目前，世界上双蕊兰种群的分布只发现4处，全部位于老秃顶子保护区，其中东坡3处、西坡1处。每处生长面积不过百平方米，株数也在逐年减少。首次发现是1964年在象鼻子沟；1993年发现最多，也只有29株；之后一连数年踪影不见；2009年则只发现两株。作为双蕊兰在全世界唯一的分布区，老秃顶子保护区抚顺、本溪两个管理局都十分重视，每年都密切监测记录，互通信息，密切合作。前两天，本溪管理局闻讯已来人考察登记过了。山那面如有双蕊兰的信息，山这面也会马上派人过去。相信，在两方管理局的双重力量保护下，双蕊兰定会在老秃顶子大山中永续生存下去。

我们又先后去了天女木兰花观测区和东北红豆杉扩繁实验区。先去看古化石孑遗植物天女木兰花。因早已过了花期，仰望六七米高的花树不见花朵，却看见了如大枣般浑身布满尖刺的红色果实。然后去看红豆杉林。红豆杉是经过第四纪冰川遗留下来的古老孑遗树种，在地球上已有250万年的历史，因其属浅根植物，在自然条件下生长速度缓慢，再生能力差，不易繁殖，所以为濒临灭绝的天然珍稀植物。

在世界范围内还没有形成大规模的红豆杉原料林基地。老秃顶子保护区与农业院校合作，建立了生物学科研究基地，积极进行红豆杉的繁殖实验。在一面山坡上，他们种植的不同代次的红豆杉均长势良好。抬头仰望，一些高大枝头上已结出玉米粒大小的墨绿色豆豆，到秋天时会变红；低头看地面，一个个白色可降解的花盆中，小小树苗才长出尺许高，青葱可爱。真希望早日扩植成功，让这种珍稀物种繁衍生息下去，使这种国际公认的抗癌良药原料造福更多的人。

老秃顶子作为森林生态类型自然保护区，保护和恢复红松、阔叶混交林的顶级群落及生态系统的任务十分艰巨。面对一个跨越两市的偌大山林，加上各种人为破坏如乱砍滥伐时有发生，保护区建立以来，两个管理局共同加强了保护管理，采取有力措施，使该区的植被得以恢复，林木蓄积量得以增加，自然资源和自然环境得到了保护。如今，人工林连绵着原始林，阔叶林带、针阔混交林带和岳桦林带从山麓到山顶垂直分布整座大山，森林覆盖率已达到93%。

小姐妹说，在这方林木繁茂空气清新的深山老林里还有很多奇珍异草，我们只看到了几种国家一级保护植物，国家二级保护植物还有15种，如果多住几天，会看到更多。

两次登临老秃顶子，让我看到了它的整体面貌。虽然我所见只是九牛一毛，但我对它的敬意却倍增。自然奇珍荟萃，人文遗迹遍布，这真是一座神奇无边的大山！它以巨佛般博大厚实的自然之躯，发育河流，造福众生，庇护革命，储藏珍奇。老秃顶子大山，我永远仰视你！

白狼山，英雄山

驱使我来白狼山的是对千古枭雄曹操的崇拜。那可是曹操登临过的名山呢。东汉末年，曹操为消灭北方乌桓势力和袁氏残余势力在这里指挥了一场战争。《三国志·魏书·五帝纪》载："八月，登白狼山，卒与虏遇，众甚盛……公登高，望虏阵不整，乃纵兵击之。"曹操正是登上了这座白狼山，居高远望，指挥若定，出其不意，彻底摧毁乌桓的势力，结束了北方长期割据混战的局面，为北方社会的统一发展创造了基本条件。还有，曹操9月班师回朝时，过渤海边碣石，凭吊秦皇汉武遗迹，写下了千古名篇《观沧海》，抒发了"烈士暮年，壮心不已"的万丈豪情，更显示出气吞宇宙的英雄气概与博大胸怀。陈琳作《神武赋》曰："旆既轶乎白狼，殿未出乎卢龙。"缪袭作《屠柳城》："蹋顿授首，遂登白狼山。"同时代人都纷纷赞美曹操北征乌桓之伟业，世世代代后人更是钦慕不已。

仅凭曹操此一番英雄作为，白狼山已够得上东北乃至全国的一座名山，而亲自走上一遭，更让我真切感受到了白狼山所充盈的英雄豪气，同时也被其自然风光之优美、自然资源保护之完好所打动。

白狼山主峰以西分水岭上，有一巨大的白石砬子，栩栩如生，令人产生无限遐想。远看似白狼、似绵羊，也似白鹿；汉时称"白狼山"，北魏时称"白鹿山"，清时称"大羊石山"，后称"大黑山"。"白狼山"之名，被淹没在时光隧道里近2000年，直到2006年6月才重见天日。辽宁省政府颁文批准，大黑山易名为白狼山，同时建立同名省级自然保

苍翠白狼山

护区，2011年晋升为国家级自然保护区。白狼大山，是借助了曹操的英雄名气，还是借助了绿色环保的名义？不管怎么说，让白狼山重放异彩，都是一桩好事情。

位于建昌县白塔子镇的白狼山为燕山东侧余脉之一的松岭山系，主峰大猴山高1100多米，为辽西第二高峰。整个山脉还有超过千米的山峰5座，超过600米的50座。在这些连绵山间流淌着的古称"白狼水"的大凌河流域，还是红山文化的发祥地之一。

史载，白狼山距县城5公里，现今因大凌河右岸新区的开发，二者间的距离已被拉近，县城的环境质量大大改善。我们住在河右岸的酒店里，清晨可见路上三三两两的晨练者向山脚跑去。门卫说，山那边的空气可清新呢！

抬眼望去，青黛色的白狼山山峰连绵，高耸入云，雄浑俊秀。躲在那里的太阳先释放出万道金光，把天地照亮，然后才探出她红扑扑的脸庞。白狼山国家级自然保护区李主任陪同我们上山。从白狼山村入山门，一条柏油路盘山而上，可通到20世纪70年代修建于山顶的省电视转播站。山中之路宽敞平坦，只是弯道太多，但风景却好，峰回路转，曲径通幽，苍鹰盘旋，野鸟惊飞。想到当年，年近花甲的曹操攀爬如此崎岖山路登上峰顶，真是英雄壮举！一路都在大面积的枫林、松林和混交林的林荫中穿梭，让人赞叹白狼山绿得浓重。李主任说，这些树，都是英雄的建昌人战天斗地，数十年矢志不渝造林护林的结果，如今白狼山的森林覆盖率已达到86%，为半干旱的辽西地区竖起了一道绿色屏障。

在山路上行驶了半个多小时，车子到达最为接近峰顶的停车场，但剩下的一段路还得靠攀爬。8月下旬正是暑季，天气酷热。小心翼翼地踏过一片寸草不生的乱石窖地貌，相互拉扯着登上陡直崖壁时，我们都已大汗淋漓，好在峰顶在望。又用了半个小时，我们终于到达了白狼山之巅。山顶转播站的高塔旁一块大石头上，红色的"白狼山"三个遒劲有力的大字格外醒目。举目四眺，众山一览，连绵起伏，郁郁苍苍。俯瞰山下，错落的山峰下，是一片片被绿色覆盖的田园和村庄。李主任还特意为我指出"文革"期间我爱人一家从沈阳下放到的建昌县巴什罕乡之所在。放眼望去，那里也是一片青绿。全然没有了爱人多次讲到的在乡村时的荒凉景象：大黑山上光秃秃的，到了冬天，实在没有柴火，就上山刨树根、草根。

李主任忙介绍说，保护区的保护对象主要是由侧柏、紫椴、白桦、油松等所组成的多种群落类型以及其他杂木林群落。如今的白狼山自然保护区，有森林面积5万亩，林木蓄积量9万立方米，已建成辽宁目前保存较为完整的山地森林生态系统，覆盖良好的森林、灌丛、草甸植被，具有强大的蓄水和保水功能。此山还是辽西地区植被恢复与发展的一个优良种源基地和基因储存库，区内分布着国家一级重点保护野生动物1种、二级重点保护野生动物16种，国家二级重点保护野生植物9种。我赶忙拍照，回家时好将所见所闻告知爱人，让他也欣赏一下保护区管理下的白狼山今日万山绿遍的风貌。

我又请李主任指点，寻找蜿蜒的大凌河河谷——那条著名的辽西故道。我知道，沿着大凌河河谷顺流而下，在河谷两岸，如珠贝般闪耀的，便是东山嘴、鸽子洞、牛河梁、查海等一系列古人类及古文化遗址。红山文化就是在此基础上应运而生的，辽河文明因此也有了雄厚的根基。当年，曹操率领军队，就是从河北溯青龙河而上，打通塌陷的山谷之路进入关外，沿大凌河河谷经过白狼山，最后奔赴朝阳灭掉乌桓的。我始终没有看到大凌河河谷，可能其涓细的河道被无边的绿色掩盖了。但在万绿丛中却望见了辽西故道旁的宫山嘴水库。那是紧靠辽西故道的第一座水库，截流大凌河源头之水蓄积而成。它蓝汪汪的，如同一块硕大宝石。

我又忙着寻找白狼山保护区的其他高大山峰，817米的鸡冠山，948米的牛马山，1045米的马头山，1056米的平顶山，还有大青山、苇子沟山、二龙山、红石砬山等。群峰并峙，难分高低；青山浑然一色，不辨牛马。连李主任也不能够将那些名称与峰头全部对应起来。但我知道，正是建昌的这些大山大水，孕育发源了大凌河；正是那条著名的河谷之路，让文明碰撞、交流、丰富、延续，并领先一步。

白狼山之晨

下山途中，李主任自豪地说，这些大山不仅养育万物，还有保护英烈的功劳呢！接着给我们讲了抗日英烈在白狼山战斗不屈的事迹。抗日名将邓文山、郑桂林利用白狼山山高林密、峰高沟险的地理优势，率众上山，有力地打击了建昌、喀左一带的日寇。还有一个负伤的东北军连长，躲过日寇的追捕，带领几名士兵撤退到白狼山，采集山中草药医好了枪伤，后来加入了辽西抗日联军。

汽车开到山腰突然停了下来，李主任指着右侧的一条小路说，那里面是国家航天飞行员的野外训练基地。航天英雄杨利伟一次回家乡度假时登白狼山，看好了山里的生态环境：清新的空气，静肃的山林，便利的交通，于是选中并已付诸训练啦。我们沿着小路往里走了一段，发现这里的确是个好去处，特别适合野外生存：一片开阔坡地，被稍远的山梁夹护；山梁上有遮风的密集树林，平缓处适合搭建帐篷，做野外宿营地；稍近低矮的丛林中长满了青草，其间还有小溪蜿蜒流过，其水质洁净，可做应急水源。如今，白狼山中还有两处被选为特种兵野外生存训练基地和旅游探索俱乐部二号基地。如今的白狼山，又成了训练养护英豪之地！

白狼山，这座充塞英雄豪气的大山，它的气概，既不愧"夷狄慑服，威振朔土"（陈寿《三国志》）的古代英雄曹孟德，也不愧一飞冲天、中华第一的当代航天英雄杨利伟！我不禁在心里为它叫好：白狼山，的确是一座英雄山！白狼山，这颗辽西大地的绿色明珠，有了它的涵养与倾吐，才有了白狼水的发源与奔流，才有了辽河文明永续发展的通道，才有了中华大地子孙绵延、英雄辈出的未来。

白狼山，功莫大焉！

赤水河上红军桥

白狼山俯瞰